Unsere „Edition | Werke der Weltliteratur“ hat den Anspruch, eine der größten und vollständigsten Sammlungen klassischer Literatur in deutscher Sprache zu sein. Nach und nach versammeln wir hier nicht nur die „üblichen Verdachtigen“ von Goethe bis Schiller, sondern auch Kleinode der vergangenen Jahrhunderte, die – zu Unrecht – drohen, in Vergessenheit zu geraten. Wir kultivieren und kuratieren damit einen der wertvollsten Bereiche der abendländischen Kultur. Kleine Auswahl:

Francis Bacon • Neues Organon • **Balzac** • Glanz und Elend der Kurtisanen • **Joachim H. Campe** • Robinson der Jüngere • **Dante Alighieri** • Die Göttliche Komödie • **Daniel Defoe** • Robinson Crusoe • **Charles Dickens** • Oliver Twist • **Denis Diderot** • Jacques der Fatalist • **Fjodor Dostojewski** • Schuld und Sühne • **Arthur Conan Doyle** • Der Hund von Baskerville • **Marie von Ebner-Eschenbach** • Das Gemeindekind • **Elisabeth von Österreich** • Das Poetische Tagebuch • **Friedrich Engels** • Die Lage der arbeitenden Klasse • **Ludwig Feuerbach** • Das Wesen des Christentums • **Johann G. Fichte** • Reden an die deutsche Nation • **Fitzgerald** • Zärtlich ist die Nacht • **Flaubert** • Madame Bovary • **Gorch Fock** • Seefahrt ist not! • **Theodor Fontane** • Effi Briest • **Robert Musil** • Über die Dummheit • **Edgar Wallace** • Der Frosch mit der Maske • **Jakob Wassermann** • Der Fall Maurizius • **Oscar Wilde** • Das Bildnis des Dorian Grey • **Émile Zola** • Germinal • **Stefan Zweig** • Schachnovelle • **Hugo von Hofmannsthal** • Der Tor und der Tod • **Anton Tschechow** • Ein Heiratsantrag • **Arthur Schnitzler** • Reigen • **Friedrich Schiller** • Kabale und Liebe • **Nicolo Machiavelli** • Der Fürst • **Gotthold E. Lessing** • Nathan der Weise • **Augustinus** • Die Bekenntnisse des heiligen Augustinus • **Marcus Aurelius** • Selbstbetrachtungen • **Charles Baudelaire** • Die Blumen des Bösen • **Harriett Stowe** • Onkel Toms Hütte • **Walter Benjamin** • Deutsche Menschen • **Hugo Bettauer** • Die Stadt ohne Juden • **Lewis Caroll** • *und viele mehr….*

Heinrich Mann

In einer Familie

Roman

Inhalt

I

Man hatte im „Seehof" Kaffee getrunken und wanderte nun langsam am Ufer auf und nieder, sich immer in der Nähe des Wirtshauses haltend, wo die Pferde bereits zur Rückfahrt nach Kreuth eingespannt wurden. Alle drei hatten seit einigen Minuten die Unterhaltung ruhen lassen. Sie wurde nur dann zeitweilig belebt, wenn der Major stehen blieb, um seinem Entzücken über die Schönheiten der Landschaft Worte zu verleihen. Der alte Herr zeigte gern den Kunstbeflissenen; indes war das Bild, auf welches er das junge Paar aufmerksam machte, seiner Begeisterung würdig.

Die schon sehr schräg fallenden Sonnenstrahlen riefen auf dem fast bewegungslosen Achensee einen Schimmer hervor, der aus der Tiefe zu steigen schien, als machte eine Schicht Gold das Wasser bis zur Oberfläche erglänzen. Wie Riesen in ein Wunderland, tauchten in all den Glanz die schwarzen Spiegelbilder der vielfach mit Nadelholz bestandenen Felsen. Diese lagen, die Sonne bereits im Rücken, mit Ausnahme ihrer rotglänzenden Spitzen in völliger Dunkelheit.

„Seht einmal, bitte," sagte Herr v. Grubeck mit einer Handbewegung auf den See, „sehen Sie, Wellkamp, können Sie sich etwas Vollendeteres vorstellen als die Brechung des Lichtes, dort, wo die kleinen hellen Streifen sich mit dem Schwarz verbinden?"

„Sehr schön," stimmte der junge Mann seinem künftigen Schwiegervater bei, und er setzte hinzu:

„Der Achensee ist in seiner hellen, freundlichen Art, alle Eindrücke aufzunehmen und widerzuspiegeln, die ihm seine Umgebung bietet, so recht das Gegenteil von Gewässern, wie etwa der Feldsee eines ist. Ich war bei völlig wolkenlosem Himmel dort, und das „Seebuk", von wo ich steil auf das Wasser hinabsah, trug das allerschönste Grün. Aber der See antwortet auf nichts. Man hätte ihn trotz all des Blau und Grün, das auf ihn einleuchtete, etwa für Torfboden halten können, wenn er nicht geglänzt hätte wie straffgespannter schwarzer Atlas."

Wellkamp liebte es, bei allen Gelegenheiten irgendeine seiner zahlreichen Reiseerinnerungen zu Vergleichen herbeizuziehen.

Überdies war jeder der beiden Herren, vielleicht halb unbewußt, darauf bedacht, den andern auf möglichst vorteilhafte Weise mit seiner Person bekannt zu machen. Denn, ohne sich bisher nahe gestanden zu haben, waren sie bestimmt, in enge Beziehungen zueinander zu treten.

Nachdem diese Kreuther Bekanntschaft kaum vier Wochen gepflegt worden, war es auf dem heutigen Ausfluge ganz plötzlich und allen drei Beteiligten unvermutet zur Verlobung gekommen. Der Major hatte die beiden jungen Leute nur für einen Augenblick allein gelassen, als sie auch bereits einig geworden waren.

Anna hörte, während sie nun ihren Arm, ohne sich indes zu stützen, in dem seinen hielt, noch immer seine Stimme, die seltsam weich geworden war, als er ihr die entscheidende Bitte vorgelegt hatte. Und auf der Fahrt, vor der Ankunft im „Seehof", waren sie beide so ausgelassen fröhlich gewesen, noch ganz unbekümmert um das Folgende!

Auf dem Gesichte des jungen Mädchens lag ein stilles, etwas träumerisches Glück, das zuweilen, vielleicht bei einem Gedanken an künftiges, zu heller Freudigkeit aufleuchtete. Auch Wellkamps Miene zeigte einen zufriedenen, frohen Ausdruck; der jedenfalls unbeabsichtigte, etwas verdrossene, müde Zug, der Anna mitunter darin aufgefallen, war häufig von einem stillen Lächeln überdeckt. Den Major dagegen hatte das Ereignis in geradezu lustige Stimmung versetzt. Er blinzelte aus den Ecken seiner schmalen, gekniffenen Augenspalten fortgesetzt die beiden Menschen an seiner Seite an, welche das Glück nunmehr gänzlich verstummen gemacht hatte.

Vor Glück verstummt! Und doch, so schlicht und gegeben solch Glück als Wirkung der Ursache erscheint, daß zwei Menschen, die an ihre Zusammengehörigkeit glauben gelernt haben, sich hierüber verständigten: wieviele der verschiedensten Empfindungen, Gedanken, Wünsche, Hoffnungen, vielleicht mit einem frohen Aufatmen, vielleicht im Gegenteil mit einer unbestimmten Beklommenheit verbunden, wirken zusammen, solch eine scheinbar durchsichtig einfache Stimmung hervorzubringen! So konnten auch hier das junge Paar wie der Vater in ihren Erwägungen und ihren Gefühlen sehr verschieden gestimmt sein, während ihre Mienen das gleiche schlichte, unzusammengesetzte Glück verkündigten.

Anna Grubeck wußte von ihrem Verlobten im Grunde nicht viel außer dem, was sie selbst in dieser Zeit täglichen Verkehrs an ihm wahrgenommen. Er war wohlhabend, wenn nicht reich, und jedenfalls imstande, ihr eine unabhängige Stellung zu geben. Sie war zu sehr gewohnt, alles mit praktischen Blicken anzusehen, um dies nicht anzuerkennen, auch jetzt, wo ihre Empfindung lauter zu sprechen bemüht war als jede Überlegung. Denn sie liebte ihn und wußte dabei, daß das Gefühl einer gewissen Überlegenheit, welches ihr Verkehr mit ihm sie gelehrt hatte, nicht den unbedeutendsten Anteil daran hatte, wenn sie sich zu ihm hingezogen fühlte. Die Art ihrer Überlegenheit war ihr unbekannt geblieben, ebenso wie sie die Ursache seines Hanges, sich ihr in jeder Frage voll Ehrerbietung und mit einer merklichen Genugtuung unterzuordnen, nicht zu deuten wußte. Nur hatte ihr der weibliche Instinkt alsbald verraten, daß etwas anderes als einfache Ritterlichkeit in seinem Betragen zu suchen sei.

Bei ihrem Vater herrschte die Freude über die nahe Aussicht vor, den unhaltbaren Zuständen in seiner Familie ein Ende gemacht zu sehen. Zu allem Unglück, welches seine zweite Ehe herbeigeführt, hatte sie begonnen, seine Tochter zu isolieren. Es war gut, daß diese dem Kreise der Frau, mit der ein Zusammenleben auf die Dauer für sie nicht denkbar war, schon jetzt entrückt werden sollte. Mit dem Schwiegersohn war der Major einverstanden. Sein Alter wie seine pekuniäre Freiheit sagten ihm zu, auch war er ein liebenswürdiger und korrekter Mann.

Anders empfand der junge Mann selbst, durch dessen Annäherung an eine Familie so mannigfache Veränderungen hervorgerufen werden sollten.

In dem Augenblick, da Wellkamp an der Tafel des Kurhauses ein Gespräch mit seiner stillen und ernsten Nachbarin angeknüpft, hatte er erkannt, daß ein Verkehr mit ihr imstande sein könnte, ihn aus dem Zwange zu befreien, in dem ihn eine lange Vergangenheit und am unerträglichsten eine letzte Erfahrung hielt.

Denn die Erinnerung an das Berliner Abenteuer, dem er sich kaum entrissen, hatte ihn hierher ins Gebirge verfolgt. Es war ihm gewesen, als hafte an seinen Händen noch immer der entnervende Duft dieses Frauenhaares, in das er sich eingekrallt, wenn zwischen ihm und ihr der Kampf tobte, den diese ganze seltsame Liebe bedeutet hatte. Unaufhörlich hatte er das schrille Lachen des Mädchens zu hören gemeint, wie sie ihm zum Abschied nachrief: „Geh doch! Du kommst ja doch wieder!“ Und wievielmal war er im Begriff gewesen, seinen Koffer zu packen, um die Fesseln wieder auf sich zu nehmen, die er nicht mehr entbehren konnte.

Ursprünglich war es eine unbeabsichtigte, flüchtige Begegnung. Das Mädchen war ihm gleich anfangs unsympathisch gewesen, und sie war es immer geblieben. Aber wie sie ihn am ersten Abend, durch eine eigentümliche Frechheit und Sorglosigkeit zu gefallen, zugleich reizte und abstieß, in eben solcher Weise hatte sich das Verhältnis zwischen ihnen fortgesetzt. Stets unleidlicher war es ihm geworden, und stets unmöglicher war ihm gleichwohl ein Bruch erschienen. Aus dem kurzen Aufenthalt in Berlin, den er beabsichtigt, war mehr als ein halbes Jahr geworden, als die Szene zwischen ihnen eintrat, die er sich nie zugetraut hätte. Er hatte sich auf ihm selbst unbegreifliche Weise eine augenblickliche Überlegenheit abgerungen, aber wer war der eigentliche Sieger? Er mußte auf seiner Flucht und später noch ihre Schönheit vor Augen sehen, die ihm nie so triumphierend und dabei so niedrig erschienen war wie zuletzt, als sie ihm nachrief: „Geh doch! Du kommst ja doch wieder!"

Jener Tag, als er mit Anna Grubeck bekannt wurde, machte all diesem Spuk ein Ende. Es war, als breitete sich, von ihr ausgehend, Klarheit und Friede über seine Stimmungen aus. Täglich merkte er deutlicher, daß ihr Einfluß das Leben seiner Gedanken und Gefühle völlig erneuere. Bei dem Klange ihrer ruhigen Altstimme, in der so gut ihr stillheiteres Wesen zum Ausdruck kam, wurde er allmählich ein anderer. Zuweilen überkam ihn, wenn sie sprach, eine träumerische Müdigkeit, während welcher einzelne Worte oder Bilder aus seiner Kinderzeit in seiner Erinnerung emportauchten. Oder er konnte sie in eine harmlose Lustigkeit mit hinreißen, ebenfalls wie ein Kind.

So genas er und hatte nur den Wunsch, die süße Rekonvaleszentenstimmung lange, lange hinauszudehnen, ohne einen Gedanken an die Zukunft. Trotzdem war es heute, fast wider seinen Willen, zur Aussprache gekommen. In das trauliche Wohlbehagen dieses Nachmittags hatte sich plötzlich die Furcht gemischt, der jetzige Zustand könnte zu Ende gehn, und ohne Zögern hatte er seinem Drange, das Verhältnis für immer zu befestigen, nachgegeben. Sonst langsam und unlustig, einen Entschluß zu fassen, sah er in seinem heutigen schnellen, kräftigen Antrieb die beste Bürgschaft dafür, daß er recht getan.

Der Major, der das längere Schweigen mit eingehender Beobachtung der Beleuchtungseffekte in der Landschaft ausfüllte, blieb wieder einmal stehen, da brach Wellkamp eine der Alpenrosen, die in dieser Höhe unmittelbar am Seeufer wuchsen, und überreichte sie seiner Braut. Er hatte ausdrücken wollen, daß er in der Blume ein Symbol für ihre Verbindung erblicke, aber er fürchtete, daß es gesprochen eine Banalität sein könnte.

Anna dankte ihm freudig lächelnd, und damit war die Stille, in der jedes seinen Betrachtungen nachgehangen, gebrochen. Der Major erinnerte an den Aufbruch.

Einmal wieder auf der Fahrt, blieb mit der Träumereien erzeugenden abendlichen Uferlandschaft auch die Stimmung der vergangenen Stunde zurück. Alle drei begannen, völlig ermuntert, an die Zukunft, die ihnen winkte, heranzutreten. Mit Eifer wurden Pläne geschmiedet. Natürlich wünschte das junge Mädchen, um dem Vater nahe zu bleiben, in Dresden Wohnung zu nehmen, und Wellkamp stimmte ihr bei.

„Ich kann mir," sagte er, „für eine junge Ehe keinen geeigneteren Aufenthalt denken als diese stille und elegante Stadt. Alles wird uns dort mehr Behagen und Vertraulichkeit bieten, als in dem Getriebe eines regen Verkehrsplatzes zu finden sein würde – ohne daß wir dabei die Vorzüge eines solchen zu entbehren hätten."

„Du kennst Dresden?"

Anna sprach das „Du" bereits ruhig und geläufig aus, wie wir wohl jemand laut einen Namen geben, mit dem wir ihn in unsern Gedanken seit langem benannt haben.

„Wenige Wochen, wie überall, habe ich mich auch dort aufgehalten," entgegnete ihr Verlobter. „Wenn die Plätze, an denen wir vorübergehen, uns verraten wollten, unter welchen Bedingungen wir zu ihnen zurückkehren werden! Ich hätte dann eine deutlichere Erinnerung an die Stadt. Was meinst du aber zu einer Wohnung am Bismarck-Platz?"

„Nicht wahr? Gerade wollte ich sagen, daß es meine Lieblingsidee ist. Und dabei fast in Papas Nachbarschaft."

Der Blick des jungen Mädchens machte sich eigentümlich zärtlich, als sie ihn, ohne ihr Plaudern zu unterbrechen, ihrem Vater zuwandte.

Auch darin ward man sogleich einig, einen langen Brautstand entbehrlich zu finden. Einer baldigen Verbindung standen durchaus keine Hindernisse entgegen. Vorerst wurde die Abreise auf morgen festgesetzt. Wellkamp erklärte, nur bis München mitzureisen, wo ihn Geschäfte einige Tage zurückhalten würden. Dafür aber sollte der heutige Abend dem festlichen Anlaß entsprechend begangen werden.

Der Major erklärte sich auf die Fragen der jungen Leute mit allem einverstanden, indes war er nach und nach schweigsamer geworden. Er sah häufig scharf in die dunkelnde Gegend hinaus, als studierte er sie. Wenigstens mochte es sein Bemühen sein, dies die andern glauben zu machen. Aber Anna bemerkte, daß sein Blick unruhig abirrte. Sie legte ihm in ihrer kindlichen Sorglichkeit den Mantel um, da es kühler ward und der Wagen sich Kreuth näherte, wo der kalte Wind eingetreten sein mußte, der hier jeden Morgen und jeden Abend mit der Regelmäßigkeit von Ebbe und Flut wiederkehrte.

Kurz vor der Einfahrt begann der alte Herr lebhaft und mit etwas übertrieben lauter Stimme zu sprechen, und im Laufe des Gesprächs warf er eine Bemerkung hin, deren unsicher fragender Tonfall die Gleichgültigkeit der Redeweise verdächtig machte.

„Nun bleibt uns noch," sagte er, „morgen mit dem frühesten meiner Frau zu depeschieren, was sich ereignet hat. Sie muß es unbedingt noch vor unserer Ankunft wissen; es wird sie doppelt freuen."

Wellkamp erwiderte seinem Schwiegervater mit einer stummen Verbeugung. Eine Frage hielt er zurück, sie schien ihm nicht angebracht, da man es bisher vermieden, ihn von einer zweiten Ehe des Majors zu unterrichten. Nur daß ihre Mutter nicht mehr am Leben, hatte er von Anna erfahren.

Inzwischen hielt der Wagen vor dem Kurhause.

Nun der Major sich der ihn lange beschwerenden Mitteilung entledigt, ward seine Munterkeit ungezwungener und lauter als vorher. Im Laufe des Abendessens ward er sogar ausgelassen. Man verzehrte dieses, da die frühe Abendtafel des Hotels bereits beendet, allein, in einer Fensternische des Speisesaales traulich abgeschlossen.

Zum ersten Male mußte Wellkamp Näheres über seine Familienverhältnisse berichten.

„Ach, deine Mutter auch schon tot?" wiederholte Anna.

„Ja, gleich nach meiner Geburt."

„Aber Ihr Herr Vater!" rief der Major, rasch ablenkend. „Hätten wir doch bald vergessen, Ihrem Vater gebührt auch eine Depesche. Mach'n wir gleich morgen früh. Wie lange das wohl bis Hamburg dauert? Is doch 'n ziemliches Endeken."

Angesichts der Bowle, mit deren Bereitung er Ehre eingelegt, begann der alte Herr in den Jargon seiner Leutnantstage zu verfallen.

„Dein Vater wird hoffentlich nach Dresden kommen?" fragte Anna.

„Ich weiß nicht, aber“ – Wellkamp stotterte in augenblicklicher Verlegenheit – „aber ich glaube kaum. Er ist so stark beschäftigt, ihm bleibt zu wenig Zeit für andere Dinge.“

Anna schlug die Augen nieder, sie hatte seine Verwirrung wahrgenommen. Es mußte eine verlegene Pause eintreten, doch der Major hatte, von der Bowle in Anspruch genommen, nichts bemerkt. Er begann zu versichern, daß er kein Redner sei, daß man sich schon ohne Redner behelfen müsse.

„Aber“ – er erhob sein Glas und blinzelte Wellkamp zu – „auf ein glückliches Philisterium!“

Die Müdigkeit seiner Tochter nötigte den alten Herrn schließlich, die Tafel aufzuheben. Er hätte gern den letzten Abend seiner Freiheit länger ausgedehnt, wie Wellkamp ihn im Hinausgehen sagen hörte.

Letzterer fühlte trotz der späten Stunde, daß es für ihn nutzlos sein würde, Ruhe zu suchen. Sein Denken und Empfinden war übermäßig angespannt worden durch die heutigen Ereignisse. Sie eröffneten ihm die Aussicht auf eine gänzlich unvorhergesehene Zukunft, zugleich aber führten sie eine schmerzliche Berührung seiner Vergangenheit herbei. Welche Flut von Erinnerungen auf ihn eindrang, während er in seinem Zimmer auf und nieder schritt, hier und da einige Gegenstände ordnend, um sie in die bereitstehenden Koffer zu legen.

Erich Wellkamp stammte aus einer Hamburger Familie, die erst durch seinen Vater zum Wohlstand gelangt war. Sie war durch nichts mit einem der alten, einflußreichen Häuser verbunden, welche die Träger des Ansehens der mächtigen Handelsstadt sind. Aber in ihnen hatte der junge Wellkamp stets den niederdrückenden Gegensatz zu dem Emporkömmlingsstande vor Augen, dem er selbst angehörte.

Diese Patrizierfamilien schienen ihm Fürstenhäusern zu gleichen, so erhaben waren sie über die von Tag zu Tag stattfindenden sozialen Wandlungen, so gefestet in den vornehmen Traditionen ihrer Häuser. Ihre Mitglieder traten in der Öffentlichkeit schlicht und ohne die Sucht zu glänzen auf, welche die „neuen Leute“ kennzeichnete, denen nicht durch die Gewohnheit von Generationen Reichtum und Rang zur Selbstverständlichkeit geworden. Auch konnte sie wahrscheinlich keiner der Vorwürfe treffen, die gegen Kapital und Bürgertum geschleudert wurden. Sie verkörperten in einer Zeit der Auflösung und des Niedergangs der kaufmännischen Rechtlichkeit die unantastbare Arbeit ihres Standes.

Die Vergleiche, welche er zwischen Leuten dieses Schlages und seinem eigenen Vater anstellte, mußten für den aufgeweckten Knaben bitter genug ausfallen.

Der ältere Wellkamp hatte, aus kleinen Verhältnissen aufgestiegen, ein nicht unbeträchtliches Vermögen erworben, als er die Tochter eines Münchener Geschäftsfreundes heimführte. Die Frau, deren feine, sanfte Züge Erich nur aus ihrem Bilde kannte, mochte bei ihren Lebzeiten einen mildernden, verfeinernden Einfluß auf ihren Gatten ausgeübt haben. Jedenfalls waren nach der Geburt des Knaben und ihrem Tode sowohl seine geschäftlichen Manipulationen wie sein Privatleben immer zweifelhafterer Natur geworden.

Der heranwachsende Sohn unterließ es nicht, als Entschuldigung für den Vater anzuführen, daß er sich über den Tod der Gattin, die er wahrhaft geliebt zu haben schien, vielleicht auf seine Weise zu trösten versuchte. Überdies lag es nicht in der Natur des jungen Wellkamp, über das Treiben eines andern moralisch abzuurteilen. Was ihn auf eine ihm selbst nur halb begreifliche Weise gegen seinen Vater erbitterte, war, daß er selbst mit dem Hange zu gleichen Ausschweifungen zu kämpfen hatte. Vergebens rang er anfänglich in Stimmungen des Überdrusses mit sich um den Sieg über die Leidenschaft. Langsam erzog ihn dann die Zeit zur Gleichgültigkeit, – bis jene Szene erfolgte, deren er nie gedenken konnte, ohne zugleich Schmerz und Abscheu zu empfinden, und die einen nie geheilten Bruch zwischen ihm und seinem Vater herbeiführte, um einer Frau willen.

Während des Mittagessens, der einzigen Gelegenheit, die sie mitunter zusammenführte, hatte ihm der Vater an jenem Tage den Verkehr mit einer bestimmten Frau untersagt.

„Warum gerade mit ihr nicht?“

Als auf seine wiederholte Frage das Verbot nicht begründet wurde, hatte er in einer Aufwallung seines Blutes, die vielleicht durch beleidigtes Selbstbewußtsein, vielleicht durch Eifersucht verursacht war, seinem Vater die Beschuldigung zugeworfen:

„Weil du selbst Absichten hast!“

Zwar war er darauf selbst erschrocken, seinem Instinkt recht gegeben zu sehen, als jener in nicht länger zurückgehaltener Wut ihn anherrschte:

„Nun, und was weiter? Ich werde dich einfach überbieten!“

Wie namenlos roh und unwürdig ihm später diese und die dann folgenden Antworten erschienen! Konnte *er* es wirklich sein, hinter dem diese Szene lag, er, der gegen jedes hemmungslose Auftreten eigentlich tiefste Abneigung fühlte?

Nach einem solchen Ende seiner Beziehungen zum Vaterhause war er aufgebrochen, um draußen seine Gewohnheiten, die stärker als er waren, fortzusetzen. Was hatten die Reisen, welche seit seinem zweiundzwanzigsten Jahre, nun zehn Jahre hindurch, sein Leben ausgefüllt hatten, ihm an innerem Gehalt gegeben?

Er legte sich die Frage in dieser Stunde mit einem bittern Lächeln vor. Er ließ einiges von dem, was sich in seinen Koffern an Reiseerinnerungen fand, durch die Hände gleiten: Antiquitäten, Bilder, Andenken, das meiste unbedeutend, einiges von Wert.

„Weiter nichts?“ fragte er.

Er glaubte sich gestehen zu müssen, daß er immer derselbe geblieben, von jenem Bruch mit seinem Vater bis an den gewaltsamen Abschluß des letzten Berliner Abenteuers, dem er kaum erst entronnen. *Das* hatte sein Dasein ausgemacht.

Unter dem Druck der Erinnerungen erschien ihm die Vergangenheit so grell und so mißtönig, daß er zweifeln zu müssen meinte, ob sie selbst von einer tröstenden und befreienden Zukunft völlig überwischt und zum Stimmen gebracht werden könnte.

Wie dem auch sein mochte, er klammerte sich an die Hoffnung, hier einen letzten Ausweg aus allen seinen Irrungen vor sich zu haben. In hoher, reiner Luft hatte er eine Alpenrose gefunden; in ihre Atmosphäre mußte er sein in dumpfer Niederung erstickendes Leben verpflanzen, um gesunden zu können. In Furcht und Hoffnung zugleich fieberhaft zitternd, suchte er endlich sein Lager auf, fand aber bis gegen Morgen keinen regelmäßigen Schlaf.

Als Wellkamp beim Frühstück mit den Grubecks wieder zusammentraf, konnte er bemerken, daß auch hinter ihnen eine größtenteils ruhe- und erholungslose Nacht lag. Der Major schien zudem die Nachwirkung des ungewohnt reichlichen Weingenusses noch nicht überwunden zu haben. Seine kleinen Augen, die er mit Anstrengung geöffnet hielt, erglänzten feucht.

„Ich wußte es ja, daß ich Bowlen nicht mehr vertrage," beteuerte er. „So ein unnatürliches Gemisch! – Aber was tut man nicht für seine Familie!" fügte er hinzu.

„Übrigens habe ich bereits telegraphiert," sagte der alte Herr, als man sich zum Tee niederließ, worauf Wellkamp, um weiteren Fragen zu entgehen, flüchtig entgegnete, daß auch er seine Depesche aufgegeben habe.

Auf der Wagenfahrt zur Bahnstation Gmund begann bei allen drei schon Abschiedsstimmung sich bemerkbar zu machen. Der Major mochte überdies durch die nahe Aussicht des Wiedereintritts in seine ungeliebte Häuslichkeit bedrückt werden. Sanfter, frischer Morgenwind und das regelmäßige, einwiegende Geräusch der Pferdehufe schläferten ihn indes bald ein.

Wie das Haupt des alten Herrn tiefer auf seine Brust sank und seine Atemzüge hörbarer wurden, überkam die ihm gegenübersitzenden jungen Leute das ihnen bisher unbekannte Gefühl der engsten Zusammengehörigkeit, das durch ein erstes Alleinsein hervorgerufen wurde.

Sie störten diese Stimmung durch kein Wort, aber unbewußt fanden sich ihre Hände auf dem Polster zwischen ihnen. Wellkamp streichelte nur leise die schmale Hand. Erst später tat er, ohne indes seine Nachbarin anzusehen, eine Frage, für die sich, wenn sie jetzt versäumt wurde, vielleicht nicht sobald eine Gelegenheit wiederfand.

„Du mußt mich nun ein wenig über eure häuslichen Verhältnisse unterrichten." In seiner Stimme sprach sich das Bemühen aus, eine schwierige Angelegenheit leichthin und in vertraulicher Weise zu erledigen. „Es geht nicht wohl an, daß ich gar so unwissend in euern Kreis eintrete, man stößt dann leicht an, weißt du? Also was ist es mit dieser zweiten Ehe, über die der Papa so ungern spricht?"

Die schnelle und fertige Antwort deutete an, daß Anna die Aussprache, welche ihr Verlobter herbeiführte, vorausgesehen hatte.

„Siehst du, Erich," erwiderte sie, „wer an den unfreundlichen Zuständen in unserer Familie die Schuld trägt, darüber möchte ich nicht urteilen. Vielleicht hat der arme Papa in allerbester Absicht, bloß aus Besorgnis um mich und meine Bequemlichkeit, einen Fehler begangen. Das kleine Vermögen meiner Mutter hatte Papa in den ersten Jahren nach ihrem Tode" – sie stockte einen Augenblick – „glaube ich, verloren. Und als er nun vor drei Jahren auch noch seinen Abschied nehmen mußte, waren seine pekuniären Verhältnisse so schwierig, daß er sich zu einer zweiten Heirat entschloß, nur weil er darauf bestand, mir den Komfort zu bieten, den er für unentbehrlich hielt. Ich hätte ihm darin wohl widersprechen sollen, aber – mein Gott, ich war damals ein dummes Ding! – Es ist erstaunlich, wie rasch entwickelt man sich in meinem Alter finden kann."

Nach diesem philosophischen Zwischensatz, mit dem sie eine nachdenkliche Pause ausgefüllt, schien sie eine Zwischenbemerkung des Hörers zu erwarten. Als Wellkamp jedoch schwieg, fuhr sie mit einem leisen Seufzer fort:

„Wie gesagt, ich möchte die Frau nicht anklagen, obwohl sie mich haßt und ich sie nicht liebe. Papa und sie können einander eben nicht verstehen, das ist alles. Wie soll ich sie dir beschreiben, du wirst sie ja kennen lernen. Sie ist jedem unverständlich, und das genügt doch wohl schon, um kein rechtes Einvernehmen aufkommen zu lassen. – Denke doch, könntest du etwa eine Frau auf die Dauer – lieben, die du nicht verstehen könntest? – Mich wenigstens hast du von Anfang an klar und ehrlich vor dir. – Man muß sich gegenseitig von seiner Natur nichts verheimlichen können. – – Und Papa, weißt du, ist im Gegensatz zu ihr ein so einfacher und offener Charakter –"

Sie war im Begriff, ihre Auseinandersetzung von vorn zu beginnen, so verlegen war sie durch sein beharrliches Schweigen gemacht. Die letzten Sätze hatte sie bereits zögernd gesprochen und nur, um eine peinliche Pause zu vermeiden. Sie fürchtete, ihn durch irgendeines ihrer Worte verletzt zu haben. Endlich kam seine zerstreut klingende Zustimmung: „Ja, gewiß." Dann schwiegen beide.

Wellkamp hatte während der schlichten Erzählung seiner Braut an dem unbestimmten Gefühl von Beklemmung, das sich auf seine Brust legte, das Herannahen einer neuen, noch unbekannten Gefahr zu ahnen gemeint. Er zitterte vor ihr um so mehr, als ihm zu ihrer Überwindung auch der Anschluß an Anna kein Vertrauen einflößte. Denn im Verlaufe ihrer Auseinandersetzung, welche sein Interesse auf unerklärliche Weise erregt hatte, glaubte er zum ersten Male eine Grenze ihrer Fähigkeiten bemerkt zu haben. Sie hatte so zuversichtlich, als sage sie etwas Selbstverständliches, davon gesprochen, daß man einander, um das Glück einer Verbindung zu ermöglichen, nichts verheimlichen können dürfe; also mußte sie wohl die Geheimnisse seines eigenen Innenlebens in ihrem Besitze glauben. Sie mußte ihn zu kennen wähnen! Durch diese Beobachtung schien ihm unvermutet eine eigentümliche Ironie ihres Verhältnisses aufgedeckt. Mochte er sie am Ende nur hineinlegen mit dem gewöhnlichen Hochmut der vom Leben Mitgenommenen, an schlimmen Erfahrungen Reichen, die auf unschuldige und vertrauensvolle Menschen, so sehr sie sie beneiden und lieben mögen, im tiefsten Herzen doch immer herabblicken – jedenfalls war seine jetzige Empfindung nicht geeignet, ihn zuversichtlicher zu stimmen.

Das unausgesprochene Mißbehagen, welches auf diese Weise sich zwischen sie gelegt hatte, wurde auch während der Bahnfahrt von Gmund bis München nicht beseitigt. Sie redeten nur Gleichgültiges miteinander, während Herr v. Grubeck sich auch im Kupee eine Schlummerecke eingerichtet hatte. Als er kurz vor der Einfahrt in die Halle geweckt wurde, machte der alte Herr sich eifrig mit dem Gepäck zu schaffen und umarmte sodann den Schwiegersohn mit verhaltener Rührung, während er sich durch die immer wiederholte Versicherung eines baldigen Wiedersehens Trost zusprach.

Wellkamp geleitete Vater und Tochter an den für Dresden bestimmten Zug, wo man eilig Abschied nehmen mußte. Während die Verlobten sich die Hände reichten, bemerkte einer in des andern Blick das Bedauern über das unbestimmte Hindernis in seinem Gefühl, welches den Abschied nicht so herzlich werden ließ, wie jedes von ihnen es wünschte.

II

Die Angelegenheiten, welche ihn nach München geführt, hielten Wellkamp dort länger zurück, als er ursprünglich angenommen hatte. Die Verwaltung seines nicht unbeträchtlichen mütterlichen Erbes, um welche es sich auch jetzt handelte, war das einzige Geschäft, das ihm seit seinem Fortgang aus der Heimat oblag, und auch dieses hatte er in einer ihm unter den jetzigen Verhältnissen selbst unbegreiflichen Weise vernachlässigt.

In den zwei Wochen, die seit ihrer Trennung verstrichen waren, hatten die Verlobten nur einmal briefliche Grüße ausgetauscht. Aus ihrer kurzen Mitteilung hatte Wellkamp, ohne daß sie es ausdrücklich angab, herausgelesen, wie unbedeutend seiner Braut die bei solchen Gelegenheiten übliche, ausführliche Korrespondenz erschien, welche infolge der Unmöglichkeit, das Wesen des Schreibers ohne Einschränkung oder Übertreibung auszudrücken, über den Mangel persönlichen Verkehrs keineswegs hinweghelfen konnte.

Als er nach Ablauf dieser Zeit seine geschäftliche Abhaltung unvermutet beendet sah, gab der junge Mann dem Gelüste nach, unerwartet bei seinen neuen Angehörigen zu erscheinen, und reiste, ohne sie vorher zu benachrichtigen, ab. Er traf am Abend in Dresden ein.

Schon in früher Stunde machte er sich am nächsten Morgen auf, sich der Familie seiner Braut vorzustellen. Das Wiedersehen mit Anna machte ihm nach so kurzer Trennung mehr freudiges Herzklopfen, als er gehofft hätte. Es kam hinzu, daß ihn die Ankunft in der Stadt, welche der Ort seiner erneuerten, glücklicheren Existenz sein sollte, zuversichtlicher stimmte. Er sah jetzt mit aller Bestimmtheit nur den einen Weg vor sich, den zu gehen er entschlossen war. So fühlte er sich der Erwägung weiterer Möglichkeiten und der Notwendigkeit, zu wählen, die für Naturen seiner Art das stärkste Hindernis ist, überhoben.

Er legte die wenigen Schritte, welche die Grubecksche Wohnung vom Union-Hotel trennten, rasch zurück, indes er zufriedene und interessierte Blicke die Reichsstraße auf und ab sandte, deren durch elegante und solide Luxusbauten bestimmte Physiognomie trefflich zu seinen Empfindungen und Wünschen stimmte.

So ward er doppelt unangenehm berührt durch einen jener böswilligen Zufälle, die mutige und fruchtbare Stimmungen zu unterbrechen lieben, bevor sie zu Handlungen ausgenutzt worden sind. Wellkamp hatte das stattliche, vornehm aussehende Gebäude betreten, augenscheinlich eins von denen, in welchen das reisende England sein unentbehrliches boardinghouse findet. Aus der im Hausflur angebrachten Tafel ersah er, daß sich im ersten Stock die von ihm gewünschte Adresse befand. Als er aber einen vorübergehenden Groom anhielt, erfuhr der junge Mann, daß die Herrschaften, der Herr Major mit dem gnädigen Fräulein, ausgeritten seien; ihre Rückkehr sei unbestimmt, es könne aber bald sein.

In seinem Ärger über diesen unvorhergesehenen Aufenthalt hatte Wellkamp keine Lust, umzukehren, um zu gelegenerer Zeit wiederzukommen. Er beschloß, gleichwohl hinaufzugehen, um seine Braut und ihren Vater zu erwarten. Übrigens hatte er sich schon auf dem Wege, in seiner freudigen Erwartung, ein Bild nach seiner Laune von der Wohnung gemacht, die er jetzt betreten wollte, und worin er sich bereits seiner Braut gegenübersah. Auch die Begrüßung hatte er sich zurechtgelegt, die einzelnen Worte in seinem Ohre klingen gehört. So mochte die Unlust, allen diesen Vorstellungen kurzweg den Rücken zu wenden, sein Bleiben hinreichend erklären. Wenn er indes selbst keinen andern Grund dafür wahrnahm, so war es doch sicher, daß er droben bei der Meldung des Dieners, die gnädige Frau sei daheim, leise zusammenschrak, als sei ihm eine heimliche Erwartung bestätigt. Einen Augenblick sah er unschlüssig auf das weiße Schild an der Tür, welches den Namen „v. Grubeck“ trug; dann gab er den Auftrag, ihn zu melden.

Während er dem Diener folgte, glaubte er sich wundern zu müssen, weshalb er den ganzen Morgen noch mit keinem Gedanken sich mit der Frau beschäftigt, der doch jene letzte Unterredung mit seiner Braut gegolten hatte. Er war noch nicht einmal dazu gelangt, sich eine bestimmte Vorstellung von ihrem Äußern zu bilden, was sonst in Fällen, wo man ihn auf eine neue Bekanntschaft vorbereitet hatte, in seiner Gewohnheit lag. Er wußte nicht, daß gerade die Wahrnehmung des Ungewissen, das für ihn um diese Frau gebreitet lag, ein stärkeres Interesse bezeugte, als er sich selbst zugab.

Aus einem von der Morgensonne hell und freundlich erfüllten Vorzimmer war er in ein kleines Boudoir getreten, dessen dämmeriges Licht ihn, sobald der schwere Vorhang hinter ihm zusammengeglitten, in den ersten Augenblicken nichts erkennen ließ. Indes sagte ihm eine Empfindung, welche durch eine nur geahnte, keinesfalls festzustellende körperliche Berührung veranlaßt schien, daß er sich nicht allein im Zimmer befinde. Wirklich entdeckte er, als er sich einigermaßen an die Beleuchtung gewöhnt, daß aus einem Winkel hervor der Blick zweier seltsamer Augen auf ihn gerichtet war. Dieser verschleierte und zugleich durchdringende Blick, der hinter fast geschlossenen Lidern alles auffing, was sich ihm näherte, ohne selbst einer Beobachtung zugänglich zu sein – dieser Blick wanderte wie mit tastenden Spinnenfüßen auf Gesicht und Gestalt des jungen Mannes umher, den seine Berührung in eine nervöse Ungeduld versetzte. Es war ihm, als täte man ihm Gewalt an und als müßte er sich ihrer erwehren, ohne doch ausdrücklich zu wissen, worin sie bestand. Unter dem unliebsamen und verwirrenden Einfluß ihres Blickes verneigte er sich weniger leicht und gewandt, als er andernfalls getan hätte, vor der Dame, die in einer Ecke des Zimmers und von einer spanischen Wand halb verborgen, hinter ihrem Teetisch saß. In der blitzschnellen Überlegung jedoch, mit der bei einer solchen ersten Begegnung einer den andern zu prüfen und zu messen pflegt, fand er dabei die falsche Ironie, welche anstatt Ausdruck der Überlegenheit nur ein Notbehelf des Befangenen ist. Wirft man sich hier auf den Bauch? dachte er. Ist dies ein Idol mit Edelsteinaugen?

Aber er litt unter der haltlosen Furcht, sie möchte seine Gedanken entziffern können. Auch befremdete ihn sein eigenes Schweigen, während er doch zugleich fühlte, daß diese Frau gewohnt sein müsse, nach ihrem Willen eine Unterhaltung anzuknüpfen oder Schweigen zu befehlen.

So war es für ihn eine Erlösung, als sie ihn endlich mit einer langsamen, wagerechten Bewegung ihrer Hand zum Sitzen einlud. Er ließ sich in einem niedrigen Sessel der Dame gegenüber an dem orientalischen Tischchen nieder. Auf der geschmackvoll eingelegten Tischplatte stand das Teegeschirr; während sie einschenkte, begann Frau v. Grubeck zu sprechen. Sie teilte ihm zunächst auch ihrerseits mit, daß ihr Gatte mit seiner Tochter eine Promenade mache; indes würden sie vermutlich bald zurück sein.

„Mein Mann," so fügte sie hinzu, „hat sich außer diesem täglich eingehaltenen Morgenritt auch andere körperliche Übungen zur Gewohnheit gemacht. Wenn man so früh altert wie er, ist die kleine Eitelkeit, es nicht bemerken lassen zu wollen, ja ganz begreiflich, nicht wahr?"

Wellkamp erwiderte auf die flüchtig ausgesprochene Frage mit einer Verbeugung, die anders als die frühere, indes nicht sonderlich verbindlich ausfiel.

Sobald sie ihn angeredet, war ihm die wunderliche Verlegenheit der letzten Minuten völlig genommen worden. Was sie gesagt, war unbedeutend, der Spott und die kaum verhohlene Geringschätzung, mit der sie einem ihr gänzlich Fremden in der ersten Viertelstunde von ihrem Gatten sprach, verletzte sein Empfinden. Auch ihre Stimme, welche hoch, aber verschleiert wie ihr Blick war und in deren leichte Heiserkeit sich bei jenen spöttischen Worten mehrere Male ein schriller Ton gemengt hatte, war ihm unsympathisch.

Vielleicht war es ihr bewußt geworden, daß sie sich ihrem Gegenüber unvorteilhaft vorstellte. Jener Instinkt mochte es ihr verraten haben, der gerade ihr gewiß behilflich war, sich gleich bei einer ersten Begegnung in Ton und Haltung dem Geschmack des Mannes anzupassen.

In jedem Falle war es eine ihrem bisherigen Benehmen widersprechende Bewegung, mit dem sie ihm jetzt die Hand entgegenstreckte, ohne Vorbereitung und scheinbar ein wenig verwirrt.

„Aber ich habe ja ganz vergessen," sagte sie mit einem diskret abbittenden Ton ihrer Stimme, die sich nun geschmeidiger erwies, als ihre ersten Worte vermuten ließen. Und während er sich, unschlüssig, wie er ihre veränderte Haltung zu deuten habe, über die dargereichte Hand neigte, setzte sie hinzu: „Ich bin eine so abscheuliche Egoistin; ich hätte doch an meinen Glückwunsch denken sollen. Aber ich muß Ihnen nun auch eine sorgsame Mutter sein – wie meinen Sie?“

„Ich hoffe, mir das Wohlwollen der gnädigen Frau zu erwerben,“ entgegnete der junge Mann verbindlich.

Sie bemerkte indes, daß während ihrer letzten, mit leichter Koketterie gesprochenen Worte seine Fingerspitzen, die noch ihre Hand gefaßt hielten, leise zitterten.

Als er wieder aufblickte, sah er ihre Augen mit einem nachdenklichen Ausdruck auf sich gerichtet. –

Die kleine Pause, die dann folgte, ging beiden fast unbemerkt vorüber, da jeder mit seinen, den andern prüfenden Gedanken beschäftigt war.

Wellkamp seinerseits hatte in diesen Augenblicken die erste Gelegenheit, sich klar zu werden über Einzelheiten in ihrem Gesichte und ihrer Figur, unter deren Gesamteindruck er sich, seitdem er der jungen Frau gegenübersaß, befunden hatte.

Sie machte in ihrem zugleich eleganten und anspruchslosen Morgenkleide von weißen Spitzen, welches in gut geordneten Falten um ihre etwas zu schlanke, in den tiefen Sessel geschmiegte Gestalt lag, ganz den Eindruck einer großen Dame. Auf ihren Knien ruhten, zwei Finger ineinander gelegt, ihre Hände, die den jungen Mann seit ihrer ersten Bewegung lebhaft beschäftigt hatten. Sie waren lang und schmal, jedoch von einer nicht vollendeten, etwas harten Form und, ebenso wie das Gesicht der Frau, von einer eigentümlichen, leicht gelblichen Färbung überhaucht, durch die der Betrachtende den darunterliegenden weißen Teint zu sehen meinte. Das Haar der Dame war trotz der frühen Stunde mit aller Kunst geordnet, besondere Sorgfalt war auf kluge Verteilung der Stirnlöckchen verwendet. Die Stirn selbst war ziemlich niedrig und von nicht reiner Form, um so reiner und tadelloser aber der Ansatz der sehr leicht gebogenen Nase mit den feinen, beweglichen Flügeln: Kinn und Mund entbehrten wieder der Weichheit. Die einander fremden Charaktere der beiden Gesichtshälften ließen in diesem Gesichte die Vermischung verschiedener Rassen vermuten.

Dann wurde die Aufmerksamkeit des Beobachtenden nochmals von den vielsagenden und dennoch nichts verratenden Augen angezogen, als die junge

Frau aufs neue zu sprechen begann, hastig einsetzend, als werde sie erst jetzt des beiderseitigen Schweigens inne.

Sie tat, zum erstenmal ausführlicher, Annas Erwähnung.

„Damit Sie wissen, welches Glück Sie haben," sagte sie, „sollte ich Ihnen eigentlich fortwährend von den Vorzügen Ihrer Braut sprechen. Ich darf es wohl, da ich ja an ihrer Bildung keinen Anteil habe?"

„Ein junges Mädchen lernt zuweilen ebensoviel von einer älteren Freundin wie von einer Mutter."

„Annas Erziehung bewundere ich, sie hat sie sich nach dem frühen Tode ihrer Mutter offenbar ganz allein gegeben. Ihre beneidenswerte Anspruchslosigkeit haben Sie gewiß schon kennengelernt. Auch muß Ihnen aufgefallen sein, daß sie eine Menge Dinge weiß, von denen wir andern keine Ahnung haben. Besonders für ein junges Mädchen ist ihr Wissen, glaube ich, außerordentlich. Aber darüber habe ich kein Urteil. Mein Gott, ich bin so dumm gegen sie."

So schloß sie, mit nicht ganz zu verbergender Ungeduld in der Stimme.

Wellkamp war verstimmt, grade weil sie seine Braut günstig beurteilte. Er konnte nicht anders, als in demselben Gefühl der Gegnerschaft, das ihn unter dem Eindruck ihres ersten Blickes befallen, innerlich gegen jedes ihrer Worte sich empören. Hinter ihren scheinbar liebenswürdigen Äußerungen witterte er versteckte Bosheiten auf Rechnung seiner Braut. Überhaupt erkannte seine Empfindung dieser Frau völlig das Recht ab, sich über Anna auszusprechen, sei es immer in welcher Weise. Statt der anfänglichen nervösen Abneigung, welche ihn ein rätselhaftes Interesse zu Zeiten vergessen gemacht hatte, ergriff ihn jetzt offene Feindseligkeit, und sie erst erleichterte ihn. Die Dame erwartete, gelassen mit den an den Seitenlehnen ihres Sessels herabhängenden Quasten spielend, noch immer die Erwiderung ihres einsilbigen Gastes, auf den sie unausgesetzt ihren verschleierten Blick gerichtet hielt. Als der junge Mann keine Miene machte, sein Schweigen zu brechen, bot sie ihm wieder, mit einem nachlässigen Wink auf das vor ihr stehende Service, Tee an. Wellkamp lehnte kurz und wenig höflich ab und war im Begriffe, schon vor der Rückkehr der Reiter aufzubrechen, als sich im Nebenraume Annas Stimme vernehmen ließ. Gleich darauf traten die Erwarteten ein.

Wellkamp folgte einem plötzlich aufwallenden Bedürfnis, den Gegensatz zwischen seiner mehr als kühlen Haltung in Gesellschaft Frau von Grubecks und dem herzlichen Willkomm, welchen er seiner Braut bot, besonders auffällig zu machen. Er wußte selbst nicht, für wen. So beugte er sich mit rascher Bewegung tief auf Annas kleine, kräftige und leicht gebräunte Hand, die noch halb vom Reithandschuh bedeckt war. Das junge Mädchen hatte sie ihm mit einem glücklich überraschten kleinen Aufschrei entgegengestreckt, ihr frisches, nach der gehabten Bewegung lebhafter als sonst gefärbtes Gesicht rötete sich noch um einen Ton tiefer.

Der Major, nach der gesunden Anstrengung ein wenig außer Atem, umarmte den Schwiegersohn mit fast jugendlicher Heftigkeit. Er ließ dabei sein gutes, naives Lachen hören, das Wellkamp gleich bei der ersten Begegnung für den alten Herrn eingenommen hatte. Dann wandte er sich zu seiner Gattin, welche der Szene mit bewegungsloser Miene gefolgt war. Wellkamp bemerkte seinen zugleich respektvollen und ritterlichen Handkuß, sowie die behutsam forschende Art, wie Herr von Grubeck sich nach dem Befinden seiner Gattin erkundigte. Diese lohnte ihm mit einem gnädigen und zugleich unmerklich spöttischen Lächeln, während sie Wellkamp, zu dem ihr Blick zögernd, gleichsam auf samtenen Sohlen hinüberglitt, anredete.

„Ich muß Ihnen dankbar sein," sagte sie. „Ich habe meinen Mann nie so artig und auch so – jung gefunden wie jetzt, da er im Begriffe steht, Schwiegervater zu werden."

Wellkamp, der nicht anders als mit einer Verbeugung geantwortet hatte, wandte sich zu seiner Braut, er fragte sie nach ihren Erlebnissen und ihrem Zeitvertreib, seit sie einander nicht gesehen. Sie berichtete ihm in ihrer ruhigen, offenen und von jeder Sentimentalität freien Art von der frohen Erwartung, mit der sie in der verflossenen Zeit an das jetzige Wiedersehen gedacht habe.

Ihr Vater, welcher inzwischen halblaut und in leicht fragendem Tonfall mit seiner Gattin gesprochen – „Also, wenn du einverstanden bist, liebe Dora, so bleiben wir zum Frühstück alle beieinander," hatte er schließlich gesagt – trat nun zu den beiden jungen Leuten, um sich an ihrem Gespräche zu beteiligen. Es wurde vor dem mit einer schweren Gardine von gelbem Damast fast völlig verhangenen Fenster geführt. Anna hatte sich dort, an der Frau von Grubecks Sitz entgegengesetzten Seite des Gemaches, auf einem niedrigen Diwan niedergelassen. Ihr Vater, der mit Wellkamp vor ihr stand, begann diesem zu erzählen, daß er in den letztverflossenen zwei Wochen die Gesellschaft seiner Tochter noch einmal aufs angenehmste genossen habe.

„Sie werden mir nun bald genug meinen lieben Begleiter entführen," sagte er.

„Hoffentlich sehr bald," entgegnete jener lächelnd, und überleitend fuhr er fort: „Es ist nur die Frage, ob das viele, das uns noch erübrigt, in so kurzer Zeit zu erledigen sein wird, wie wir es wünschten. Denn ich glaube wohl" – und er wechselte einen Blick des Einverständnisses mit seiner Braut – „daß ich nicht der einzige bin, dem möglichste Beschleunigung erwünscht wäre."

„Was du tun willst, tue bald," stimmte der Major bei, „wir waren uns darüber ja ganz einig. Nun handelt es sich also vor allem um die nötige Einrichtung, und da werden wir uns besonders auf deinen guten Geschmack verlassen."

Die letzten, an Anna gerichteten Worte begleitete Wellkamp mit seiner Zustimmung. Herr von Grubeck bemerkte indes plötzlich sein Versäumnis, in dieser Frage nicht seine Gattin als erste zugezogen zu haben. Während er nun eilig durch das Zimmer schreitend sich ihr näherte, sagte Wellkamp, dicht an seine Braut herantretend:

„Ich bedauere sehr, meinerseits für unsere Ausstattung außer ein paar nebensächlichen Möbeln und Kunstgegenständen nicht die geringste Grundlage liefern zu können. Findest du es nicht lächerlich, daß ich, so alt ich geworden bin, mich immer gescheut habe, mir eine eigene Einrichtung aufzubürden? So habe ich in der ganzen Welt, auch wenn ich mich gelegentlich auf ein halbes Jahr – länger hielt ich's ja kaum aus – irgendwo festsetzte, immer in möblierten Wohnungen umhergelegen."

„Nun, dann ist es noch ein besonderer Segen für dich, daß dies nun bald ein Ende haben wird," entgegnete Anna mit ihrem stillen Lächeln, das, im Gegensatz zu dem der meisten Frauen, die Wellkamp kennengelernt, weniger glänzte und reizte als Beruhigung und häufig ein weniges Nachsicht gewährte.

Der Major wandte sich, von der andern Seite des Raumes her, wieder den beiden jungen Leuten zu.

„Aber das ist ja wahr," rief er mit lauter und fröhlicher Stimme – „da kommt mir erst jetzt die Idee, Kinder, ihr könnt am Ende, bis ihr es bei euch gemütlich habt, hier bei uns unterkommen. Wir haben Platz, und da fällt mir eben noch ein, daß ich von Mr. Bright – das ist nämlich unser Wirt – gehört habe, nebenan werde zum nächsten Ersten die andere Hälfte der Etage frei; zwar ist dies die kleinere, aber vielleicht kann sie euch fürs erste genügen."

Die ungezwungene und rasche Art, wie er den Vorschlag machte, ließ vermuten, daß der alte Herr sich mit seiner Gattin im Einverständnis befände. Indes kam keiner der beiden Angeredeten auf den Gedanken, daß ihm sein Einfall, jedenfalls ohne daß er selbst es wahrnahm, nahegelegt und untergeschoben sein könnte.

Vielleicht setzte Frau von Grubeck, als sie nun seine Worte bestätigte, ein wenig hastiger und interessierter ein, als es sonst in ihrer Art lag.

„Natürlich ist hier hinreichend Raum für einen zweiten Haushalt – und außerdem," fügte sie mit dem Lächeln, dessen rätselhafter Inhalt Wellkamp heute nicht zum erstenmal beschäftigte, hinzu, „und außerdem werden wir Alten es dann etwas weniger einsam haben."

Jedenfalls sahen alle die Situation ein gutes Stück gefördert. Außerdem erfüllte sie den Major mit rückhaltloser Befriedigung darüber, einen Aufschub der endgültigen Trennung von seiner Tochter erreicht zu haben. Anna selbst begrüßte vor allem die Entfernung des einzigen Hindernisses, welches einer baldigen Verbindung mit dem geliebten Manne entgegengestanden hatte. Auch die Aussicht, ihren Vater auf diese Weise noch eine Zeitlang in unmittelbarster Nähe zu behalten, erfreute sie. Ihren schließlichen Wegzug aus dem Hause der Reichsstraße sah sie freilich als selbstverständlich an, und wegen der ersehnten Trennung von der ihr unsympathischen Frau ihres Vaters wünschte sie ihn auch. Wellkamp glaubte seinerseits hierin mit seiner Braut völlig übereinzustimmen, und so fand er keine Erklärung für den leisen, kalten Schauer. Während der Entscheidung, welche die Worte seines Schwiegervaters und Frau von Grubecks enthielten, war der Schauer durch sein Blut gegangen und hatte sein Herz berührt. Wenn Wellkamp zugleich den Wunsch empfunden hatte, die von Herrn von Grubeck bezeichnete, in der nächsten Nachbarschaft gelegene Wohnung zu seiner ständigen zu machen, hätte er den Wunsch sicherlich im nächsten Augenblick mit guter Überzeugung ableugnen dürfen, so flüchtig und auch in Gedanken unausgesprochen war er gewesen.

Was Frau von Grubeck betrifft, so vermutete bei ihr keiner der andern in dieser Angelegenheit wirkliche Wünsche und Interessen. Auch war die Gleichgültigkeit, die sie gezeigt hatte, wohl nur zur Hälfte unwahr. Der Antrieb, jene Entscheidung herbeizuführen, hatte sie selbst, sobald die fragliche Angelegenheit zur Sprache gekommen war, ebenso unerwartet wie unwiderstehlich erfaßt. Wiewohl sie noch nicht wußte warum, hatte ihr Instinkt sie zu gleicher Zeit gewarnt, sich durch unvorsichtiges Befolgen der ersten Regung bloßzustellen. Als sie sodann unauffällig ihr Ziel erreicht, hatte ihr dieser Erfolg, während er sie heimlich triumphieren ließ, zugleich auch eine unbestimmte Furcht eingeflößt. Das Fehlen unmittelbarer, deutlich erkennbarer Gründe für ihre Handlungsweise war dabei kaum zu ihrer Erkenntnis gelangt. Von wie vielen unserer Handlungen und Äußerungen kennen wir in demselben Augenblicke, wo wir sie tun, in Wahrheit die Gründe? Zumal wenn wir, sie uns zuzugeben, durch unsere Eigenliebe verhindert werden?

Dabei war diese Frau mehr als andere gewöhnt, sich in einsamen Stunden mit sich selbst zu beschäftigen und ihr Innenleben auszuhorchen.

Frau von Grubeck blieb auch jetzt allein, nachdem ihr Gatte sich mit seinen Kindern in sein „Atelier" begeben, wo Wellkamp in seine Malstudien, die Frucht einer mit Eifer geübten Beschäftigung des alten Herrn, Einsicht nehmen sollte. Als die drei das Zimmer verlassen, erschien der Diener, um das Teeservice abzuräumen. Dann störte niemand mehr die Herrin des kleinen Gemaches. Vor seinen dunklen Farben saß ihre weißgekleidete Gestalt seltsam schattenhaft, ihre graziös-nachlässige Haltung veränderte sich nicht.

Von der Majolikaplatte der Konsole, auf welche die junge Frau unverwandt ihren Blick gerichtet hielt, klang das feine, durchdringende Ticken einer Miniatur-Stutzuhr. Ringsumher trugen Schreibtisch und Etageren die unzähligen kleinen Zwecklosigkeiten, die scheinbar so nichtssagend sind, während sie in Wahrheit den Niederschlag eines feinen und eleganten Frauenlebens bedeuten. Auf das vor der Dame stehende arabische Taburett hatte der Diener den gelben Romanband gelegt, welcher unter den auf dem größeren Mitteltisch umhergestreuten durch ein Lesezeichen als der zurzeit im Gebrauch befindliche angedeutet gewesen war. Frau von Grubeck pflegte die Stunden bis gegen ein Uhr mit Lektüre auszufüllen. Nach dem Frühstück ruhte sie und unternahm zuweilen eine Ausfahrt, um von fünf Uhr ab ihre Zeit der Toilette für das um sieben Uhr stattfindende Diner zu widmen. Der Abend, ein langausgedehnter Abend, sah sie wieder an ihrem gewohnten Platze in ihrem Boudoir, wenn sie nicht, was selten genug geschah, für die letzten Akte in die Oper fuhr. Eine andere Abwechslung brachten ihre Tage kaum mit sich. Und dies war nicht das Leben einer Greisin, sondern dasjenige einer Frau von nicht ganz achtundzwanzig Jahren.

Dora Linter stammte väterlicherseits aus einer deutsch-jüdischen, seit zwei Generationen getauften Familie. Ihr Vater hatte in Rio de Janeiro, wo er sein Vermögen gemacht, eine gefeierte Dame der dortigen Gesellschaft, eine Kreolin, geheiratet. In früher Kindheit mutterlos geworden, war Dora ohne viel andere Gesellschaft als die ihrer Dienerinnen aufgewachsen. Und während das bei seiner auffallenden lichten Blondheit eigentümlich stille und gleichgültige Mädchen von frühauf an das untätige, bloß vegetierende Dasein der südamerikanischen Damen gewöhnt wurde, wuchs insgeheim ihre Verschlossenheit und ihr Trotz. Körperlich und geistig schnell entwickelt, wie sie nach Art der dortigen Frauen war, schien es nicht ausbleiben zu können, daß sich früh das südländische Blut in ihr zu regen begänne. Gleichwohl befand sie sich bis fast an ihr sechzehntes Jahr in einem Zustande der seelischen Unberührtheit und Ahnungslosigkeit, dessen sie sich später, in den Leiden ihrer durch streitende Triebe gebrochenen Natur, häufig mit schmerzlichem Neide erinnerte. Daß das junge Mädchen so lange in ihrem Sinnenleben ein Kind blieb, mochte nicht zum kleinsten Teil der religiösen Erziehung zu danken sein, der einzigen gründlichen, die sie überhaupt erhielt und die zu frühe Wünsche mit sanfter Hand zurückhielt, während sie zugleich dem Gefühlsleben der Heranwachsenden ihre reiche Nahrung zuführte.

So kam es, daß der erste männliche Umgang, der nach einer fast gänzlich abgeschlossen verlebten Kindheit an sie herantrat, eine eigentümliche Wirkung auf Dora übte. Anfangs empfand sie nichts als Schüchternheit und Furcht vor etwas Unbekanntem. Der junge Mann, ein Angestellter ihres Vaters, den dieser, da er aus guter englischer Familie war, häufig in seine Häuslichkeit einlud, wurde dadurch verleitet, sie als kleines Mädchen zu behandeln. Er gestattete sich ihr gegenüber, in scheinbar spielender Weise, von Anfang an mehr, als er ohne ihre kindische Haltung gewagt hätte. Letztere verlor sich nur zu bald. Das junge Mädchen begann zwar nicht zu empfinden, aber zu begreifen. Zugleich stellte sich bei ihr die Lust ein, seine Überlegenheit in ihrem Verkehr zu brechen. So machte sie ihm nun kleine, scheinbar bedeutungslose Zugeständnisse, um sich, sobald er die Miene annahm, dies für sich auszunutzen, plötzlich zurückzuziehen. Sie fand in diesem noch halb kindischen Spiele, außer der Genugtuung, den Gegner – denn so hatte sie ihn von Anfang an im stillen genannt – stets aufs neue nach ihrem Wunsche hoffnungsvoll und ernüchtert zu sehen, das aufregende Vergnügen, welches ihr die erschauernde Furcht gewährte: Furcht vor Gefahr, zu der es sie dennoch fortwährend hinzog. Der junge Engländer erklärte ihr, dies alles heiße Flirt, und er liebe es nicht. Es war sicher, daß es auch dem eindringlicher werdenden Sensationsbedürfnisse Doras am Ende nicht mehr genügte. Halb unbewußt verlangte sie danach, seine Begierde einmal deutlich und ohne Zurückhaltung hervortreten zu sehen, sei es auch nur, um sie mit desto mehr kühler und spöttischer Überlegenheit abweisen zu können. Und dieses Verlangen wurde schließlich unwiderstehlich genug, um sie zu jener Szene zu verleiten, welche ihr in der späteren Erinnerung als die eigentliche Ursache ihres freudlosen und ungenützten Daseins erschien. Wie häufig vergessen wir in dieser Weise das natürliche Werden unseres Geschickes, um ein einzelnes Begebnis, das uns vielleicht einen besonders starken Eindruck hinterlassen, als die für sich und ohne Zusammenhang bestehende Veranlassung alles Folgenden zu betrachten.

Jene Szene spielte eines Abends auf der Terrasse des Hauses. Dora ruhte in ihrer Hängematte, in Bewegung gehalten von dem Verehrer, der mit der andern Hand den unentbehrlichen Fächer führte. Es lag noch viel von der außergewöhnlichen Hitze des Tages in der Luft. Der junge Mann befand sich in einer träumerischen und empfänglichen Stimmung, gleich unter seinem Blick das reizende Mädchen, dessen abgerissenes Lachen zeitweilig das einzige vernehmbare Geräusch war in der müden Stille ringsumher. Über ihnen hing eine grotesk bunte Leinenmarkise. Außerhalb dieses Daches starrte wolkenloser Himmel, Dämmerung färbte ihn stählern. Zu ihren Füßen breitete sich der Garten aus mit seinen ungeheuren tropischen Gewächsen und der wilden Pracht seiner Blumen. Dies alles samt dem schönen Mädchen in seiner Gesellschaft erschien dem jungen Manne ungewohnter und märchenhafter als sonst und zugleich verlockender und begehrenswerter denn je zuvor. Als Dora seine unvermutete, heftigere Annäherung wahrnahm, konnte sie, wie in einem Rausche des Übermutes und der Neugierde befangen, nicht anders, als ihn durch gesteigerte Herausforderungen ermutigen. Sie hielt damit erst, gewaltsam erschreckt, inne, sobald sie seinen Zugriff spürte. Während seine Hände von der Hängematte herab um ihre Schulter und dann um ihren Leib glitten, während seine Bewegungen heftiger und unverhüllt begehrlicher wurden, war ihr Lachen lauter und krampfhafter geworden, um schließlich in ein gewaltsames Schreien überzugehen. So viel tiefstes Grauen und zugleich eine solche grausame Härte lag darin, daß der junge Mann augenblicklich zurückschrak. Sofort sprang sie auf und war mit wenigen Sätzen in ihrem Zimmer, wo sie sich einschloß, unter unaufhörlichem Geschrei, welches nun das der Wut geworden war, der machtlosen und in ihrem Bewußtsein kaum begründeten Wut gegen den Gegner. Am gleichen Abend, mit Hast und ohne Überlegung, als ob sie dem Instinkt der Selbsterhaltung folgte, berichtete sie ihrem Vater über das Vorkommnis. Sie wußte durch ihre sichtliche Aufregung, sowie durch eine zu seinen Ungunsten gehaltene Schilderung des Vorganges die alsbaldige Entfernung des jungen Mannes herbeizuführen. So konnte sie in der nächsten Zeit, die ihr nach der nervösen Gereiztheit der vergangenen Wochen Ruhe und Erschlaffung der Sinne brachte, jene Episode beendet und unschädlich gemacht glauben, um erst langsam der Wirkungen, welche sie in ihrem ferneren Innenleben gezeitigt, gewahr zu werden.

Stärker als das Vergnügen, das ihr bei dem jungen Engländer das Spielen mit der wohl gekannten Gefahr bereitet hatte, war jetzt in ihr die einfache Furcht davor. Nach jenen Erfahrungen fühlte sie sich ihrer selbst nicht mehr mächtig; es stand immer vor ihr, daß sie im Begriffe gewesen, sich zu vergessen. Der Gedanke an das Schicksal, dem sie kaum entgangen, machte ihr bei allem Reizungsbedürfnis körperlichen Widerwillen; so hatte ihr religiöses Pflichtgefühl es leicht, zu sprechen, und auch die sorgsam gepflegten Begriffe der gesellschaftlichen Sitte standen unverletzt in ihr auf. Der Gedanke an die Möglichkeit einer abermaligen Versuchung machte sie scheu und ließ sie sich fortan alsbald zurückziehen, wo sie eine beginnende größere Vertraulichkeit zu bemerken meinte. Darüber vergingen mehrere Jahre, während welcher ihre immer mehr auffallende Verschlossenheit und ihre Neigung, den gesellschaftlichen Verkehr nach Möglichkeit einzuschränken, ihren Vater mit Besorgnis erfüllte. Um durch Veränderung ihres Aufenthaltsortes vielleicht eine günstige Einwirkung auf das Wesen seiner Tochter zu gewinnen und dann ihre Zukunft nach seinen Wünschen ordnen zu können, beschloß Herr Linter nunmehr, die auch aus geschäftlichen Rücksichten schon geplante Übersiedelung nach New York auszuführen.

In der Tat durfte Dora nach ihrem Eintritt in die dortige Gesellschaft, wo sie dank ihrer überlegenen Erscheinung und dem väterlichen Vermögen alsbald eine ausgezeichnete Stellung einnahm, feststellen, daß die frühere Gefahr nun stark verringert sei. Nachdem sie in der Stille der Zurückgezogenheit genug unter den Widersprüchen ihrer Natur gelitten, hatten in dem Kampfe des sinnlichen Verlangens, das jene Episode mächtig aufgeregt, mit ihren kühlen und reflektierenden Geistesanlagen diese den Sieg davongetragen. Einsam grübelnd war sie dahin gelangt, ihre Beschäftigung mit den Beziehungen der

Geschlechter aus ihrem Blute fast völlig in ihr Hirn zu verpflanzen. Sie war in der Stille Meisterin geworden in jener unfruchtbarsten Abart des Kampfes der Geschlechter, welche zugleich die für den Angreifer ungefährlichste ist. Dora Linter war vollkommen in der Fertigkeit, den Grad, bis zu welchem sich der Gegner vorgewagt, zu beaufsichtigen, um ihr Verhalten danach abzumessen. Mochte sie nun im einzelnen Falle offen angreifen oder sich zu verteidigen scheinen, mochte sie sich ihm etwa als teilnehmende Freundin zeigen oder ihn eine Herzensneigung ahnen lassen, immer sah sie am Ende ihre Absicht, den Mann leiden zu machen, erreicht. Vielleicht brauchte man sie im Grunde kaum ungünstiger zu beurteilen als Frauen, denen ihre Natur die Befriedigung ihrer, notwendig selbstsüchtigen, Sinne auf andere Weise vorschrieb. Jedenfalls aber begann nach den ersten Jahren ihres gesellschaftlichen Lebens das rätselhafte und grausame Wesen ihres Umganges die Verehrer von ihr fernzuhalten. Dies verstärkte wiederum ihre natürliche Bitterkeit und Unlust, indem es ihr vor Augen führte, daß man ihre Art zu leben unliebsam und unumgänglich fand. Schon an diesem Zeitpunkte trat in ihrem Gesicht der den Frauen des Südens früh eigene Zug von Ermüdung hervor. Fürs erste freilich fügte er ihrer Schönheit einen neuen, wunderlichen Reiz hinzu. Ihrem Vater, der in letzter Zeit häufiger die Besorgnis laut werden ließ, seine Absichten in betreff ihrer Zukunft möchten auch hier enttäuscht werden, gab Dora dies einfach zu. Im Verkehr mit ihrem einzigen nahen Verwandten war ihr jetzt ein eigentümlich spöttisch-gleichgültiger, ein wenig an Zynismus erinnernder Ton eigen. Jetzt, sagte sie, sei weniger als je die Aussicht einer Heirat für sie vorhanden. Auch war es nur zum Teil Eitelkeit und viel wirkliche Entschlossenheit, was sie betonen ließ, daß sie kaum noch die Neigung haben könne, ihre Hand einem dieser Männer zu reichen, die sie in einer fast zehnjährigen gesellschaftlichen Laufbahn zu deutlich kennengelernt, um noch die dem Verlobten gegenüber gewiß erforderlichen Illusionen zu besitzen.

Nach einer Besprechung dieser Art ergriff Herr Linter, Geschäftsmann von raschem Entschluß wie er war, das immer noch erübrigende und anerkannt wirksame Mittel, sich seiner Vaterpflichten zu entledigen: eine Reise nach Europa. Nach mehrmonatigem Umherziehen hatten Vater und Tochter in Berlin Aufenthalt genommen, wo sie in bevorzugten Kreisen ohne Mühe die schmeichelhafteste Aufnahme fanden. Während ihr Vater durch neugeknüpfte, hoffnungsvolle Geschäftsverbindungen in rosige Laune versetzt wurde, war auch Doras Stimmung infolge der neuen Unregelmäßigkeit ihres Lebens und durch die ungewohnten Anregungen der Reise von dem bisherigen Druck der Langeweile und Gleichgültigkeit befreit. So wie sie in ihrem neuen Kreise erschien, den schon bemerkbaren Mangel erster Jugendlichkeit durch den vollendeten Ausdruck der großen Dame ausgeglichen, ja vergessen gemacht und auf dem Hintergrunde gedacht, welchen das große Vermögen ihres Vaters bildete, stand dem jungen Mädchen alsbald die Wahl unter Männern offen, von denen mancher auch ihrem verwöhnten und etwas abgestumpften Geschmack wünschenswert erscheinen konnte. Warum erhielt gleichwohl der bescheidenste Verehrer, der nicht mehr junge Major a. D. von Grubeck, den Vorzug? Die Gründe waren, wie in der Mehrzahl der nicht seltenen Verbindungen eines unbedeutenden Mannes mit einer zu hohen Ansprüchen berechtigten Frau, in der tieferen Natur der letzteren zu suchen.

Wirklich fand Dora die Ehe, die sie nun einging, ihren Bedürfnissen einzig angemessen. Sie berechnete, nur durch das moralische Übergewicht über den Gatten werde sie auch die Herrschaft über die eigene Natur erlangen können. Das ewig unfruchtbare Reizungsbedürfnis, welches bisher fast allein ihr Gefühlsleben ausgemacht hatte, hoffte sie beseitigen zu können durch das Bewußtsein der Überlegenheit über die immer noch kräftige Männlichkeit Grubecks. Andererseits, ob sie es nun eingestand oder nicht, teilte sie ein wenig den Respekt vor Herkunft und Titel, welchen ihr Vater, gleich den meisten Deutsch-Amerikanern, unter den Lebensgewohnheiten der Fremde nicht nur bewahrt, sondern sogar verstärkt hatte. So glaubte Dora damals, in der Ehe, welche nach so vielen Kämpfen doch ein Ziel und einen Friedensschluß bedeutete, jedenfalls Ruhe und vielleicht Befriedigung zu finden. Aber sehr rasch, sobald man sich in Dresden niedergelassen und der alte Herr Linter abgereist war, um die 250 000 Dollar, die er seinem Schwiegersöhne hinterlegt, mit möglichster Eile wieder einzubringen, mußte die junge Frau bemerken, daß sie sich in einem Punkte verrechnet habe. Sie hatte nicht vorausgesehen, daß das eheliche Leben das lange still gebliebene Verlangen ihrer Sinne wieder erwecken würde, ohne ihm doch genügen zu können. An der Seite des ungeliebten Gatten begannen alsbald die Kämpfe von neuem, welche jenem ersten Erlebnisse ihrer Mädchenzeit gefolgt waren. Und wie damals, war auch jetzt das Ergebnis, daß sie sich zurückzog und abschloß in einer peinigenden Furcht, bei ihrem jetzigen Gefühlszustande einer Versuchung notwendig erliegen zu müssen, zu welcher sie von ihren versteckten Wünschen gedrängt ward. Auch darin wiederholte sich ihr Schicksal, daß sie, wie damals den jugendlichen Verehrer, nun den Gatten für das Unglück ihrer nie befriedigten Natur verantwortlich machte.

Herr von Grubeck ahnte seinerseits sehr bald den Haß, der aus den zwischen seiner Gattin und ihm liegenden schweigenden Vorwürfen zuweilen in einem schnellen Wort aufleuchtete. Die Folge war, daß er sich, so viel wie es ihm unauffällig tunlich erschien, von Dora zurückzog, während er zugleich in ihrer Gesellschaft seine Aufmerksamkeiten verdoppelte, beides in einem nicht ganz unberechtigten Schuldbewußtsein, das dahin führte, ihn der Frau gegenüber stets gedrückter und willenloser zu machen.

Die Neigungen der Gatten trafen sich darin, an einem bei allen Annehmlichkeiten der großen Stadt dennoch nicht allzu verkehrsreichen Orte wie Dresden ein behagliches und möglichst zurückgezogenes Leben zu führen. Mit dem für ganz nach außen gekehrte, auf Tatkraft gestellte Naturen wie die seine so melancholischen Gefühl des herannahenden Alters nahm das Bequemlichkeitsbedürfnis des Majors zu. Mehr und mehr schloß er sich gegen die Pflichten einer nicht um ihrer selbst willen geliebten Häuslichkeit ab. Seine Frau aber mied Gesellschaft, weil nervöse Angst vor der eigenen Natur sie der notwendigen Sicherheit allmählich ganz beraubt hatte. Je fragwürdiger sie sich selbst ward, um so krankhafter wuchs ihre Scheu vor dem geringsten Verstoß wider die gesellschaftliche Moral. Hin und her gezerrt von ihrer leidenden, unbefriedigten Begierde und von der tiefen Furcht, die sie sich selbst einflößte, gelangte sie zu den seltsamsten Widersprüchen. Sie vermochte sich den gefährlichen Träumereien nicht zu entziehen, in welchen sie die intimen Seelenschilderungen gewisser Romane ausspann, während sie andererseits, heftig zusammenschrak, sobald die geringste Anspielung auf die Dinge, mit denen sie sich fortwährend innerlich beschäftigte, vor ihr laut wurde. Vielleicht war dies die Regung des Verbrechers, der erfährt, daß ein anderer bei einer Tat ergriffen ist, über welche er selbst seit langem brütet.

Ihr Gatte, der in der ersten Zeit ihrer Ehe noch einigen Verkehr mit früheren Kameraden und anderen ehemaligen Berliner Bekanntschaften pflegte, glaubte sie zuweilen durch kleine Mitteilungen aus der Lästerchronik erheitern zu sollen. Einmal kündigte er Dora an, daß ein junger Offizier, mit dem er sich befreundet, ihr vorgestellt zu werden wünschte.

„Er ist ein netter, übrigens sehr verzogener Junge," sagte er. „Man nennt ihn hier seit kurzem mit der kleinen Frau von Wirtz zusammen, obwohl er überhaupt erst seit vier Wochen in Dresden ist. Er ist scharf vorgegangen, wie es scheint."

„Solche Geschichten finde ich eher traurig, als interessant," fiel Dora ungeduldig ein, „und es liegt mir nicht daran, sie zu hören. Auch verlangt mich gar nicht danach, diesen Herrn hier im Hause zu sehen."

Herr von Grubeck ließ unter ihrem unmutigen Blick seinen kurzen Hals ganz zwischen den Schultern verschwinden. Zu der Ratlosigkeit, mit der er die übertriebene Empfindlichkeit seiner Gattin ansah, kam in diesem Falle die Verlegenheit, dem jungen Manne den schon versprochenen Eintritt in sein Haus nachträglich versagen zu müssen.

Zu gleicher Zeit und unter den nämlichen Umständen entwickelte sich Doras Religiosität, welche, durch die ertötende Bitterkeit ihrer seelischen Erfahrungen allerdings der zarten, tröstlichen Verinnerlichung beraubt, Züge des Aberglaubens annahm.

Schließlich trug zu ihrem Bedürfnisse, jede gesellschaftliche Bewegung zu vermeiden und ihre Tage durchaus in häuslicher Ruhe zu verbringen, ein unscheinbarer Zug bei, der aber bewies, daß dieser Frau, die unaufhörlich mit ihrer tiefsten Natur im Kampfe lag, darum die oberflächlichsten Wünsche des weiblichen Herzens nicht fremd waren. Sie konnte nur durch eine sitzende Lebensweise ein kleines Gebrechen, das unbedeutende Lahmen ihres linken Fußes, dem Gatten dauernd verbergen. Vielleicht daß sie sich diesen ihren Wunsch mit der Einsicht erklärt hätte, nur dadurch, daß sie ihren Fehler nicht sichtbar werden ließ, könne sie ihre unbeschränkte Überlegenheit über den Mann bewahren. Vielleicht auch, daß diese Erklärung nur zur Hälfte unberechtigt gewesen wäre. Ihr fehlender Teil aber lag in der seltsamen Eitelkeit, sich auch diesem von Anfang an ungeliebten, ja auf die Dauer sogar verachteten und gehaßten Manne gegenüber nicht die geringste Vernachlässigung ihrer Haltung zu verzeihen.

Wer hätte es gedacht? Diese Frau war eifersüchtig. Zeigen sich nicht auch bei der eigenartig gebildeten, in gewissen Beziehungen von der Allgemeinheit abgesonderten Frau Züge der allgemein weiblichen Denk- und Empfindungsart, die ihren alltäglichen seelischen Gewohnheiten zu widersprechen scheinen? Unter der gewöhnlich sichtbaren Natur eines vielleicht seltenen Einzelwesens regt sich die andere Natur, das Gattungswesen. So kam es, daß das ursprüngliche Weib in Dora einen stillen, aber heftigen Haß unterhielt gegen die erste Gattin des Mannes, an dem sie doch ihrer eigenen Meinung nach nicht genügend Interesse nahm, um eifersüchtig auf jene zu sein, die er geliebt. Den der Verstorbenen zugedachten Haß hatte sie alsbald in doppelter Härte auf das überlebende Kind übertragen: es war ein Mädchen. Durchgängige Verschiedenheit der Naturen kam hinzu. Doras ganzes Wesen hatte sich von Anfang an feindlich zusammengezogen bei der Berührung mit diesem Mädchencharakter, dessen harmonische Ruhe sie nicht begriff und wie eine persönliche Beleidigung empfand. Trotz der unausgesetzten Rivalität der beiden Frauen war es indes zwischen ihnen nie zur offenen Aussprache gekommen. Man ging sich schweigend aus dem Wege. Anna, die ihrerseits ganz die gleiche instinktive Feindseligkeit seit der ersten Begegnung empfunden hatte, war dabei zu sehr an Überlegung und gerechtes Abwägen gewöhnt, um ihren absprechenden Trieb gegen ein ihr fremdes Geschöpf nicht wenigstens äußerlich zu besiegen. Dagegen fühlte Dora sich unsicher und ratlos vor der überlegenen Ruhe und Offenheit der Gegnerin, dahinter sie geheime Listen suchte. Nichtsdestoweniger hatte sich in dem stillen und erbitterten Kampfe, der zwischen den beiden Frauen geführt ward, zumal Dora daran gewöhnt, all ihr Tun und Lassen in Hinsicht der Wirkung auf die Rivalin einzurichten. Es war, als verletzte sie absichtlich durch ihr ganzes Sein und Gebaren die Sympathien des jungen Mädchens. Suchte sie Ersatz der Befriedigung, die ihr sonst das überlegte Spiel zwischen den Geschlechtern gewährt hatte?

So hatte sie denn die Nachricht von Annas Verlobung mit sonderbar zusammengesetzten Empfindungen aufgenommen. Wenn sie durch die Entfernung eines fortwährenden Anreizes ihrer Kampflust sich nahezu beraubt vorkam, war es ihr doch angenehm, die Gegnerin zur Ehe bestimmt zu wissen, mithin zum Leiden, zum Kampf. Außerhalb ihrer eigenen Natur, ihrer persönlichen Erfahrungen sah sie nichts.

Auch an diesem Morgen überlegte sie wieder dies alles. In der Stille ihres Zimmers durchdachte die einsame Frau die Bedeutung der vorhergegangenen Unterredung. Sie sagte sich, daß die Wirkung ihrer Feindschaft wohl imstande sein werde, die Verhaßte noch in die Ehe zu verfolgen. Und doch mischte sich in das Lächeln des Triumphes, das auf der Miene der noch immer regungslos Dasitzenden erschien, ein Schatten von Zaghaftigkeit, als einen Augenblick als klares Bild die Möglichkeit vor ihr auftauchte, *wie*. Es war das Bild Wellkamps, das erschien. Gleich darauf hatte sie es unterdrückt und mit ihm die Furcht. Sie wiederholte sich, daß der Instinkt, der sie in der vergangenen Stunde bei ihrem

Eingreifen in die Pläne des jungen Paares geleitet, ausschließlich Feindseligkeit gegen Anna gewesen sei. Sie betonte dies so hartnäckig, wie man bei solchen Gelegenheiten sein Verhältnis zu den Interessen eines andern betont, um sich zu verschweigen, daß man selbst im Spiele ist mit seinen eigensten Interessen und Wünschen.

III

Es war schließlich schwieriger, als man anfangs angenommen hatte, in den vier Wochen, die ursprünglich nur noch für den Brautstand bestimmt waren, alles Erforderliche zu beschaffen. Die jungen Leute wurden auf ihren Wegen in der Stadt, denen sie zumeist den ganzen Morgen und einen Teil des Nachmittags widmeten, fast immer von dem Major begleitet. Nun war der alte Herr ein recht geschmackvoller Berater bei der Wahl der Einkäufe, nur daß er über seinen Kunstliebhabereien etwas zu sehr die ersten Bedürfnisse des künftigen Haushaltes vernachlässigte. So kam es vor, daß er die luxuriöse Ausschmückung eines Raumes bereits im einzelnen angeordnet hatte, über dessen praktische Bestimmung er sich durchaus noch nicht klar war. Seine beiden Kinder ließen ihn in den meisten Fällen gern gewähren. Es war ihnen beiden ein süßes Gefühl, sich bei jeder Gelegenheit sagen zu lassen: „Das da ist etwas sehr Passendes für euch.“ Es hatte etwas davon, als würden sie durch ein Paradies geführt, das Gott für sie geschaffen; sie fanden alles fertig vor, und alles war für sie.

Auch waren sie damit einverstanden, als Herr von Grubeck ihnen eines Tages einen Besuch der Gemäldeausstellung – es war eine soeben eröffnete Aquarell- und Pastellausstellung – vorschlug, da doch die Auswahl einiger Bilder unumgänglich nötig sei. Dann war es auch hier erstaunlich, wie rasch und mühelos das Auge eines jeden in der Menge der ausgestellten Kunstwerke eben jenes herausfand, das den eigentümlichen Begriffen seiner Seele entsprach. Nach einem kurzen Rundgang durch die verschiedenen Räume war Wellkamp an den Eingang des Hauptsaales zurückgekehrt, wo er sich in ein Gemälde Gabriel Max' vertiefte, dessen vergeistigte und doch so sinnlich wirksame Art in der blassen und zarten Ausführung des Pastells in erhöhtem Maße zur Geltung kam.

Inzwischen verweilte Anna vor einigen italienischen Aquarellen, Szenerien vom Canal grande oder vom genuesischen Golfe. Über den bunten und heiteren Farben schien die geheime Melancholie des bloß vegetierenden Lebens zu liegen, aber nur wie ein ungewisser Duft und jedenfalls mehr gefühlt als gesehen. Dann wurden beide junge Leute von dem Major an den Platz geholt, den er eingenommen hatte, „um seine Studien zu machen", wie er sagte. Es waren die Zeichnungen zu Illustrationen der „Fliegenden Blätter", und auch die beiden andern mußten dic fcine und anmutige Koketterie dieser Tusch- und Federzeichnungen bewundern. Der Major behauptete, nirgends für seine eigene Kunstübung so viel lernen zu können wie an diesen scheinbar leicht hingeworfenen Skizzen, die für ihn technische Offenbarungen enthielten. Wellkamp und Anna gingen gefällig auf die Bemerkungen des alten Herrn ein, auch erwähnten sie sodann die Stücke der Ausstellung, welche sie selbst besonders gefesselt. Aber weder er noch sie ließen sich näher über die Art des Genusses, den sie ihnen gewährt, aus. Anna mochte wohl zu der Zahl der feiner fühlenden Beschauer gehören, denen es widerstrebt, ihre Empfindungen vor einem Kunstwerke in die dem großen Publikum geläufigen Urteile und Ausrufe zu kleiden, während ihnen zugleich der echte und persönliche Ausdruck dafür versagt ist. Wellkamp seinerseits hätte sich niemals entschließen können, die tiefen seelischen Erregungen, welche ihm zuweilen ein Kunstgenuß verschaffte, durch eine Aussprache, zumal in den Augenblicken, wo er sie empfing, preiszugeben. Er hätte dies als eine Entweihung angesehen, so sehr hatte er sich, trotz seines abnutzenden äußeren und inneren Entwicklungsganges – oder aber gerade dank ihm – in dieser Hinsicht eine empfindliche seelische Keuschheit bewahrt.

Man mußte schließlich, da die Zeit des Diners gekommen war, aufbrechen. Während der Major von seinen Lieblingen Abschied nahm, hatte Wellkamp, bereits zum Gehen gewandt, unweit jener Skizzen, die ihn bisher von dem übrigen Inhalt des Saales abgehalten, ein Bild entdeckt, das im gleichen Augenblicke seine volle Aufmerksamkeit in Anspruch nahm. Dies geschah sogar in der Weise, daß er mit unwillkürlich weiter geöffneten Augen und mit einer seltsamen Spannung, welche sich nach und nach zu einem förmlichen Grauen steigerte, an das Gemälde herantrat. Diese Wirkung konnte wohl durch den absonderlichen Stoff, welcher hier behandelt war, hervorgebracht werden, noch weit unheimlicher aber war die Auffassung des Künstlers. Vor einer elenden Bauernkate, deren schmutzig braune Umrisse kaum durch den dichten, alles einhüllenden Nebel hindurchdrangen, stand ein Weib, das mit einer Miene namenlosen Entsetzens vor sich in die dicke, graubraune Luft hineinstarrte. Darin zeigte ihr „das zweite Gesicht" die Gestalt eines Mannes in bäuerischer

Tracht, wohl ihres Gatten – vielleicht als eine Mahnung des Verstorbenen, vielleicht als Todesahnung. Die Erscheinung stand nicht gestalthaft im Nebel, sie schien vielmehr ein Gebilde dieser Luft selbst und nicht aus ihr zu lösen. Beim Beschauer wurde hierdurch der Eindruck bewirkt, die Luft sowie die ganze Natur, welche sie ausfüllte, und das ganze Leben in dieser Natur sei gespenstig. Kaum begreiflich, wie dies mit den sinnenfälligen Mitteln der Malerei hatte erreicht werden können: auch dies mochte zu jener ersten starken Wirkung, die das Gemälde auf Wellkamp gemacht, beigetragen haben.

Letzterem blieben zur Betrachtung nur wenige Minuten, aber die seltsame Eindringlichkeit des Geschauten hatte ihn für den Heimweg schweigsam und nachdenklich gemacht. Während man im Boudoir Frau von Grubecks die Meldung, daß angerichtet sei, erwartete, berichtete der Major seiner Gattin von der Ausstellung. Seine Stimme bekam, wenn er von seiner Lieblingskunst sprach, jedesmal eine wärmere, fast jugendliche Klangfarbe. Er redete sich auch diesmal so in Feuer, daß er schließlich Dora zu einem Besuch der Ausstellung aufforderte, wiewohl er wissen konnte, wie vergeblich es war, sie zu einer Wanderung durch sechs oder acht Säle veranlassen zu wollen. Der Major liebte die Malerei mit einer scheinbar ganz aus seinen übrigen seelischen Anlagen herausfallenden Inbrunst. Alternde, unter der Erkaltung ihres Lebens leidende Menschen klammern sich so an die Heiterkeit, die Wärme und Fülle der Kunst, die ihnen ein neues und letztes Sinnenglück gewährt.

Eben als sie in das Speisezimmer – ein dunkel getäfeltes Gemach, worin einfallendes Licht den darunterstehenden Tisch kreidig beleuchtete – hinübergingen, fragte der alte Herr seinen Schwiegersohn nach dem, was diesen in seinen Gedanken noch immer beschäftigte.

„Was war denn das eigentlich, wovor Sie ganz zuletzt stehengeblieben waren, es schien Sie sehr zu interessieren? Ich bin nicht mehr dazu gekommen, es mir anzusehen. Übrigens müssen wir ja ohnedies noch mal hin, wenn wir bei unserem Vorsatz bleiben, uns etwas zum Ankauf auszusuchen."

Während man sich zu Tische niederließ, hatte der Angeredete die Absicht, seine Antwort in der augenblicklichen Gesprächspause verschwinden zu lassen und auf einen anderen Gegenstand überzuleiten. Doch verspürte er plötzlich die Lust, zu sehen, welchen Eindruck die Beschreibung jenes eigenartigen Bildes auf andere hervorbringen würde. Er wollte dabei besonders an Anna denken; dennoch glitt sein Blick, wie er nun mit Worten, die ihm durch eine lebendige, greifbare Vorstellung eingegeben wurden, die Schilderung jenes „Zweiten Gesichtes" gab, unvermerkt zu Dora hinüber. Und während er noch sprach, konnte er, neugierig und erfreut wider Willen, die Wirkung auf dem Gesicht der jungen Frau wahrnehmen. Wir sehr glich ihr Eindruck dem seinen! Wie noch vor wenig mehr als einer halben Stunde seine eigenen, so öffneten sich nun, unvermutet rasch, wie vor einer das ganze Wesen eines Menschen tiefinnerlich berührenden Überraschung, ihre Augen und ließen Wellkamp zum ersten Male eine eigentümlich wasserhelle Iris sehen, die jetzt aus rätselhafter, dunkeler Tiefe winzige, goldglänzende Funken zu sprühen schien. Es war eine Wahrnehmung von wenigen Sekunden, dann sanken die breiten Augenlider wieder herab, und zugleich mußte Wellkamp sich der anderen Seite zuwenden, da Anna ihn, zum ersten Male seit ihrer Rückkehr von der Ausstellung, anredete.

„Es mag sehr gut gemeint sein," sagte das junge Mädchen in auffällig kurzem und entschiedenem Tone, „aber ich meine, daß die Kunst besser daran täte, sich nicht mit der Pflege derartig romantischer Empfindungen abzugeben, die für unsere Zeit nicht nur überflüssig, sondern hinderlich sind."

„Aber ich denke," erwiderte Wellkamp, der, überrascht von der energischen Stellungnahme seiner Braut, seine eigene, sonst beobachtete Vorsicht in der Äußerung Widerspruch erregender Meinungen vergaß – „aber ich denke, daß die Kunst, wenn sie nämlich überhaupt irgend etwas „soll", es sich zur allerersten Aufgabe machen muß, die übersinnlichen Vorstellungen zu unterhalten. Denn für das Kulturleben bleiben sie unentbehrlich."

Anna hatte das Auge Doras gesehn: die Wirkung der von ihr kritisierten Vorstellungen, durch die Erzählung ihres Verlobten hervorgerufen, in dem Auge der ihr verhaßten Frau. Sie war erregt. Der Klang ihrer Stimme war in ihrer neuen Antwort noch härter als vorher, es mischte sich sogar etwas wie Spott hinein.

„Ach! Du bist also Reaktionär?"

„Wenn's nur gut gemalt ist!" Der Major versuchte, durch eine Wiederholung dieses Lenbachschen Wortes das Gespräch, welches in gefährliche Bahnen zu laufen schien, zurückzulenken. Die beiden jungen Leute drohten auf eine unheimliche Weise politisch zu werden, was Herr von Grubeck immer für unnütze Aufregung gehalten hatte. Er selbst war pflichtgemäßer Christ und Monarchist, ohne vor einigen dem Liberalismus zu machenden Zugeständnissen, die er seiner Zeit schuldig zu sein glaubte, zurückzuschrecken.

Hierüber war Wellkamp hinaus. Er traute sich Organe zu, die mehr verborgenen Zeitströmungen zu fühlen. Angesichts der Pöbelherrschaft des Geldes glaubte er sich geboren für eine vornehme, größer gesinnte Zeit. Aber der Fluch der Ironie traf ihn fühlbar. Was hätte er selbst der Welt denn noch gegolten ohne das Geld seines Vaters, der ein Emporkömmling war. Unmöglich konnte er für seine Person zu gewinnen glauben, hätten Name und Herkunft, geistige Leistung oder verdienstvolle Tat den Vortritt erlangt vor dem Gelde. Ihm war nur erlaubt, ästhetisch zu liebäugeln mit Zuständen, die er ungern erlebt hätte.

Nicht anders stand er zur Religion. Er glaubte natürlich weit eher an die Naturwissenschaft. Wie jedermann, war er über ihre vorläufigen Ergebnisse mehr oder weniger unterrichtet und von ihnen überzeugt. Statt sich selbst aber hinzunehmen, wie er war, suchte er auch hier wieder das andere, ihm nicht Gemäße, und erstrebte eine Persönlichkeit, die nicht sein war, den tiefen Zweifler, die ringende Seele. Verlockt von dem Eingeständnis eines populären Forschers, ruhte sein Zeitgenosse in dem Bewußtsein aus, daß der Wissenschaft die letzten, entscheidenden Fragen immer unlösbar bleiben werden.

Und unter den Vermutungen, mit welchen diese einzig beantwortet werden können, ist die religiöse, zu der man auf solchem Wege zurückkehrt, eine so schöne, die Mehrzahl der Menschen befriedigende. Gehöre zur Mehrzahl! fühlt der mit sich selbst zerfallene Moderne. Versage dir doch nicht das von keiner Zeit je abgeschwächte Bedürfnis der Seele nach den Vorstellungen und Hoffnungen, welche die Religion verleiht.

Wellkamp hatte sich über alles dies niemals so ausführlich Rechenschaft abgelegt. Er hatte selbst keine Ahnung, wie stark er innerlich an den von Anna berührten Gegenständen interessiert war, und so mußte ihn der Eifer, mit dem er auf ihre herausfordernden Bemerkungen einging, selbst überraschen. Doch vermochte er das junge Mädchen durch ein Andeuten seiner Ansichten jetzt nicht zu weiterer Darlegung der ihren zu veranlassen. Es schien ihm, daß sie ihm eine Erläuterung in Abwesenheit von Zeugen zu geben wünschte.

Mit ihren Gedanken beschäftigt, ließen die beiden jungen Leute während des Restes der Mahlzeit den Major fast allein das Gespräch unterhalten. Als er und seine Gattin sich nachher in ihre Zimmer zurückgezogen, gingen Anna und Wellkamp in stillem Einverständnis gemeinsam in den kleinen Salon. Er lag dem Boudoir Doras gegenüber auf der andern Seite des Speisezimmers und war

Annas gewöhnlicher Aufenthalt. Hier konnten sie sich ungestört über ihr Verhältnis zu den angeregten Fragen verständigen.

Der Major kam noch einmal herüber, um sich zu erkundigen, ob man nicht eine Tasse Tee nähme. Als diese abgelehnt ward, entfernte sich der alte Herr, dem es schließlich bei dem Charakter seiner Tochter unumgänglich dünken mochte, gelegentlich die Geister aufeinanderplatzen zu sehen.

Der Vater besaß, wie so oft, mehr Verständnis für die Art seines Kindes, als dieses selbst ihm zuschrieb. Er ahnte wohl, daß die Ruhe und Abgeschlossenheit, welche das Wesen der Tochter trotz ihrer großen Jugend kennzeichnete, mit den außerordentlich festen Meinungen, die sie sich über gewisse Dinge gebildet, verknüpft war. Wovon er dagegen nicht wußte, waren die schweren, stillen Kämpfe, unter denen jene Ruhe erworben war.

Anna war damals zur Welt gekommen, als die junge Frau, welche ihr Gatte schon jetzt zu vernachlässigen begonnen hatte, still und bitter die ersten Leiden ihrer immer freudloser werdenden Ehe durchlebte. Es war, als sei von jener Stimmung der Mutter etwas in das Wesen des Kindes übergegangen.

Später, in dem heranwachsenden Mädchen, das die Krankheit der Mutter sich steigern und steigern sah, suchte ein dumpfes Gefühl nach seinem Ausdruck, welches den Vater beschuldigte – wessen doch? Wenn sich dann das Herz, das den gütigen und frohen Vater liebte, gegen solche Pietätlosigkeit empörte, ergaben sich aus diesem ersten Widerspruch ihrer Natur die ersten Kämpfe.

Dann starb die blasse Frau, an deren Lager Anna fast ein Jahr lang den größten Teil ihrer Tage zugebracht, und zu dem Schmerz über diesen trotz der langsamen Vorbereitung ungeahnt und unbegreiflich schrecklichen Verlust gesellte sich ein für die Zurückgebliebene nicht weniger empfindlicher. Ihre innige religiöse Überzeugung, teuerstes Erbteil der Mutter, hielt den jetzigen Prüfungen nicht stand.

Die Prüfungen hatten, mit dem schmerzlichen Nachdenken, das sie erregten, zweifellos in hervorragendem Maße auch die seelische Entwicklung des kaum achtzehnjährigen Mädchens begünstigt. Ohne daß der Vater, den eine Art Scham davon zurückhielt, ihr Erklärungen gegeben hätte, begriff sie, daß die schwierigen häuslichen Verhältnisse ihr künftig eigene Arbeit notwendig machen würden, und begann sich alsbald auf eine geeignete Tätigkeit in aller Stille vorzubereiten. Ihr Vater ließ sie, erfreut über ihre verständige Schickung in die unvorhergesehene Lage, den Weg betreten, welcher sie schnell weiter und weiter den Grundbedingungen seiner eigenen Anschauungen entfremden sollte. Von der pädagogischen und philosophischen Literatur, die sie anfänglich zu ihrer wissenschaftlichen Ausbildung gewählt, geriet sie infolge textlicher Hinweise und durch ahnungsvolle Neugierde geleitet, an die Lektüre volkswissenschaftlicher, sozialistischer Schriften. Auffassungen, welche mit der Begeisterungsfähigkeit und idealistischen Gerechtigkeitsliebe eines jugendlichen Geistes kennengelernt werden wollen, fanden hier überdies ein durch Leiden auf sie vorbereitetes Gemüt. Gleich unzähligen Mühseligen und Beladenen von heute nahm sie mit allem Vermögen ihres Geistes und ihrer Empfindung die neue, weltliche Religion in sich auf.

Es waren nun zwei Jahre, daß auf solche Weise der seelische Zwiespalt jener Zeit in ihr ausgeglichen war, und das junge Mädchen schrieb seither ihrem ganzen Wesen Abgeschlossenheit zu, ein unverrückbares inneres Ziel, dem nachzugehen ein volles Leben befriedigen kann.

Je fester dies Ziel in ihr stand, desto mehr mußte ihr jetzt daran gelegen sein, sich mit dem Manne ohne den sie ihre Zukunft nicht mehr dachte, über einen so wichtigen Bestandteil ihres Denkens und Empfindens zu verständigen.

So hatte Anna sich allerdings auf die nun bevorstehende, für sie so wichtige Unterredung vorbereitet, und die innere Ruhe, die sie ihr entgegenbrachte, war so vollständig, daß sie die kleine Störung, welche ihr die Erwähnung des fatalen Bildes verursacht, jetzt bereits überwunden hatte.

Wellkamp las in ihrem Gesicht die Festigkeit, und er fühlte, wie Anna über alles, womit sie in Berührung kam, eine eigentümliche Macht gewann.

Dies schien ihm auch in der Einrichtung des stillen, von den übrigen, untereinander verbundenen Räumen der Wohnung abgeschlossenen Zimmerchens ausgedrückt zu liegen, in dem sie einander gegenüber saßen, sie auf einem altmodischen, geschweiften Sofa, er in dem weiten, mit verblichener Stickerei bekleideten Korbstuhl. Überall waren zwischen die ursprüngliche moderne Ausstattung des Raumes ältere Stücke gestellt, welche von der Mutter des jungen Mädchens und aus deren Mädchenzeit stammen mochten, so die große, mit Perlenstickerei gefertigte Landschaft, die als Schirm vor dem Kamin stand, und das Klavier von einer längst außer Anwendung gekommenen Form. Die hier und da angebrachten Photographien und Stiche wiesen einen besonderen, etwas strengen Geschmack auf. Alles dies stimmte gut zu der Erscheinung der jungen Bewohnerin des Raumes. Auch in der schlichten Art, wie sie ihr volles dunkles Haar trug, auch in dem einfachen, wiewohl tatsächlich nicht merklich von der Mode abweichenden Schnitt ihres Kleides schien etwas Fremdes, in gewisser Weise Altmodisches zu liegen, und in ihrem Gesicht prägte sich bei aller frischen Jugendlichkeit ein seltsam ernster, strenger Grundzug aus. Es war der in dieser Umgebung überraschende Typus eines slawischen Rassegesichtes mit der nicht breiten, doch stark gebauten, reinen Stirn, der feinen und dabei energischen Nasenwurzel, den vollen Lippen des schöngeformten, nicht kleinen Mundes und der aus dem allen redenden Willensstärke, verwandt mit edlem Starrsinn.

Den Eindruck einer eigenen, geschlossenen Persönlichkeit, dem er immer aufs neue im Verkehr mit seiner Braut unterlag, empfand Wellkamp in diesen ersten Augenblicken der schweigenden Beobachtung stark und bis zur förmlichen Entmutigung, seine Meinungen jetzt noch den ihrigen entgegenzusetzen. Er hörte ihren Auseinandersetzungen, die sie in ruhiger, gar nicht aufdringlicher und vielleicht darum jeden Widerspruch nahezu ausschließender Weise gab, in der träumerischen, benommenen Stimmung zu, der nervöse und nicht willensstarke Menschen in Gesellschaft ruhiger und überlegener Persönlichkeiten verfallen können.

Gelegentlich nur ward er aus seiner schweigsamen Hingabe herausgerissen durch eine ihrer Fragen, eine der naiven Fragen, die einem weniger beeinflußten, ruhigen Zuhörer ohne weiteres die vollständige Jugendlichkeit der Denkweise der Fragestellerin verraten hätten; denn für sie bedeuteten die von ihr besessene Wahrheit und der Irrtum der Andersgläubigen die schroffsten Gegensätze, die sie nicht in der Idee zusammenfaßte. Sie vermochte nicht vermittelnd zu denken und kannte keine Vielheit der Gesichtspunkte.

Einmal wenigstens, als sie ihm seine Beweise für das Dasein eines Gottes, an welches zu glauben er vorgäbe, abverlangte, vermochte er eine abgerundete, gelegentlich einmal zu eigenem Troste zurückgelegte Antwort vorzubringen.

„Siehst du," sagte er, „du kannst alles, was in unserm Empfinden und in unseren Schicksalen für das Dasein eines persönlichen Gottes zu sprechen scheint, trügerisch nennen. Auch ich empfinde es im Grunde als einen Trug, aber es scheint mir einer in der Art der Fata Morgana zu sein. Hinter der phantastisch schönen Luftspiegelung, welche sie uns vorzaubert, gibt es doch immer, in weiter Ferne, etwas, das gespiegelt wird und ohne das keine Spiegelung möglich wäre."

„Nur daß eben dies Dahinterliegende dir den Gegenbeweis an die Hand gibt: es ist immer etwas sehr Irdisches und häufig sogar etwas ganz Unansehnliches, was in der Luft – oder in deinem Empfinden – gespiegelt so große Wirkungen hervorbringt."

Wie Wellkamp nach diesem leicht und wie selbstverständlich ausgesprochenen Einwande in die vorige passive Stimmung zurücksank, tauchte unvermutet mit seltsamer Deutlichkeit ein Bild vor seinem Geiste auf. Er erblickte sich selbst in einer Lage, die in eigentümlicher Weise den Vergleich mit der augenblicklichen herausforderte.

Er sah sich als zehn- oder elfjährigen Knaben im Hause seiner alten Großmutter, in dem sogenannten Sommerzimmer, welches weniger nach seiner Aussicht auf den schattigen alten Garten so benannt war, als nach den die Wände zierenden altmodischen Tapeten, auf denen die wechselnden Szenen des sommerlichen Landlebens dargestellt waren. Der kleine Erich, der auf einem erhöhten Schemel an dem ungeheuer breiten und festen Tisch saß, richtete seine Blicke von dem violetten Abendhimmel nach dem Muster des Claude Lorrain, der in der Reihe der Landschaften immer wiederkehrte, auf die alte Frau ihm gegenüber. In ihrem graugestreiften Seidenkleide und der Spitzenhaube, unter der ihr welkes, frommes Gesicht hervorblickte, saß sie, ohne sich anzulehnen, gerade aufgerichtet in dem steifen Sofa von rotem Damast und kannte keine Ungeduld bei der Menge von Fragen, die der Enkel ihr mit dem Anspruch auf alsbaldige Lösung vorlegte. In einer Pause gewissenhaften Nachdenkens strich sie wohl mit ihrer knochigen und auch wie Knochen weißen Hand über die gleich dem Sofa rotdamastene Tischdecke hin und her, um dann aufs neue den Wissensdurst des Kindes zu befriedigen.

„Wie die Welt einmal untergehen wird, mein Kind," hörte Wellkamp sie sagen, „das wissen wir sicher, denn die Schrift sagt es uns: Es wird durch Feuer vom Himmel geschehen."

Dann legte sie ihre weiße Hand auf die vor ihr aufgeschlagene dicke, messingverzierte Familienbibel, während ihre hellbraunen, niemals fragenden Augen noch zuversichtlicher blickten als vorher. Der Knabe pflegte in den seelischen Nöten erster kindlicher Zweifel sich an die alte Frau zu wenden. Wohl wuchs die Krankheit dieses frühen Unglaubens trotz ihrer Heilungsversuche in ihm fort; aber er kannte doch in diesen Augenblicken, wenn in der nun eintretenden Stille nur das leise, klingende Ticken der Stutzuhr auf dem Schreibtische der Großmutter hörbar war, schon damals das weiche, süß schmeichelnde, einschläfernde Gefühl von heute. Dieselbe Sicherheit und Beruhigung umfing heute den Mann, der so viele Anschauungen und Überzeugungen nacheinander angenommen und als ungenügend wieder von sich abgetan, bei dem Klange der festen, durch keinen Zweifel getrübten Stimme seiner Braut und ließ ihn leise erschauern.

Das plötzliche Auftauchen jener seit langen Jahren kaum mehr belebten Erinnerung zeigte, ob er sich nun ausdrücklich darüber klar ward oder nicht, zur Genüge, wie innig seine Empfindung die beiden Situationen, die jetzige und die von damals, miteinander verband. Hier wie dort war er, der auf offener See von widerstreitenden Winden Umhergetriebene, zur Rast in einen stillen Hafen eingelaufen, wie die andere Seele in beiden Fällen ihn zu bilden schien. Die fremden Wellen, welche in das Wasser hineinfließen, vermögen dennoch an seiner festabgegrenzten, tiefinneren Ruhe nichts zu ändern.

Zugleich aber knüpfte sich für ihn an die soeben wieder durchlebte Kindheitsszene die wie nie vorher sichere und ausgeprägte Erkenntnis der Mittel, mit denen eine solche „Hafenruhe“ in einer Seele hergestellt wird. Daß das Leben eines Menschen zu seinem sinnlichen Glück geführt war – und es hatte eine Zeit gegeben, wo Wellkamp allein in dem Mangel eines solchen den Grund für die Unausgeglichenheit seines Daseins erblickt hatte –, war nicht alles. Ebenso unerbittlich forderte ihre Befriedigung jene unerklärliche Sehnsucht, die man ehemals als die „übersinnliche“ zu bezeichnen gewohnt war und die, mit etwas verändertem Wortsinne, vielleicht tatsächlich etwas Übersinnliches, das heißt den denkbar feinsten und gleichsam über die Sinne hinaus verlangenden Ausdruck des sinnlichen Verlangens darstellte.

Diese Überlegung hatte indes die heimliche, hingegebene Stimmung aufgelöst, in der ihn die Nähe und das Gespräch seiner Braut bisher unterhalten. Der Zauber, den sie auf ihn ausübte, war zuletzt einfach auf ihre Gesundheit und Natürlichkeit zurückzuführen. Davon strömte mit jedem ihrer Worte eine Fülle zu ihm hinüber, der gleichsam in geistiger Krankenluft zu leben gewohnt war. War nicht dies der größte, entscheidende Vorzug, den Anna von Anfang an für ihn gehabt? Durchaus im Widerspruch hiermit fand er nun plötzlich diesen Einfluß unbehaglich und störend und fühlte sich versucht, ihn von sich abzuschütteln. So läßt ein Kranker sich nur ungern zum ersten Male zum

Verlassen des Lagers bewegen, er findet keinen Gefallen mehr an dem Leben der Gesunden, dessen ihn sein Zustand seit so langer Zeit entwöhnt hat. Trotz riet Wellkamp, keine Minute länger diese Unterhaltung fortzusetzen.

Mitten in einer weiteren Bemerkung des jungen Mädchens sprang er, fast wider seinen eigenen Willen, auf und verabschiedete sich eilig; ihm sei plötzlich eine in der Stadt zu ordnende Angelegenheit eingefallen. Wenngleich mit seinem Benehmen nicht zufrieden, atmete er doch leichter, als er die Tür des kleinen altmodischen Zimmers hinter sich geschlossen hatte. In Frau von Grubecks Boudoir, das er passierte, obwohl er einen andern Ausgang vom Speisezimmer aus hätte benutzen können, fand er Dora an ihrem gewohnten Platze. Halbdunkel, denn von der hohen bronzenen Lampe hing über dem Schirm noch eine seidene Draperie, ließ Wellkamp, nach der hellen Beleuchtung, welche Anna liebte, nur undeutlich die lichtgrau gekleidete Gestalt unterscheiden; doch fühlte er, wie gewöhnlich in ihrer Nähe, ihre Augen auf sich gerichtet. Sie schien heute noch keines der Bücher geöffnet zu haben, die auf dem Tischchen neben ihr lagen; ihre Hände ruhten müßig im Schoße. Um ihm, der nach der Begrüßung einen Augenblick unschlüssig vor ihr stand, ihre Beschäftigungslosigkeit zu erklären – er fragte sich später, ob es nur deswegen geschehen sei –, erzählte sie dem jungen Manne, daß sie sich die verflossene Stunde in ihren einsamen Gedanken noch immer mit dem Inhalt jenes wunderlichen Bildes beschäftigt.

„Ich grübele gern über solchen geheimnisvollen Dingen," fügte sie auf seine verwunderte Frage hinzu, „und ich glaube auch an sie."

Und als er noch immer schwieg, – „vielleicht gerade darum, weil man sie niemals zu sehen bekommt."

„Kommen Sie her!" sagte plötzlich Wellkamp. „Schnell!" – und er streckte den Arm aus. Sie kam ihm entgegen, wortlos, den Blick in seinem. Da schraken sie auf und sahen zurück, es krachte, splitterte, und Möbel fielen um. Ein schweres Bild war von der Wand gestürzt, genau auf den von Dora soeben verlassenen Sitz.

Nach langer Pause sagte Dora: „Nun haben wir es doch zu sehen bekommen." Er ergänzte: „Das Geheimnisvolle." Zugleich erblickte er die Mischung von leisem, verhaltenem Grauen und tiefinnerer, suchender und verlangender Hingebung, die er selbst empfand, auch in ihrem Auge.

Dies war viel stärker, viel bestimmter als das erstemal, daß sie gemeinsam erschauerten. Ja, es war, als ob jene suchende Hingebung einen Gegenstand zu finden auf dem Wege sei. In einer augenblicklichen Willenslähmung bemerkte Wellkamp, ohne es doch hindern zu können, wie sein Schauer die bestimmtere Gestalt von Verlangen, sogar von Begehrlichkeit annahm. Der Vorgang war ohne Zweifel bei Dora ohne Unterschied der gleiche; denn als der junge Mann sich endlich von dem seltsamen Banne befreien konnte, nahm er auch bei ihr das plötzliche Erschrecken, wie beim Auffahren aus einem halben Traumzustande, wahr. Auch war die darauffolgende peinliche Verlegenheit bei beiden gleich stark. Sie wechselten, aneinander vorübersehend, noch einige wenige Worte, worauf Wellkamp sich verabschiedete.

Im Vorzimmer fiel ihm unvermittelt ein, daß der gedankenlos gesprochene Vorwand zufällig der gleiche gewesen, mit dem er kaum eine Viertelstunde zuvor Anna verlassen. In hastiger Gedankenverbindung drängte sich ihm ein Vergleich der beiden hinter ihm liegenden Unterredungen auf. Und die soeben empfundene Verlegenheit wurde zur Scham und zu stillen, heftigen Selbstvorwürfen, als er sich das Ergebnis dieses Abends gestehen mußte, welches darin bestand, daß er das Gespräch mit seiner Braut beendet hatte, weil ihre ruhige und verständige Auffassung der Dinge, wie sehr sie ihn damals angezogen haben mochte, ihn heute erkältet hatte – während er im Gegenteil dasjenige mit Dora abgebrochen, weil sein Interesse allzu stark, sein Blick zu heiß geworden.

IV

Wie oft in den nächsten Tagen wiederholte Wellkamp sich, daß er an jenem Abend durch die Art, wie er die Szene mit Dora beendigt, einwandfrei gehandelt habe! Ihre beiderseitigen Empfindungen während jener seltsamen Minuten seien in sich selbst versunken und ohne wechselweisen Zusammenhang gewesen. Aber er blieb ohnmächtig gegenüber dem rätselhaften Bewußtsein, das eine seit jener Stunde zwischen ihm und der jungen Frau eingetretene Annäherung feststellte. Er ertappte sich darüber, daß er sie in seinen Gedanken, die sich jetzt häufiger um eine Vergleichung von Wesensäußerungen seiner Braut und Frau von Grubecks zu drehen begannen, mit ihrem Vornamen nannte. Blieben diese Gedanken zuweilen an einem Punkte stehen, über den er in Träumereien versank, so bemerkte er später, daß sie, mit der er sich auf diese Weise unbewußt beschäftigt, Dora gewesen.

Noch mehr. Einmal unerwartet ins Zimmer getreten, hatte er seine Braut mit Frau von Grubeck beim Austausch der halb unterdrückten Feindseligkeiten überrascht, die den Verkehr der beiden Frauen bezeichneten, und von Anna ein ungeduldiges Wort aufgefangen. Er konnte sich in diesem Augenblick nicht entschließen, sie anzureden, aus Furcht, unfreundlich zu sein.

Warum ist sie so ungerecht? Welch alberne Eifersucht in diesen häuslichen Dingen, über die sie doch sonst hinwegzublicken den Anschein hat! So dachte er im Vorübergehen.

Er bemerkte nachher selbst, daß seine erste Regung ohne weiteres Anna unrecht gegen ihre Gegnerin gegeben hatte.

Seine Stellung zu Dora war dadurch so schwierig und rätselvoll geworden, daß sie zuweilen sein Benehmen verwirren konnte. In ihrer Gegenwart, welche immer noch so viele Gegensätze, so viel seine Sympathien Verletzendes zutage förderte, war es ihm unbegreiflich, wie dennoch seither eine engere Beziehung zwischen ihnen hergestellt sein konnte. Denn es kam, als neues Rätsel, die Bemerkung hinzu, daß sie dieses Bewußtsein mit ihm teilte. Er mochte sich ungeduldig und zornig fragen, was sie dazu berechtige – aber ihr unrecht zu geben, konnte er nicht wagen.

Unter ihren nächsten Gesprächen war eines, welches darum besonderen Eindruck auf ihn machte, weil er darin den Unterschied ihres Verhältnisses jetzt und früher angedeutet fand. Dora hatte, worauf sie die Unterhaltung mit Vorliebe hinausführte, wieder ihre eigene Lebensweise zur Sprache gebracht, die Zweck- und Freudlosigkeit ihrer Tage.

„Zuweilen,“ sagte sie, „wenn ich meine Toilette mache, was für uns Frauen, wie Sie wissen, die eigentliche Arbeit des Tages ist, möchte ich alles beiseite schieben, so zwecklos kommt es mir vor. Denn Zweck verleiht uns überhaupt erst die Gesellschaft.“

Und auf eine Bewegung des jungen Mannes:

„Oh, seien Sie nicht gekränkt! Aber Sie sind Bräutigam und zählen nicht mit.“

„Es hängt doch ganz von Ihnen selbst ab,“ schob Wellkamp ein, der ihre letzte Bemerkung zu überhören schien.

„Glauben Sie? – Ich finde, daß ich etwas von einem Geizhals habe, der mit all seinem Reichtum in seinem einzigen Zimmer wohnen bleibt. Meinen Sie, daß er sich nicht doch zuweilen nach dem Palaste sehnt, den er bewohnen könnte? Das sind widerstreitende Bedürfnisse; die stärkeren halten uns fest."

Mochten ihre Äußerungen zur Hälfte kokett sein, so war doch wohl auch viel von wirklichem Selbstmitleiden darin enthalten, ihrer Natur eine vertraute Empfindung, in deren besonderen und starken Schauern sie bisweilen augenblickliche nervöse Befriedigung fand. Dem entsprach auch der Ton ihrer Rede, welcher weniger sentimental als spöttisch und ein wenig bitter war. Vielleicht würde jeder nicht Voreingenommene, der ihr in diesem Augenblick gegenüber gesessen hätte, eine gewisse Rührung verspürt haben. Es wäre für einen solchen Beschauer ein Bild von Blässe und Wehmut gewesen, die junge Frau in den tiefen, gegen das Licht geschobenen Sessel geschmiegt, ihre Morgenrobe hell und matt wie die bewegungslos in ihrem Schoße ruhenden Hände. Hell und matt war auch das Gesicht, dessen Züge ein wenig verwischt erschienen in dem geringen Schein aus halbgeschlossenen Fenstervorhängen. Und auch das weiche Haar, das von ein paar leise spielenden Sonnenlichtern gekrönt wurde, war hell und matt.

Wellkamp war am allerwenigsten unempfindlich gegen den Zauber des Verfalles, aber er fühlte mit einer Art von trotziger Genugtuung, wie es ihm gelang, den Eindruck, den sie auf ihn machte, niederzukämpfen. Seine abwehrende Regung steigerte sich bis zu wirklichem Widerwillen, als Dora nun in Verbindung mit ihren halb ironischen Klagen über ihre eigene Ziel- und Tatlosigkeit Herrn von Grubecks Erwähnung tat.

„Er hat wenigstens noch das Porzellan bis zu Ihrer Hochzeit auszumalen, lebt also doch zu einem bestimmten Zweck," sagte sie und gab dadurch seiner lauernden Antipathie Gelegenheit zu sprechen. Zugleich aber mußte er jene erste Situation, in welcher sie sein Gefühl durch eine Bemerkung auf Kosten ihres Gatten beleidigt hatte, mit der jetzigen vergleichen. Damals war der stumme Widerstand, den er wer weiß welcher, aus ihren Worten herausgefühlten Intimität entgegensetzte, berechtigt, – aber war er es heute noch? Wellkamp vermochte hierauf nur die sonderbare Antwort zu geben, daß er sich das Recht auf Widerstand nach wie vor zusprach – ohne ihn doch leisten zu können. So offenbarten mehrere durcheinander redende Stimmen die Unklarheit seines Innern und die Schwierigkeit des Charakters, in dem er mittlerweile dieser Frau gegenüberstand.

Das Gespräch fand in der Morgenstunde statt, in welcher Anna mit ihrem Vater ihre Promenade zu machen pflegte. Wellkamp hatte seit der ersten Begegnung mit Frau von Grubeck um die Zeit nie mehr das Haus betreten. Aber unter den peinigenden Erwägungen nach dem Auftritt mit Dora, der jener Unterredung mit seiner Braut gefolgt war, trat auch die Frage auf, warum er sich jedem vorherzusehenden Alleinsein mit der jungen Frau seither entzogen hatte. Er beargwöhnte sich selbst bereits so sehr, daß er in dieser Zurückhaltung sofort Furcht oder sogar etwas dem Schuldgefühl Ähnliches erblickte. Aus Trotz und um sich selbst seine völlige Unbefangenheit zu beweisen, hatte er sodann den Morgenbesuch erneuert.

Er fuhr dennoch unmerklich zusammen, als er nun aus dem Nebenzimmer Annas Stimme kommen hörte.

Statt seiner begrüßte Dora die Eintretende.

„Da du deinen Bräutigam den ganzen Morgen vernachlässigst," sagte sie, „ist er so liebenswürdig gewesen, mir ein wenig Gesellschaft zu leisten."

Anna kam ohne ihren Vater, sie war erfrischt, sie hatte ganz klare Augen. Um so auffallender war der Schatten, den die Worte Doras darin hervorriefen. Wellkamp hatte in dieser Minute den außerordentlich klaren Überblick über die Situation mit allen in ihr liegenden Möglichkeiten, welche gleicherweise dem Feldherrn eignet, der eine Entscheidung nahen sieht, und dem armen Sünder, der seine Aburteilung erwartet. So hörte er aus Frau von Grubecks Anrede diejenige Deutung seines Besuches heraus, welche der von ihm beabsichtigten genau entgegengesetzt war, seine Auffassung als Annäherung. Zugleich konnte er sich die Bewegung seiner Braut, mit wie schmerzlichem Widerstreben er es auch tat, nicht anders denn als Zeichen eines aufgetauchten Verdachtes erklären. Er verstand noch wenig ihre Natur, welche sie zu den heftigsten inneren Kämpfen gezwungen haben würde, bevor sie auf den erwählten Mann Verdacht werfen konnte. Andererseits wußte er auch nicht, daß das junge Mädchen trotz ihrer großen Seelenrechtlichkeit dazu neigte, hier wie überall ihrer gehaßten Feindin für jede Handlung, jedes Wort, ja für die kleinste Äußerung ihres Wesens die unedelsten Beweggründe unterzulegen. Was würde Wellkamp, wenn er die ganze Schärfe des Verhältnisses der beiden Frauen geahnt hätte, daraus geschlossen haben? Ihr, die in ihrer geträumten Welt alle Menschen schlicht und ohne bösen Willen erblickte, begegnete im wirklichen Leben die erste ganz und ausschließlich unsympathische Persönlichkeit; vor der unwahrscheinlich krassen Ausnahme war sie außerstande, ihrem Widerwillen irgendeinen Zügel anzulegen.

Die scharfen, wenn auch in falscher Richtung abgelenkten Beobachtungen, welche Wellkamp in jener kritischen Sekunde gemacht, gaben ihm ein gewisses Mitleid mit seiner Braut ein: jenes Mitleid mit den Opfern unserer eigenen Fehler, das nicht frei von Heuchelei ist. Man will nicht aufhören, Unrecht zu tun; nur die Folgen sollen beweint werden.

Freilich gab sich Wellkamp in der nächsten Zeit dem Bemühen hin, seiner Braut mehr als vorher bemerkbar zu machen, in welchem Grade ihn der Verkehr mit ihr von der Pflege anderweitigen Umgangs abhielt. Vor allem schränkte er die mit Dora zu wechselnden Worte auf das notwendigste ein und vermied jedes Alleinsein mit der jungen Frau. Zugleich beruhigte es ihn, daß seine unvermittelt eingetretene Entfremdung von ihrer Seite so gut wie unbeachtet blieb. Er sagte sich, daß, wenn sie ihn in seinem Rückzug nicht störe, keine Ansprüche geltend mache, dadurch alles, was er sich von falschem Benehmen ihr gegenüber vorgeworfen habe, widerlegt sei.

Bei den nun häufiger als vordem herbeigeführten Unterhaltungen mit Anna verflossen ihm halbe Nachmittage in der friedlichen, hellen Stimmung des kleinen Mädchenzimmers. Das erstemal, daß er es wieder betrat, vertiefte sich plötzlich das zum Teil heuchlerische Gefühl, das ihn zunächst zum engeren Anschluß an Anna bestimmt, zu echtem, warmem und überwallendem Mitleid, darin nun volle Reue enthalten war über das Viele, das er ihr in den vergangenen Wochen schuldig geblieben und dessen er sich selbst beraubt.

Unfähig, seine Bewegung zu verbergen, nahm er den kleinen Kopf der Geliebten in seine beiden Hände, er küßte ihre Stirn. Sie ergriff eine seiner Hände und streichelte sie. Unter dieser schlichten Liebkosung nahm sie unbefangen jene Plaudereien wieder auf, die das erstemal einen für Wellkamp so verhängnisvollen Abschluß gefunden hatten. Wieder empfand er den Zauber ihrer Vertraulichkeit, wieder schlummerte darin, ihr selbst sicherlich unbewußt, die heimliche, aber unbestreitbare Überlegenheit, die den jungen Mann in seiner jetzigen Gemütsverfassung so sehr tröstete und erwärmte. Alle voraufgegangenen Störungen dieser einzigen Stimmung waren ihm so gut wie entfallen. In diesen Stunden des schweigenden, wunschlosen, vergessenden Glückes meinte er die Vergangenheit unwiederherstellbar abgeschlossen zu fühlen. Und stand nicht dieser Abschluß auch tatsächlich und sichtbar in nächster Nähe? Die Glücklichen begannen die Tage bis zur Hochzeit zu zählen.

„Es sind noch sechs,“ sagte Anna, „wenn wir den heutigen mitrechnen. Das brauchen wir aber nicht mehr; also nur noch fünf.“

Wellkamp hatte einen anderen Einfall.

„Weißt du, was ich mir an unserer Reise am schönsten vorstelle? – Die Heimkehr.“

„Oh,“ fuhr er fort, „natürlich werden wir prachtvoll zusammen reisen – bedenke doch, wie mir, der ich immer allein herumgefahren bin, das vorkommen wird; – aber ich finde, man macht sich dort draußen nur müde, um es nachher zu Hause noch behaglicher zu haben. Das ist am Ende der Zweck.“

Anna lachte, und ihr Lachen versicherte, daß sie an keine Müdigkeit denke.

„Aber einen Plan, wohin wir gehen, hast du dir unterdessen wohl zurechtgelegt?“

„Ich habe keine Ahnung.“

„Und du hast recht,“ sagte das junge Mädchen. „Es ist besser, in der letzten Stunde irgendeine passende Richtung einzuschlagen und sich dann vom Zufall weiterführen zu lassen. An Plan und Einteilung liegt nichts und erst recht nichts an dem Ziel. Nicht wahr? Die Ziele gehören in den Alltag, aber das Glück ist planlos.“

Wellkamp sah sie an, voll zärtlicher Bewunderung für die Liebe, die aussprach, was er hätte fühlen wollen. Da fühlte er es.

So vergingen den Verlobten die nächsten Tage halb in träumerischem Erwarten und halb in gegenseitiger Mitteilung kleiner praktischer Bemerkungen und Wünsche, hinter deren unscheinbarem Wortlaut so viel von der Seele hervorblickte, mit ihren Lebensbedürfnissen, ihren Sympathien und ihrer Sehnsucht. In ihren Phantasien von „künftig“ bestimmten sie wie Kinder vor Weihnacht über Geschenke, die sie erwarteten.

Anna war gesellschaftlich stets bereit, sich den Älteren unterzuordnen; bei den übrigen drei mochte eine solche Schonung der Eigenheiten anderer zum Teil aus dem Bewußtsein hervorgehen, selbst genug und übergenug zu verbergen zu haben. Momente traten ein, über die man am klügsten unter Schweigen und mit einem verbindlichen Lächeln hinwegging. Herr von Grubeck hatte nach der ersten ausweichenden Antwort, die Wellkamp auf die Frage nach seinen Familienbeziehungen gegeben, den Gegenstand ruhen gelassen. Ebenso taktvoll nahm er die Mitteilung auf, die der junge Mann kurz vor der Hochzeit ihm nun dennoch über das Verhältnis zu seinem Vater machen zu müssen meinte.

Dann standen die Verlobten, an dem entscheidenden Tage, in Erwartung der feierlichen Handlung nebeneinander, er etwas nervös, sie völlig ruhig, und nur unmerklich blässer das Gesicht. Matt, wie vergoldet, hob es sich von dem schlichten weißen Kleide ab, welches ebenso wie ihre schwarzen Haare ganz mit duftigen Orangenblüten übersät war.

Der Major hielt sich, fortwährend bemüht, seine Bewegung unter straffer gesellschaftlicher Haltung zu verbergen, zur Seite seiner Gattin, die ihren gewohnten Platz eingenommen hatte. Die junge Frau zeigte ihre eigentümliche Halbdunkel-Schönheit in einer überlegen geschmackvollen Toilette von grauer Seide.

Der Geistliche trat ein, ein älterer Mann, dessen Gesicht unter seiner stillen Würde nichts mehr von der halben Verlegenheit verriet, der jüngere Leute seines Standes in solchen Augenblicken unterliegen können. Sie treten in eine kleine, feierlich vorbereitete Gesellschaft fremd ein, um sogleich eine Handlung vorzunehmen, welche wie keine andere in das Leben dieser Menschen bestimmend eingreifen soll.

Hinter ihm erschien der Hauswirt, Herr Bright, welcher neben Herrn von Grubeck als Trauzeuge aufzutreten gebeten war.

Während der religiösen Handlung versank Anna in regungsloses Träumen. Sah sie in die Tiefe dieser Wandlung ihres Lebens? Ach! Dann sah sie sogar in der Tiefe nur Gewißheiten, glückliche Gewißheiten.

Wellkamp, für den jede Feierlichkeit an sich etwas schwer Erträgliches bedeutete, verfiel nach der nervösen Erwartung jetzt stellenweise in eine Art von Betäubung, aus der er alsdann mit irgendeinem absonderlichen Einfall wieder auffuhr. Einmal erinnerte er sich unvermittelt einer unbedeutenden Einzelheit an Doras Toilette und spürte zugleich das unbezwingliche Verlangen, seine Augen so weit nach links zu richten, um seine Vermutung bestätigt sehen zu können. Dann wieder glaubte er ihren beobachtenden Blick auf sich gerichtet zu fühlen, ja er meinte zu unterscheiden, wie ihr Blick zwischen ihm und seiner Braut hin und her wanderte. Dadurch ward plötzlich ein beißender, giftiger Haß gegen Frau von Grubeck in ihm erregt, der kaum einen Moment! anhielt; gleich darauf horchte er mit einer ebenso unvermittelten Rührung auf die Schlußworte des Redners.

Unter den Hochzeitsgaben Herrn und Frau von Grubecks, welche, von dem Major mit künstlerischem Geschmack geordnet, nun besichtigt wurden, stach seltsam hervor ein kleines hölzernes, einer menschlichen Karikatur ähnliches Götzenbild, das Dora für Wellkamp bestimmt und das, wie sie ihm ironisch, aber rätselhaft lächelnd sagte, ein Andenken aus ihrer Heimat, das Geschenk einer alten Negerin war. Während Wellkamp das alberne kleine Monstrum in der Hand hielt, fühlte er von neuem jenes jähe, tieffeindliche Gefühl in sich aufsteigen, das ihn noch soeben während der Trauung berührt. Er empfand in diesem Geschenk wieder etwas Außergewöhnliches und darum eine Last. Als er jedoch, dicht davor, das Stückchen Holz heftig aus der Hand zu legen, sich auf die nötigste Höflichkeit besann, schlug seine Stimmung wiederum unvermittelt um. Dora erschien ihm plötzlich so bemitleidenswert, daß ihn der Gedanke wie ein Schauer berührte. Er sah sie auf einmal von der Höhe seines Glückes an; denn er hatte wie nie zuvor das Bewußtsein, sich dort zu befinden und alles Vergangene endgültig unter sich gelassen zu haben. Wozu sollte er also noch Groll hegen, welcher ihm vergangene Kämpfe und Leiden immer aufs neue ins Gedächtnis rufen mußte? Er fühlte das Bedürfnis, auf jeder Seite in gutem Einvernehmen und ohne Hinterlassung eines gewaltsamen Bruches abzuschließen, bevor er mit seiner jungen Frau die Hochzeitsreise antrat. Friedlich und wehmutsvoll gestimmt ergriff er Frau von Grubecks Hand, um sie zu küssen.

Das Mahl verlief sehr schweigsam, nur zum Schluß war ein leises Aneinanderklingen der Gläser Ausdruck all des Unausgesprochenen, das jeder in sich trug an Empfindungen oder Gedanken, an Wünschen oder Besorgnissen. Wenn hier zwei Gläser zusammenklangen, war schwer herauszuhören, was jedes von ihnen sagen wollte.

Der Wagen stand vor der Tür, und der Major mahnte zum Aufbruch. Er geleitete seine beiden Kinder zur Bahn.

Dora blickte dem eleganten Gefährt nach, das lautlos über eine ganz leichte, allererste Schneedecke rollte. Sie stand, das Spitzentuch in ihrer blassen Hand ein wenig zusammengedrückt, am Fenster.

V

Für die Übergangszeit, welche die Reise des jungen Paares bildete, war keine bestimmte Dauer in Aussicht genommen, jedenfalls mußte sie aber verlängert werden, bis Herr und Frau Wellkamp ihre neue, inzwischen unter Oberaufsicht des Majors herzurichtende Wohnung beziehen konnten. Von dem gemächlichen Umherwandern, an welches Anna gedacht, hatte man in Anbetracht der ungünstigen Jahreszeit am Ende doch Abstand genommen und auf Herrn von Grubecks Vorschlag einen Aufenthalt in Berlin beschlossen. Besonders Wellkamp hatte diesen Plan schnell erfaßt. Die nächste Großstadt erschien ihm das Rechte und in ihrem lautesten und fremdesten Trubel das Leben für zwei Zusammengehörige am ungestörtesten. Und wieviele wechselnde Eindrücke würden sie sich nicht mitzuteilen haben in diesem Berliner Treiben, dem jeder von ihnen, da er es nicht zum erstenmal sah, seine besonderen Neigungen und Neugierden entgegenbrachte. Für Anna, die ihre ganze Kindheit hier verlebt, war es eine wehmütiglockende Aussicht, an den bekannten Plätzen das Andenken ihrer Mutter hervorzurufen, gleichsam der Erinnerung an ihre Kinderfreuden, die dort für sie in der Luft lag, nun ihr Frauenglück vorzuführen – und beide in einem zu genießen.

Wellkamp brachte im Gegenteil der Stadt, die für ihn vor allem der Schauplatz eines starken Leides war, eine Art von Trotz entgegen. Jeder Ort, den er berührt, mochte er ihn im übrigen bisweilen nahezu vergessen haben, pflegte ihm ein deutliches Andenken an die Stimmung zu hinterlassen, mit welcher er an ihm verweilt, so daß er ihn am Ende nur noch durch den Schleier solcher persönlichen Erinnerung sah. So wurde ihm sein jetziger froher und hoffnungsreicher Einzug in Berlin gleichsam zu einem Triumph über die traurigen Erfahrungen, die er hier während seines letzten Aufenthaltes durchlebt.

Um so inniger ergriff ihn gerade jetzt der Zauber von Annas Herzensreife, die durch die häufig so jugendlich einseitigen Äußerungen ihres Verstandes hindurch immer fühlbar wurde. Er betrachtete es als ein Glück, keiner ganz naiven Frau das großstädtische Treiben erläutern zu müssen. Es vermehrte ihre Intimität noch um das Gefühl wohliger Kameradschaft, wenn er die Sicherheit bemerkte, mit der sie sich in der fremden, nicht mehr gewohnten Umgebung bewegte. Sie brachte allem Neuen ihre ruhige, in ihrer Selbstsicherheit wurzelnde Urteilskraft entgegen. Sie empfing weniger leicht und weniger fein unterschiedene geistige Eindrücke als er, aber sie durchlebte das einmal Aufgenommene gründlicher und bewahrte es besser. Ihre Betrachtungsweise war, ohne darum innerlich teilnahmlos und fischblütig zu sein, immer weniger auf das Bildliche, Sinnenfällige einer Sache als auf ihren Ideengehalt gerichtet.

Dies zeigte sich besonders im Theater, wo sie mit Vorliebe ihre Abende verbrachten. Verrät sich doch hier, ganz wie auf der Bühne das Leben zusammengezogen und in eine starke Essenz verarbeitet erscheint, auch im Zuschauerraum so viel rascher und stärker als anderswo die Verschiedenheit der Anlagen, der Bildung und des Geschmacks. Sie verriet sich etwa im Zwischenakte eines lustigen Pariser Stückes, während des ungewissen, summenden Geräusches, das aus dem Plaudern und Lachen des ganzen Saales, aus dem Klappen der Sessel, dem Schließen der Logentüren, dem Gehen und Kommen zusammengesetzt war. Eine kleine, nachlässige Bemerkung über den Fächer hinweg und das Glas auf die gegenüberliegende Loge gerichtet, zeigte sie.

„Sehr unterhaltend," sagte Wellkamp. „Ein Feuerwerk von guten Worten. Aber ist es nicht doch etwas zu frivol? Man muß nicht egoistisch sein; ich bedauere vielleicht doch, dich hergeführt zu haben."

„Aber nein," erwiderte die junge Frau eifrig; „die Frage, die zugrunde liegt, interessiert mich aufrichtig. Das hat ja viel größere Bedeutung als man meint."

Ein anderes Mal war es, als man sich zum Ausgang den engen Wandelgang entlang schob, inmitten des hin und her wehenden charakteristischen Duftes, den so viele aneinandergedrängte Frauenkörper und ihre Toiletten, die parfümierten Bärte der Herren und ihre an den Rock gehefteten Blumen ausatmeten.

„Diese laxe Moral," bemerkte Anna, draußen in der frischen Luft aufatmend, „braucht man wirklich nicht mehr von der Bühne zu predigen. Sie ist ohnedies üblich genug."

„Wie meinst du? Ich muß sagen, daß ich mich schrecklich gelangweilt habe. Mir war die Wohlanständigkeit etwas zu groß für ein Stück, das keinen tieferen Reiz besitzt."

Die Oper besuchten sie selten. Anna verstand es wenig, Musik zu genießen. Sie kannte durchaus nichts von der Hingabe an eine Phantasie und Empfindung anregende und auch wohl aufreizende Musik. So konnte ihr die Mehrzahl der in Opern gehörten Vokal- und Orchesterkompositionen nichts sagen. Doch fand sie Geschmack an einer gewissen schwereren Gattung von Konzertmusik; vor allem liebte sie Beethoven. Die Art ihres Musikgenusses bestand vorzugsweise darin, dem Aufbau der Tonreihen zu folgen und gleichsam ihre Logik zu studieren. Sie hatte davon ein geistigeres Vergnügen, als man im allgemeinen aus der Musik zu schöpfen pflegt.

Im ganzen war die Art, wie die junge Frau sich zu Leben und Kunst stellte, sicherlich sehr verständig und hatte hier und da selbst einen leisen Beigeschmack von Trockenheit. Durch diese ihre Art wurde auch das Verhältnis zu ihrem Gatten mit bestimmt. In ihrer ruhigen, liebevollen Hingabe, die sich vom ersten Tage an gleich geblieben, war wenig von dem mehr nervösen Verständnis für leisere und unmerklichere Augenblicksempfindungen enthalten, denen er seinerseits so leicht zugänglich war.

Gelegentlich teilte er sie ihr indes mit. Auf ihren häufigen Spaziergängen im Tiergarten waren sie einmal stehen geblieben, um den Schlittschuhläufern zuzusehen. Sie verfolgten mit den Blicken das flinke, gleitende Durcheinander der geübten Gestalten und kleidsamen Sporttrachten und das Lachen auf all den frisch geröteten Gesichtern. Das Bild, in die dünne, klare Winterluft gestellt und in der blendenden Eisfläche gespiegelt, war fast zu scharf für die Augen, sie empfanden den Atemhauch, der um alle Köpfe wehte, als eine wohltuende Milderung.

Wellkamp deutete auf die schneebeladenen Büsche und Bäume ringsumher.

„Die Sonne bricht durch," sagte er. „Sieh, wie sie auf den Zweigen ganz denselben spitzen, kurzen Glanz hervorbringt wie dort auf den Säbelscheiden der Offiziere."

„Wirklich!" stimmte Anna bei.

„Sie macht alles nur noch kälter. Aber wenn man in all die Kälte mit unsern Augen hineinsieht – mir wird innerlich nur noch wärmer. Was meinst du? Zwei Herzen vermögen eine ganze Landschaft zu erwärmen."

Er hatte die Hand, die Anna unter seinen Arm geschoben, in die seine genommen. Die junge Frau sah bei dieser Berührung auf mit einem Blick, in dem dieselben warmen Schauer erzitterten, wie in dem Ton seiner Worte. Sie gingen, für beide fühlbar, aus seinem Körper in den ihren hinüber.

Wellkamps Liebe hatte während des Berliner Aufenthaltes den Zusatz einer Sentimentalität erhalten, die ihm ehemals unter allen Umständen fremd gewesen war. Diese Erscheinung mochte zum Teil an den Umständen des jetzigen Verhältnisses liegen, die von denen seiner früheren, flüchtigen Abenteuer so völlig verschieden waren. Das Gefühl von jetzt konnte seiner Natur nach nichts von jenem übermütigen oder leidenschaftlichen, immer aber gedankenlosen Für-den-Augenblick-Leben haben. Jedenfalls mußte dies bald hinter die ruhigeren, auf die Zukunft bedachten Bestandteile der ehelichen Empfindungen zurücktreten. Aber ebensoviel trug zu jener neuen Regung etwas anderes bei, das von außen her auf den zunächst durch die Art ihrer Beziehungen gestimmten Seelenzustand einwirkte. Es lag in der Luft und war kaum näher zu erklären denn als die Verlockung zu einer weicheren, mehr schwärmerischen Hingabe, die sich dann am ehesten einstellte, wenn das geräuschvolle, gefühllose und auch wohl brutale Straßenleben sie am heftigsten umbrandete. Es war die seltsame Sentimentalität der Großstadtliebe, in welcher so viel von einer süßen Melancholie des Fremd- und Alleinseins liegt. Wie sehr fühlte man sich mit den sanften Geheimnissen seiner Seele verschieden von dem seelenlosen und harten Getriebe ringsumher und wie ganz nur aufeinander angewiesen!

Wellkamp sollte später oft einer Stunde gedenken, in welcher er von dieser Stimmung besonders stark und vollständig eingenommen war. Es war an jenem Dezember-Nachmittag eine stille, sonnig-milde Luft, so daß sie für ein paar Minuten auf den schmalen Balkon des Café Bauer hinaustraten. Sie waren seit einigen Augenblicken schweigsam geworden. Nur wie ein unendlicher Schwarm summender und schwärmender Insekten stieg von unten das Geräusch der Stimmen und des Lachens, der Pferdehufe, der knirschenden Räder zu ihnen hinauf. Es war seltsam ineinander gesponnen und besänftigt unter den weichen Schleiern, die die Träumerei darüber deckte. Wie gewöhnlich, waren indes Annas Sinne die ersten, die wieder scharf wurden. Wie aus Gedanken sich aufrichtend, erklärte sie, halb unbewußt, die Stimmung des Augenblicks durch einen Hinweis auf ihre Einsamkeit inmitten des sich drängenden Lebens.

„Wenn wir Papa bei uns hätten! Er würde sich gewiß freuen, Berlin gerade jetzt wiederzusehen, nun er wieder glücklicher ist als bislang."

Auf ihre Worte folgte wieder ein kurzes Schweigen, während dessen jeder von ihnen fühlte, daß es das Natürliche gewesen wäre, auch Frau von Grubecks zu gedenken. Anna vermied dies überhaupt so viel, als es anging; sie liebte, sich unangenehmer Erinnerungen und Gedanken möglichst zu entschlagen. Wellkamp seinerseits war durch eine unbestimmte Verlegenheit daran verhindert, auszusprechen, woran er dachte. Sie hatten zu verschiedenen Malen bei gleichgültigen Anlässen und in ganz unbefangener Weise Doras Erwähnung getan. Heute war es das erstemal, daß ihr Name zwischen ihnen absichtlich ungenannt blieb. Das Bewußtsein von etwas Unausgesprochenem, das so lange in der scheinbar vollständigen Verbundenheit dieser ersten Wochen ihrer Ehe untergegangen und nun wieder aufgetaucht war, wuchs in Wellkamp während weniger Sekunden rapid an und verdoppelte seine Befangenheit. Er richtete den Blick gespannt, um zu erfahren, ob sie seine Gedanken erriete, auf Anna, die den ihrigen auf das Straßenbild gesenkt hielt. Dann schauerte sie ein wenig zusammen, als empfände sie erst jetzt die frische Luft. Wellkamp richtete sich vom Geländer, gegen das er sich leicht gestützt, auf, und während sie in den Saal zurücktraten, suchte er ein belangloses Gespräch anzuknüpfen.

Unversehens hatte so der unruhige und zweifelvolle Zustand wieder begonnen, der für Wellkamp schon der letzten Zeit vor der Hochzeit einen Teil ihres Duftes und ihres Reizes genommen. Hatte nicht gerade die große Aufrichtigkeit und Schleierlosigkeit ihres Verhältnisses das Glück dieser ersten Berliner Wochen ausgemacht? Dieses konnte sich noch für einzelne Stunden einfinden, und zumal in der Vereinigung ihrer Liebe war es mit ihnen und hatte ein Vergessen alles Störenden mitgebracht. Aber allzu häufig fühlte er von jetzt ab wieder einen an sich ganz bedeutungslosen Gedanken an Dora oder an etwas mit ihr im Zusammenhang Befindliches wie ein verbotenes Geheimnis auf sich lasten.

Etwas anderes machte bald seinen Zustand noch schwieriger. Nachdem der Bann des glücklichen Vergessens einmal gebrochen war, konnten auch die durch ihn unterdrückten schmerzlichen Erinnerungen, die Wellkamp mit Berlin verbanden, zur Geltung gelangen. Es geschah dies derart, daß sich in seiner Vorstellung zeitweilig die beiden ihn wie Nebelbilder beunruhigenden Figuren gleichsam ineinander schoben. Wenn er, was sich ihm häufig unwiderstehlich aufzwang, Frau von Grubeck, in einer Unterhaltung begriffen, sich selbst gegenübersah, so kam es vor, daß die Einrichtung des Gemaches der seiner ehemaligen Berliner Geliebten glich. Dann bemerkte er wohl an Doras Anzug Einzelheiten, deren er sich genau von der andern her erinnerte. Auch waren die Stimmen zuweilen vertauscht, und er hörte deutlich den wohlbekannten, mit seiner Frechheit wehrlos machenden Ton, der ihn damals in der Abschiedsstunde begleitet, nunmehr aus Doras Munde.

Vorstellungen dieser Art erreichten den Grad, daß er, mit Anna durch die Straßen schlendernd, fortwährend eine Begegnung mit der früheren Geliebten gewärtigte. Manchmal sah er sie im Gedränge vor sich auftauchen; dann war sie wieder verschwunden, oder diejenige, die er für sie gehalten, war ihm in der Nähe völlig fremd. Einmal erkannte er mit einer zweifellosen Sicherheit, die ihn abwechselnd heiß und kalt werden ließ, das wohlbekannte Gesicht, in dem jeder Zug für ihn ein Leid und eine Leidenschaft bedeutete. Die Dame blieb in geringer Entfernung vor einem Schaufenster stehen. Wellkamp vermochte ein erregtes „Ah!“ nicht zu unterdrücken und berührte zugleich mit einer heftigen Bewegung den Arm seiner Gattin. Als er ihren ruhig verwunderten Blick auf sich gerichtet fühlte, setzte er mit möglichster Beherrschung seiner Erregung eine erklärende Bemerkung hinzu:

„Eine merkwürdige Ähnlichkeit –.“

Anna sah der Richtung seiner Augen nach.

„Ach ja!“ sagte sie dann mit leichter Ungeduld in der Stimme. Hierdurch aufs neue betroffen, betrachtete Wellkamp im Vorübergehen noch einmal gespannt aufmerksam das Profil der Fremden, um jetzt zu finden, daß es nicht dem der Berlinerin, sondern den Zügen Doras glich. Dies mußte in der Tat eine wirklich vorhandene Ähnlichkeit sein; Annas Zustimmung sprach dafür. Er war überrascht und erschreckt; wie war es möglich, daß er diese beiden Gesichter nicht mehr auseinanderzuhalten vermochte? Im selben Augenblick ward er von der fieberhaften Sorge erfaßt, seine Frau den Zusammenhang nicht merken zu lassen. Um unzweifelhaft zu machen, daß er nur an Frau von Grubeck erinnert worden sei, und zugleich seine dabei verratene Erregung zu vertuschen, ließ er sich verleiten, die ungeschickteste Äußerung zu tun, die er in diesem Augenblick hätte finden können.

„Sie hat eben ein Gesicht, das man öfter sieht,“ sagte er. „Das deine wiederholt sich nicht so leicht.“

Als er an der unwilligen Bewegung, mit welcher sie ihre Hand aus seinem Arm halb zurückzog, die Wirkung seiner Phrase wahrnahm, fuhr er, auf unpersönliches Gebiet überleitend, hastig fort zu sprechen.

„Mit Ähnlichkeiten ist es seltsam; man begegnet, scheint mir, den meisten auf der Straße, und ich glaube bemerkt zu haben, daß das am Gange liegt. Er trägt überraschend viel dazu bei, zwei Menschen einander ähnlich zu machen. Und außerdem – hast du nicht auch beobachtet, daß, was Ähnlichkeiten betrifft, Gang und Gesichtsausdruck – nicht die einzelnen Züge natürlich – eng zusammengehören? Wo der Gang der gleiche war, habe ich meist auch Ähnlichkeit der Miene und des Charakters gefunden – häufig auch der Sprache, nicht gerade in der Klangfarbe des Tones, aber im Tonfall und Ausdruck."

Anna erwiderte auf seine Worte, die er, unter ihrem Schweigen einigermaßen verlegen, zu Ende gesprochen, kaum mit einer flüchtigen Zustimmung. Sie blieb während des Weitergehens verstummt, und als Wellkamp einmal ihren Blick suchte, fand er nur die tiefe Falte, zu der sich ihre vollen Brauen zusammengezogen. Auch während des Diners und später beschränkte sich das Gespräch auf wortkarge und erzwungene Bemerkungen. Es war das erstemal, daß ein Mißverständnis zwischen die Gatten getreten war, die erste so schmerzhafte Spannung der ehelichen Beziehungen. Wie damals vor der Hochzeit stand Wellkamp nun ratlos angesichts der vermeintlichen Eifersucht Annas, die er zu verdienen leugnete, während er sich dennoch bewußt war, sie erregt zu haben. Und wie damals täuschte er sich über die ihm in ihrer Schlichtheit rätselhafte Empfindungsweise seiner Gattin. Für ein reines Vertrauen wie das ihre hatte in der Szene dieses Morgens nichts Falsches mitgespielt als jenes in der Verlegenheit von Wellkamp gesprochene entschuldigende Wort. Anna gehörte zu der nicht überwiegenden Zahl der Frauen, welche eine ungeschickte und gewollte Schmeichelei gleich einer Beleidigung empfinden.

Sie trug an dieser bis zum Abend, wo sie mit ihrem Instinkt der Aufrichtigkeit eine Aussprache herbeiführte, die noch einmal alles zum Frieden beizulegen vermochte. In seiner Freude, daß der Anlaß ihrer augenblicklichen Entfremdung sich als so harmlos herausstellte, vergaß der bewegliche Wellkamp alsbald den tieferen Grund seiner Beunruhigung. Auch blieb die kurze Störung ihres Glückes während des Restes ihres Berliner Aufenthaltes vergessen. Während dieser unvergleichlichen, nur zu kurzen Wochen schien sich ihre Liebe ganz und gar verjüngt zu haben. Wellkamp fand wie nie vorher eine volle und zarte Hingabe an das ganze Wesen der Geliebten. Bei seiner Feinfühligkeit für die Empfindungsweise anderer, welche ihn ja andererseits leicht beeinflußbar und schwach von Willen machte, erschloß sich ihm in diesem Falle das liebenswürdigste Verständnis für die unausgesprochenen Neigungen und Liebhabereien der jungen Frau.

„Hast du bemerkt," fragte er sie einmal, „daß es hier für uns manche verlorene Vormittagsstunde gibt, die wir nützlich anwenden könnten? Wie wäre es, wenn wir einmal eine Vorlesung hörten oder ein Hospital, ein Gefängnis besuchten? Ich würde mir schon die nötigen Empfehlungen verschaffen, und ein wenig „soziale Studien" können nicht schaden – wie?"

An ihrer erfreuten Zustimmung erkannte er, daß er einen Wunsch getroffen, den sie vielleicht nur aus Furcht, ihn zu langweilen, nicht auszusprechen gewagt.

Man mag hart über den moralischen Zustand eines Augenblickscharakters seiner Art urteilen, der mit einer gleichsam halsbrecherischen Behendigkeit von einem seelischen Standpunkt zum genau entgegengesetzten überzuspringen gewohnt ist. Jedenfalls aber belog Wellkamp weder sich selbst noch die Menschen, an die er sich jedesmal in aller Aufrichtigkeit anlehnte, um ein inneres Gleichgewicht zu suchen, das ihm niemals vollständig zuteil geworden war. Er glaubte in Wahrheit stets, wenn er einem neuen Eindruck unterlag, in diesem Falle endlich ein Ziel und einen Ruhepunkt gefunden zu haben. Man hätte glauben sollen, daß sein Trieb, sich immer neuen Einflüssen mit immer gleicher Ausschließlichkeit hinzugeben, eine Künstlernatur voraussetzte. Indes war Wellkamp unbekannt mit der Zweckhaftigkeit der Künstlernatur, die seelische Lebensarten nur durchläuft, um zu wachsen. Es war vielleicht nichts anderes als seine zu große Naivität im Erleben, was seinen Geist für eine seiner Natur entsprechende Kunstübung untauglich machte. Damit war er des Zweckes beraubt, der, einmal in seiner Existenz vorhanden und wirksam, vermutlich etwas ganz Verschiedenes aus ihr gemacht haben würde.

Er gab sich hin ohne Nebengedanken, daher die volle Herzlichkeit ihres Verhältnisses. Die wohlige Stimmung des auf sich selbst Gelassenseins nahm zu mit dem sie umwogenden und fest aneinander drängenden Leben, das in dieser Zeit noch so viel mächtiger geworden. Denn Weihnacht stand dicht bevor, die Menge der Menschen hatte sich besonders in den Hauptverkehrsstraßen verdreifacht, und die beiden jungen Leute ließen sich gern von ihr treiben. Sie sahen sich zuweilen mit einem Kinderlächeln an, wenn sie einmal nicht viel mehr nötig gehabt, als einen Fuß vor den andern zu setzen, um von ihrer Umgebung den Weg, den sie zurückgelegt, entlang geschoben zu werden. Dazwischen betrachteten sie es jedesmal als eine angenehme Überraschung, vor einem oder dem andern Schaufenster anzuhalten, an das sie der Zufall herangedrängt. Ein willenloses Sichgehenlassen und zufriedenes Abwarten des Kommenden entsprach ganz ihrer doppelten, weil aus der besonderen Bedeutung der Zeit und ihrer Liebe hervorgegangenen Feststimmung. Daher waren sie auch sofort übereingekommen, genau nach dem Wunsche des Vaters zu handeln, von dem sie die Mitteilung erhalten, er könne sich wohl denken, daß sie sich zurzeit dort besonders gut unterhielten, aber ohne drängen zu wollen, möchte er doch bitten, daß sie wenigstens gerade zu Weihnacht heimkehrten.

Demnach brachen sie, nach Voraussendung einer Depesche, am Morgen vor der Heiligen Nacht nach Dresden auf. Der Major, der sie am Böhmischen Bahnhof mit seinem fröhlichen, guten Lachen empfing und nacheinander in die Arme schloß, führte die jungen Leute in ihre neu eingerichtete Wohnung, welche gleich der daranstoßenden des Grubeckschen Paares mit Tannenzweigen geschmückt war. Die sehr gelungene, größtenteils von Herrn von Grubeck selbst angeordnete Ausstattung und dazu der festliche Schmuck der kleinen, hübschen Wohnung war ganz geeignet, den Weihnachtstraum der beiden zu vollenden. Sie fühlten sich für die ersten Augenblicke wie Kinder, die vor dem Aufbau der Bescherung zu einem Spaziergang fortgeschickt sind, um, nun zurückgekehrt, durch die plötzlich weitgeöffnete Tür die Überraschungen anzustaunen, welche die Eltern vorbereitet haben.

In der Tat entsprach der Major aufs beste seiner Rolle als Weihnachtsvater. Er stand stets hinter seinen glücklichen Kindern, um aus nächster Nähe die Äußerungen froher Überraschung zu hören, die immer häufiger und herzlicher wurden, während sie die einzelnen Räume musterten. Zugleich befriedigte es den alten Herrn ungemein, bei verschiedenen Einzelheiten die aufrichtige Anerkennung seines künstlerischen Geschmackes zu vernehmen. Er hatte diesen in Wahrheit mit vieler Liebe betätigt, und besonders der Kaminwinkel in Annas Boudoir, vor dem die Gruppe der Verwandten haltmachte, war ein kleines Meisterstück dekorativer Anordnung. Welche diskrete Abstufung der verschiedenfarbigen japanischen Seidenstoffe, die hier die Wand bekleideten! Wie originell die Halter der darübergesäten Photographien größeren und kleineren Formats! Dazu das Phantasietäschchen, das über und über mit eleganten Spielereien beladen war und in dem hier doppelt gebreiteten, weichen Teppich versinken zu wollen schien, und die hohe, bronzene, rotbeschirmte Salonlampe, deren Gestell sich dahinter vom Boden erhob. Auf dem Kamin aber standen riesige orientalische Vasen von ausgezeichneter Arbeit.

„Die habt ihr noch nicht gesehen, was?“ fragte Herr von Grubeck, der seine große Hand gemütlich auf die Schulter seines Schwiegersohnes gelegt hatte.

„Ich habe die Dinger ganz zufällig noch bekommen, nachdem ihr schon fort wart, und habe mir erlaubt, sie ohne eure Genehmigung anzuschaffen; war sicher, daß sie euch als kleine Begrüßungsgabe angenehm sein würden.“

Dann wies der alte Herr rasch auf das hübsche, hell hinter den Messingstäben spielende Kaminfeuer und auf die beiden davorgeschobenen und mit Kissen aller Art beladenen Sessel.

„An die Ecke hier“, erklärte er, „mußte ich natürlich besondere Sorgfalt wenden. Ich weiß, welche eigene Anziehungskraft im ersten Jahr so ein Kaminfeuer übt. Später pflegt man dann zu dem mehr praktischen Ofen überzugehen.“

Durch ähnliche, mit kleinen humoristischen Seufzern gesprochene Bemerkungen hatte der alte Herr seine beiden Begleiter mittlerweile ein wenig aus ihrer anfänglichen Märchenstimmung erweckt. Auch folgte seinen letzten Worten von seiten Wellkamps ein anerkennendes Lachen, da wurde der Türvorhang, welcher das trauliche kleine Gemach abschloß, zurückgeschlagen und ließ Frau von Grubeck eintreten. Sie entschuldigte sich, durch ihre Toilette so lange verhindert worden zu sein; zugleich begrüßte sie aufs herzlichste die Zurückgekehrten, indem sie mütterlich die Stirn ihrer Stieftochter küßte, während sie die Hand des jungen Mannes in ruhig freundlicher Weise drückte. Aus ihrem Wesen schien etwas Unbestimmtes, Rätselhaftes, das früher bei jeder Begegnung mit ihr befremden und selbst quälen konnte, verschwunden, und ihr Benehmen statt dessen durch eine gewisse Entschlossenheit geleitet zu werden. Dies mochte auch ihr Anzug andeuten, welcher, anstatt in der hellen und fast mädchenhaften Art wie ehemals, heute wieder von der dunkleren Farbe war, die sie auch an dem Hochzeitstage des jungen Paares getragen. Von der ersten Minute an prägte sich in ihrem Auftreten unverkennbar etwas Mütterliches aus, das auf Wellkamp, der in den vergangenen Augenblicken ihrem Erscheinen doch mit einer gewissen Bangigkeit entgegengesehen, eine durchaus beruhigende Wirkung übte. Seine Unbefangenheit wurde mehr und mehr wiederhergestellt, als er jetzt auf die beiden Frauen herniederblickte, die in den Sesseln vor dem Kamin Platz genommen hatten. Der Altersunterschied ward noch sichtbarer, wie nun dicht neben Annas von der Winterfrische gerötetem Gesicht sich Doras blasses Profil zeigte. Es war, bei aller weichen Zartheit, ein Leidenszug, vielleicht nur wenn sie lächelte, darin kenntlich. Dazu kam, daß oben auf ihrem vollen Haar, wo Wellkamp so häufig goldene Lichtreflexe hatte spielen sehen, heute ein ganz winziges Arrangement künstlicher Blumen befestigt war, das aber dennoch etwas wie ein Matronenhäubchen anzudeuten schien.

Inzwischen war das Teegeschirr vom Diener auf den Kaminsims gesetzt. Frau von Grubeck überließ es Anna, ihren Gatten zu bedienen, während sie selbst dem Major seine Schale reichte. Sie blickte dabei zu dem alten Herrn auf und redete ihn mit einem Ton schlichter Vertraulichkeit an, den weder Anna noch Wellkamp früher in dem Verkehr der Eltern gehört hatten.

„Wer weiß, mein Lieber," sagte sie, „ob wir beide nicht auch gelegentlich noch einmal einen Abstecher nach Berlin unternehmen. Man bleibt auf die Dauer doch allzu sehr in der Kultur zurück, wenn man einmal aus dem Zentrum heraus ist."

„Nehmen wir es also in Aussicht", erwiderte der Major mit einer zuvorkommenden Verbeugung. Er schien sich seinerseits in seiner Haltung nicht verändert zu haben. Er sprach stets wie über ein Respektsgitter hinweg, wenn er das Wort an seine Gattin richtete. Diese fuhr fort, nunmehr an Anna und halb zu Wellkamp hinüber gewendet.

„Übrigens kann ich nicht behaupten, daß ich für den Berliner Ton schwärme, so freundlich man mich dort aufgenommen hat. Er ist mir zu burschikos und dabei doch zu greisenhaft, wie mir scheint. Das heißt in der Art von blasierten Jungen; es ist, als ob eben diese den Ton angeben. Wenn man dann wirklich in ein vernünftiges Alter kommt, so sagt einem diese Scheinreife nicht mehr zu. – Ihr habt euch jedenfalls um andere Dinge zu kümmern gehabt?"

Wellkamp ward durch ihre Worte aufs lebhafteste an jene früher des öfteren von ihr gehörten Äußerungen über ihr Altern und über ihre freudlose Ruhe erinnert. Er vergegenwärtigte sich die kokette Art, wie sie damals ihre Klagen vorgebracht, er sah deutlich die ironisch-sentimentale Neigung ihres feinen Kopfes. Und heute berührte sie plötzlich den gleichen Gegenstand mit fast unpersönlichem und ganz schlichtem Ausdruck, gleichsam als selbstverständliche Voraussetzung hinwerfend, was sie damals als etwas zu stark betonte und zu artigem Widerspruch herausfordernde Behauptung vorgebracht. Der junge Mann machte diese Beobachtung schon nicht mehr in der beruhigten und unbeteiligten Weise, wie er noch vor weniger als einer halben Stunde die mit Frau von Grubeck vorgegangene Veränderung bemerkt hatte. Mit den

Erinnerungen an die vor der Reise liegenden Vorgänge stieg wieder eine unbestimmte Unruhe in ihm auf; es war, als ob sich aufs neue eine Frage in ihm bildete. Diese ward ihm noch peinlicher in ihrer Unfaßbarkeit, als er die Erwiderung seiner jungen Frau auf die von Dora an sie gerichteten Worte vernahm.

„Ich habe in Berlin viel lernen können,“ sagte Anna in ihrer ruhigen, sinnenden Weise, und sie nickte bestätigend, als der Major ihr jovial zurief: „Du kannst das Studieren also immer noch nicht lassen?“

Für Wellkamp wehte aus ihren Worten etwas überraschend Fremdes und Kaltes. Es war ihm, als müsse er sie plötzlich mit veränderten Augen ansehen, nicht nur in diesem Augenblick, wie sie dasaß, sondern auch seine Gefährtin in den jüngst vergangenen Wochen. War sie denn nun die Frau, die er an seiner Seite zu haben geglaubt, als er halb träumend und voll von heimlichem, süßem Glück mit ihr in einer treibenden Menge durch die langen Straßen geschritten war? Er hatte davon nichts als die sehnsüchtig-schöne Erinnerung an einen begehrenswerten Traum mitgebracht, den sie gemeinsam durchlebt, und jetzt mußte er hören, wie sie von Studien, die sie gemacht, redete in einem Tone, als sähe sie in diesen den Zweck ihrer Reise. Vielleicht hatte sie gar Journal darüber geführt und jedesmal die Stunde herbeigesehnt, wenn er sie allein ließ, um ihre Notizen zu machen!

Er hatte während dieser innerlichen Bemerkungen ein erschreckend kaltes Gefühl des Erwachens, worin er den ganzen herben Unterschied durchkostete zwischen der kurzen Täuschung, die er hinter sich gelassen, und der Wirklichkeit, in der er sich nun wiederfand. Aus seinen traurigen Gedanken heraus hatte er auf einige an ihn gerichtete Fragen zerstreute Antwort erteilt, und jetzt hörte er Dora Vorschlägen, in die andere Wohnung hinüberzugehen, wo das Abendessen sofort bereit sein werde. Doch kostete es sie selbst die größte Mühe, sich von dem reizenden Kaminplätzchen zu trennen, um das sie, wie sie sagte, Anna aufrichtig beneidete.

„Nicht dort!“ rief der Major, als seine Tochter die Tür zum Korridor öffnete.

„Ihr habt noch gar nicht bemerkt, daß ihr vom Vorzimmer gleich in unsere Wohnung eintreten könnt. Unser liebenswürdiger Wirt hat mir ohne weiteres erlaubt, die Verbindungswand durchbrechen zu lassen.“

Im Vorzimmer zu Doras Boudoir, das man demgemäß zu passieren hatte, wurde indes die kleine Gesellschaft durch eine Überraschung aufgehalten, in deren Erwartung Herr von Grubeck sich schon längst vergnügt die Hände gerieben hatte.

„Für uns Kinder!" rief der alte Herr aus, während er die Seinen vor einen zur Decke ragenden Tannenbaum führte, dessen strahlender Lichterglanz nach der schwachen Beleuchtung der Räume, aus denen sie gekommen, besonders Dora und Wellkamp überraschte und blendete. Anna kannte die besondere Weihnachtspassion ihres Vaters, der jedes Jahr mit ihr zusammen selbst seinen Baum zu schmücken liebte. Diesmal hatte er es also ganz ohne Hilfe unternommen und wirklich durch die weise Verteilung von Silberflitter und großen weißen Papierlilien mit goldenen Blütenstengeln eine reizende Arbeit ausgeführt. Er betrachtete nun, während er die Glückwünsche dafür empfing, sein Werk mit glänzenden, ganz veränderten Augen. Es war zu merken, wie sehr für ihn Weihnacht ein Ereignis war, das jedesmal wieder alle seine alltäglichen Stimmungen für kurze Tage auseinanderzutreiben und mit ein bißchen Kinderglück aufzuklären vermochte. Wie wenig mehr als die gebräuchliche, fast gleichgültige Anerkennung er sonst der Religion entgegenbringen mochte, fand er doch stets in dieser einzigen Zeit die wehmütig-glückliche Anhänglichkeit an die alten geheiligten Gebräuche, welche das Erbteil der inmitten von Überlieferungen und Familiensinn Aufgewachsenen bleibt. Auch dauerte es eine Weile, bis er die Veränderungen der Anordnung, die er hie und da am Baum noch vornahm, beendet hatte und seine Aufmerksamkeit auf das zur Seite stehende Tischchen lenken konnte. Anna hatte Sorge getragen, hier das für den Vater in Berlin Ausgewählte im voraus ausbreiten zu lassen. Herr von Grubeck war entzückt über die verständnisvolle Gabe seiner Kinder, die ihm einige der Kunstblätter widmeten, die unlängst auf der Ausstellung seinen besonderen Beifall gefunden und ihm jetzt aufs neue Ausdrücke innerster Befriedigung entlockten.

Es hatte jeder bei Auswahl der kleinen Geschenke, die er dem andern unter den Baum legte, weniger auf die Kostbarkeit oder Originalität des Gegenstandes als auf den Wert einer besonderen persönlichen Aufmerksamkeit gesehen; und sie trafen ihren Geschmack, wie Familienmitglieder, die sich gegenseitig genügend in ihn eingeweiht haben, ihn treffen können. Dabei waren dann doch wieder zum Teil die unerwartetsten Dinge herausgekommen. So war Wellkamp überrascht, für sich ein neues Werk eines seiner Lieblingsautoren zu finden, für das er Frau von Grubeck zu danken hatte.

Dora kam ihm entgegen, als er auf sie zuging.

„Ist es recht?“ fragte sie mit dem ruhigen Lächeln, das er seit heute an ihr kannte.

„Sie haben es in Ihrer Güte mit Ernst Renan ganz überraschend gut getroffen. Ich habe den „Priester von Nemi“ wirklich noch nicht gelesen, habe ja auch in jüngster Zeit kaum ein Buch und besonders keine neuen Erscheinungen in die Hand genommen.“

Sie wollte schon mit leichtem Nicken an ihm vorbei und zu ihrem Gatten hinübertreten, dessen neue Kunstschätze sie noch nicht näher besichtigt. Als sie jedoch den Kopf erhob, streifte sie ein Blick Annas, den diese, neben ihrem Vater stehend, über die Bilder hinweg auf sie gerichtet hielt und der sie unwillkürlich ihren Schritt anhalten ließ. Vielleicht täuschte sie sich, aber sie hätte eine tief feindliche Regung in diesem kurzen Blick bemerkt, und es geschah gerade infolge dieser Bemerkung, daß sie das Gespräch mit dem jungen Manne wieder aufnahm.

„Ich fürchte, ich habe es viel zu gut getroffen,“ sagte sie, „Sie wissen doch, wie gefährlich ich den Einfluß Ihres verehrten Meisters Renan finde. Er hat mit seiner Skepsis, mit Allesgeltenlassen und geistiger Seiltänzerei schon genug Unheil in unserer heutigen Generation angerichtet.“

Sie hatte ihr Lächeln nicht verloren während dieser Worte, aus denen ein leiser Tadel klang, wie von einer Mutter, die den geistig über sie hinausgewachsenen Sohn mit halb scherzhafter Überlegenheit maßregelt.

Für Wellkamp hatte indes ihre veränderte Verkehrsart die anfängliche beruhigende Wirkung völlig verloren. Er hatte im Gegenteil begonnen, etwas wie eine Koketterie herauszufühlen, die in ihrer Heimlichkeit dem jungen Mann doppelt unwiderstehlich deuchte. Jetzt unterlag er vollends der Verwirrung, die sich, zugleich peinigend und berückend, seit Viertelstunden in ihm vorbereitet hatte. War ihm aus dem unschuldigen Glücksrausch der jüngsten Wochen noch ein Rest des Bewußtseins geblieben, als sei eine endgültige Heilung seines Lebens vor sich gegangen, dieser Minute hielt er nicht stand, Wellkamp fühlte sich aufs neue schuldig werden.

Aus den Blättern des Buches, welche von seinen plötzlich heißen Fingern feucht geworden waren, erhob er in steigender Ratlosigkeit seinen Blick zu dem der Frau, die ihm nun schweigend gegenüberstand. Er meinte auch den ihren verändert, die Ruhe daraus verschwunden, und das Lächeln, das sie noch immer festhielt, willkürlich und starr geworden zu sehen. Seine Augen schweiften augenblicklich weiter zur Seite, da fanden sie Annas Blick auf das Gesicht Doras gerichtet. Und für seine Empfindlichkeit, die wie immer in Augenblicken, wo in uns sich eine Entscheidung vorbereitet, ungewöhnlich geschärft war, mußte dieser Blick von außerordentlicher Wirkung sein.

Wirklich war der Ausdruck der Abneigung, den Dora in dem Auge ihrer Feindin wahrgenommen, in den einer kaum verhohlenen Verachtung übergegangen. Was ihr Gatte auch darüber denken mochte, so war es doch Tatsache, daß die junge Frau, nicht weniger als er, heimlich gepflegte Illusionen von ihrer Reise heimgebracht. Auch sie hatte in jener Zeit des friedlichen Glückes ihren bisherigen Leidenschaften und Vorurteilen ins Angesicht gesehen und hatte, bei dem Gedanken an Dora, den aufrichtigen Wunsch und eine starke Hoffnung genährt, ihre Natur überwinden zu können. Aber nach der Rückkehr hatte sie sich, ebenso wie der Mann, im Alltag wiedergefunden. Einmal unter dem Eindruck Doras, war sie alsbald von neuem und ganz unverändert der Abneigung erlegen, die ihr gegen diese Frau wie gegen die Angehörige einer feindlichen Rasse innewohnte.

Alles in ihr widersprach der Persönlichkeit Doras, ihrem ganzen Sein und Auftreten und jeder ihrer Äußerungen. Auch zeigte sich bei der jetzigen Gelegenheit nur die fast unvermeidliche Verachtung des überlegenen weiblichen Geistes für die Unselbständigkeit der Frau, von der sie ahnte, daß sie ihren geistigen Unterhalt mit dem bestritt, was von den Gedanken der in ihrem Kreise lebenden Männer für sie abfiel. Mehr als einmal hatte sie ehemals Einwände von Frau von Grubeck zu hören bekommen, die allzu deutlich im Geiste ihres eigenen Vaters gewesen waren, und in ihrer Voreingenommenheit hatte sie niemals die Entschuldigung zugelassen, daß solche Übertragungen durch die ehelichen Beziehungen, durch die tägliche Gewohnheit des Verkehrs, selbst bei fehlender Sympathie zwischen den Gatten, so natürlich herbeigeführt wurden. Noch soeben meinte sie die gleiche Beobachtung bei Doras Äußerung über das Berliner Leben zu machen, die ihr ebenfalls Herrn von Grubeck entlehnt schien. Nun machte sie sie bei ihren Bemerkungen über das Renansche Buch. Sie hielt dafür, daß Dora in die Fragen, die sie berührt, viel zu wenig eingeweiht sei, um Kritik abgeben zu können, wie sie es getan. Sie hatte überdies Ausdrücke gebraucht, welche auch Wellkamp bevorzugte, und zweifellos war es dieser selbst, der ihr die betreffenden Ansichten in gelegentlichem Gespräch, vielleicht ohne daß sie selbst es bemerkt, eingeflößt hatte.

Dies alles erfüllte Annas Blick, in welchem Wellkamp, mit seinem lauernden Schuldbewußtsein, anderes und mehr las.

Jedoch unentschlossen und nicht imstande, auch nur einen Augenblick bestimmt und einseitig zu urteilen, hatte er selbst für seine ehrlichsten, unwillkürlichen Regungen sofort wieder ein „Es ist nicht wahr!" Sobald sein Schuldgefühl eine Bestätigung erhielt, leugnete er es vor sich selbst nur um so eifriger. Er sträubte sich alsbald dagegen, die Berechtigung des Vorwurfes anzuerkennen, den er in Annas Auge ausgesprochen glaubte.

Zuerst das Hervorkehren der ärgsten Verständnislosigkeit, so durchblitzte es ihn, nachdem ich wochenlang ein wahrhaft gemeinsames Leben mit ihr zu führen geglaubt, und jetzt noch offenes Mißtrauen!

Das abweisende Gefühl gegen Anna, das sich seiner bemächtigt hatte, artete für eine Minute so weit aus, daß er alle Bedenken unterdrückte.

Und wenn sie recht hat, sprach eine wilde und verzweifelte Stimme in ihm, – um so schlimmer für sie, wir sind alle gegen das Schicksal machtlos!

Aber noch bevor er den Gedanken zu Ende gedacht, biß er sich auf die Lippen, um seine Miene gewaltsam ruhig zu halten in dem wilden Sinnentaumel, den die bloße Vorstellung in ihm hervorbrachte, seine bisher vor ihm selbst namenlosen, aber von jeder Minute, die er atmete, höher geschwellten Wünsche könnten verwirklicht werden. Die verbrecherische, quälende Süßigkeit dieser Vorstellung, in der er die Unendlichkeit durchkostete, zwang ihn, sich seine Rettungslosigkeit zuzugeben. Er wußte nun, daß das, was er noch soeben in zorniger Ungeduld „Schicksal" genannt, für ihn in Wahrheit die Unerbittlichkeit eines solchen erlangt hatte.

Die jähe Gewißheit machte ihn unfähig, den Blick zu erheben. Er hatte ihn von neuem auf das Buch gesenkt, das er noch immer in der Hand hielt und in dessen Blättern seine Finger nervös umherstöberten. Nach der angespannten Tätigkeit der letzten Augenblicke waren seine Sinne in eine tiefe Erschöpfung verfallen. Seine apathisch abschweifenden Gedanken gingen sonderbarerweise zu jenem ersten Geschenk zurück, das er von Dora empfangen.

Das merkwürdige Stück Holz, dachte er, jedes einzelne Wort im Innern langsam nachsprechend, und jetzt dieses Buch. Sie hat unheimliche Einfälle.

Die Szene, die nun zu Ende gespielt, hatte mit ihrer Schicksalsentscheidung, die keinen Widerspruch mehr zuzulassen schien, auf Wellkamp die Wirkung von langen Stunden seelischer Erregung geübt. Aber sie war, wie so häufig die Entscheidung solcher intimen Dramen, durch nichts anderes als durch einige Blicke und durch Momente des Schweigens vor sich gegangen, und sie hatte nur wenige Minuten in Anspruch genommen. Dem jungen Manne wurde durch das Erscheinen des Dieners, der das Souper anmeldete, ermöglicht, sich aus seiner Erstarrung aufzurichten. Er bot Dora, welche er noch immer vor sich stehen sah, den Arm, um sie ins Speisezimmer zu führen.

Bei Tische hatte Wellkamp, dessen Gedanken immer aufs neue in der verbotenen, unvermeidlichen Richtung abzuschweifen drohten, Mühe genug, einigermaßen den Ausführungen Herrn von Grubecks zu folgen, der seine Meinung über die künftige Einrichtung ihres häuslichen Lebens zum besten gab. Der alte Herr sprach in seiner frohen Laune lebhaft den Wunsch aus, daß die jungen Leute sein und seiner Gattin Leben, so wie sie es sich gestaltet, teilen möchten. Würden nicht auch sie den Unbequemlichkeiten eines Haushaltes das Leben im boardinghouse vorziehen? Dank der Bereitwilligkeit des Vorstehers konnte man unabhängig von der übrigen, ausschließlich englischen Gesellschaft die Mahlzeiten in den eigenen Räumen gereicht erhalten, wie ja auch die Bedienung eine private war. Überdies wurden alle besonderen Wünsche ohne weiteres berücksichtigt.

„Und schließlich,“ fuhr der Major, dem der Wunsch, mit der einzig geliebten Tochter in fortwährendem Verkehr zu bleiben, den Gegenstand besonders wichtig machte, fort, „und schließlich müssen wir etwas zueinander halten, damit wir auch wirklich merken, daß unsere Familie jetzt statt aus dreien, aus vier Gliedern besteht – fürs erste,“ konnte er sich nicht enthalten, leiser hinzuzusetzen, während er sich vertraulich zu Wellkamp neigte.

Letzterer hatte den Worten seines Schwiegervaters hin und wieder mit höflichem Lächeln zugestimmt. Sie waren fast ausschließlich an ihn gerichtet gewesen. Bei seiner Tochter setzte Herr von Grubeck, wie er schon früher zuweilen, halb scherzend, angedeutet, die größte Unlust voraus, ihre intellektuellen Beschäftigungen zugunsten einer selbständigen Wirtschaft zu unterbrechen. Es mußte ihr am Ende der größte Gefalle damit getan sein, wenn sie, der Sorgen einer eigenen Küche überhoben, samt ihrem Manne die Mahlzeiten gemeinsam mit den Eltern einnahm. Bald aber schielte der alte Herr mit etwas ängstlichem Blick, der um Zustimmung bat, zu seiner Tochter hinüber. Denn sie saß schweigsam und in sich selbst versunken da. So verkehrt auch dieses Mal die Deutung war, die ihr Gatte ihrer Haltung gegeben, so litt doch auch sie unter der Nachwirkung jener Szene. Sie bereute es bitter, ihrer Abneigung, die sie nun, in ihrer aufrichtigen Selbstverurteilung, ganz und gar aus kleinlichen Beweggründen herleitete, nicht besser die Zügel angelegt zu haben. Dazu war ihr das Bewußtsein, sich ihrem Gatten in einer so schwachen, ganz von dieser Leidenschaft beherrschten Minute gezeigt zu haben, unendlich beschämend. So nickte sie aus ihren unzufriedenen Grübeleien nur zuweilen eine nachlässige Antwort dem Vater zu, der nicht aufhörte, sich um ihren Beifall für seine Pläne zu bemühen.

„Du findest doch nicht, daß durch diese Ordnung der Dinge deinen Rechten als Hausfrau zu sehr Abbruch getan ist?" fragte er, ihre Unaufmerksamkeit bemerkend.

Anna zeigte ein etwas mühsames Lächeln.

„Ich? Nein. – Natürlich muß sich jeder von uns Ausnahmen von der Regel vorbehalten."

Wellkamp sah den alten Herrn eine kleine Grimasse unterdrücken.

„Ich werde meine Fürbitte für Sie einlegen," sagte er.

Der Major hatte immer den Wunsch seiner Tochter geteilt, sie möchte von der Berührung mit den falschen Verhältnissen seines eigenen Ehelebens befreit werden. Aber der Wunsch des Vaters wurde beiseite geschoben von der Selbstsucht des alten Mannes. Vor dem gänzlichen und immerwährenden Alleinsein mit der Frau, die ihm sein böses Gewissen verkörperte, schreckte er zurück. Die Aussicht darauf war ihm unheimlicher als je geworden mit der eigentümlichen Wendung, die sein Verhältnis zu seiner Gattin und die Stimmung zwischen ihnen beiden in den Wochen der Abwesenheit der jungen Leute genommen.

An jenem Nachmittage hatte Dora dem Wagen nachgeblickt, darin ihr Gatte seine beiden Kinder an den Bahnhof geleitete, dann war sie zögernd und in Gedanken versunken vom Fenster zurückgetreten. Sie hatte sich in ihrem gewohnten Winkel niedergelassen, um in langen Stunden nicht wieder aufzustehn. Die Lampe, welche der Diener auf das Tischchen setzen wollte, worauf ihre blasse Hand, wie versteinert, ruhte, hatte sie zurückgewiesen und war im Dunkel, durch das nur der Schnee von draußen einen unbestimmten Schimmer warf, den Rest des Abends sitzen geblieben, um zu träumen, unendlich und ohne das Vermögen, aufzuhören.

Sie hatte damals zum erstenmal eine in ihrer Klarheit erschreckende Vision des Kommenden, wie es sich nach dem, was in der letzten Zeit mit ihr und durch sie vor sich gegangen, vorbereitete. Die ganze durchgreifende Veränderung, die ihr Leben und alles, was seinen Inhalt ausmachte, erfahren, lag in jäher Beleuchtung vor ihr; denn ihr Inneres erblickte den Mann, mit dem all das Fremde, Aufrührerische in ihren Kreis eingedrungen, wie er mit einer andern, mit ihrer Feindin, in die weite, freie Welt hinausfuhr, um mit jener zusammen zu genießen, ohne Reue zu genießen. Sie haßte bei diesem Gedanken ihn nicht weniger als die Frau. Er hatte ihr, durch sein bloßes Erscheinen, Leid zugefügt, und ohne es zu teilen, ging er nun davon, um vielmehr ein Glück zu finden, wie sie es niemals kennen lernen konnte.

Seit ihrer ersten Begegnung mit Erich Wellkamp hatte sich in die verdrossene Resignation, dies schale Dahinleben mit dem schnell alternden Gatten, ein Lichtschein von neuen unvernünftigen, unwiderstehlichen Wünschen, wie der eines Irrlichtes, geschlichen. Aber sie fürchtete solche Wünsche. Ihr nächster Drang war, Rache zu nehmen an dem, der sie verführte zu wünschen. Und immer heftiger wurde dieses Verlangen, je mehr sie die Stärke des Rückhaltes erkannte, den der Gegner an der gehaßten Andern besaß. Tatsächlich waren so die Plänkeleien, in der sie der Unterwerfung des Mannes vorarbeitete, von einer zur andern immer heftiger geworden. Sie hatte das gefährliche Spiel gewagt, ohne je aufzuhören, vor sich selbst immer wieder das Motiv zu betonen, den Haß gegen ihre beiden Feinde. Ach, sie hatte selbst heute noch versucht, ihr Gefühl auf diese Weise zu täuschen, bevor nun ihre Kraft erschöpft war und das Bewußtsein der Wahrheit sie überwältigte. Jetzt, da sie ihn, ohne ihm anders als in kurzen Stimmungsmomenten überlegen gewesen zu sein, aus ihrem Machtbereich hatte entlassen müssen, war die Stimme nicht länger niederzuhalten gewesen, welche wahnsinnig laut und mit jeder Minute heftiger in ihr rief: „Ich muß, ich muß ihn demütigen, aber nicht der bloßen Rache wegen, sondern um ihn zu besitzen."

Sie begriff sich selbst nicht, wenn sie daran dachte, daß für sie der Verkehr mit Männern immer nur darin bestanden, die Stelle auszufinden, wo der Gegner zu treffen war, und sobald die Wunde beigebracht war, sich zurückzuziehen. Niemals hatte sich in das berechnende, grausame Spiel, das für sie die Beziehungen der Geschlechter bedeutet, ein tieferes Empfinden als das der geschlechtlichen Eitelkeit eingeschlichen. Was hatte sich inzwischen verändert? Waren es die langen, einsamen Träumereien der letzten Jahre gewesen, in denen sie sich mit der oft in Wonneschauer ausartenden Selbstquälerei, welche Naturen ihrer Art eignet, ein Eheleben ausgemalt, wie vielleicht andere Frauen es führten? Sie, die als Mädchen einen nervösen Widerwillen gegen die körperlichen Beziehungen der Geschlechter besessen, würde ihn in der Ehe mit einem Manne, der sein Recht auf solche hätte geltend machen wollen, nicht abgelegt haben. Denkbar aber war, daß sie in der ständigen Gesellschaft des alternden und zu jeder Intimität unlustigen Gatten einen paradoxen Widerspruch gegen diese ihre Natur kennen lernte. Es war, durch die Angst vor dem Kommenden nur noch willkürlicher gemacht, ein rasendes Glücksverlangen, was das Blut so fieberhaft durch den noch immer mädchenhaft zarten Körper der Frau trieb, die bewegungslos, wie in der Erwartung ihres Schicksals, dasaß.

Tagelang war es die gleiche furchtbare Stimme des Blutes, sie heischte von ihr, diese vielleicht letzte Möglichkeit zu ergreifen, das Zärtlichkeitsbedürfnis zu befriedigen, das, spät genug, nun auch sie zum wahren Weibe gemacht. Inzwischen aber war auch die Angst vor dem Unbekannten, dem sie entgegenging, gewachsen und überfiel sie mit der Macht aller ihrer Einwände. Die religiöse Glut, welche als schwacher Funke immer seit ihren Kindertagen in ihr fortgeglüht, flammte plötzlich zwischen ihrem Wunsch und seinem Ziele auf. Vielleicht war sie darum nur noch mächtiger, daß sie nicht aus dem wahren, schlichten Glauben stammte, sondern ein mystischer Rausch war, verbunden mit der Furcht vor Gestalten des Aberglaubens, an die sie in ihrer Heimat glauben gelernt. Zudem aber stellte sich, ebenfalls fast ohne Überlegung und mit der Macht eines Instinktes, die Furcht vor den Folgen ein, die vorauszusehen waren, falls sie ihrem Verlangen folgte. War sie doch von jeher eine der Haupttriebfedern in ihrem Leben gewesen, die Furcht, Aufsehen zu erregen, beobachtet und besprochen zu werden. Ihre nervöse Natur, die sie schon so früh gewöhnt hatte, sich in sich selbst zurückzuziehen, um den Wirkungen ihres eigenen Temperamentes zu entfliehen, ward nun, inmitten ihrer streitenden Begierden, von der Aussicht eines vollständigen Skandals doppelt verstört. Die beängstigend genaue Vorstellung von der Ungeheuerlichkeit des Vorauszusehenden brachte in ihr eine fieberhafte Hast hervor, keinen Augenblick mehr unentschieden zu bleiben. Sie glaubte wahnsinnig werden zu müssen, wenn es ihr nicht augenblicklich gelänge, einen bestimmten Entschluß zu fassen. Daß sie dazu die Macht besäße, daß es ihr, und sollte sie darüber zugrunde gehen, gelingen müsse, ihm, dem Feinde, ihre Wunde zu verbergen und den Ausgang des Zusammentreffens mit ihm ganz nach ihrem Belieben zu lenken, daran zweifelte sie selbst in ihrer jetzigen Verfassung nicht. Sie war zu sehr jedem Manne gegenüber an das Gefühl der Überlegenheit gewöhnt worden. Vielleicht zweifelte sie gerade jetzt weniger als je daran: sie befand sich in einer Ekstase der Furcht, in der die unwahrscheinlichsten Rettungsmittel herbeigezogen werden und durch die Kraft des Glaubens, den man ihnen entgegenbringt, sich zuweilen sogar bewähren können. Die Frau des Mannes, zu dem es sie so unheilvoll hinzog, war die Tochter ihres eigenen Gatten. Dies war der Punkt, der sich inmitten ihres inneren Aufruhrs immer tiefer in ihr Bewußtsein eingebohrt hatte. Das, falls sie unterlag, so unerhörte Verhältnis schien ihr andererseits den einfachsten Ausweg darzubieten. Wenn sie, die seine Stiefmutter war, es durchsetzte, das Verhältnis zu dem jungen Manne fortan ein unbefangen mütterliches werden zu lassen, so war alles in das natürliche Geleise gebracht. Es mußte ihn entwaffnen, und es konnte niemand befremden. Vorerst war demnach ihre Aufgabe – der jähe, rastlose Trieb zu handeln, zu verhindern und zu ordnen, lenkte ihren Gedankengang sofort in dieser Richtung weiter –, sich hierzu jede mögliche Berechtigung zu erwerben. Sie begriff ohne weiteres, daß sie, um das beabsichtigte Ansehen und die Autorität einer Älteren zu erlangen, ihre Gegensatzstellung zu Herrn von Grubeck aufgeben müsse. Sie mußte mit ihrem soviel älteren Gatten gleichgestellt sein, mit ihm kameradschaftlich Hand in Hand gehen, um ihrerseits als Matrone gelten zu können. Daß die gequälte Frau dieses Ziel, welches eine so grausame Überwindung der natürlichsten Eitelkeit erforderte, so ganz ungestört im Auge behielt, bezeugte noch einmal, wie aufrichtig und wie unwiderstehlich ihr Trieb war, den einzigen, ihr möglich erscheinenden Ausweg aus allen Irrgängen einzuschlagen. War hierfür noch irgendein Beweis nötig, so wurde er sicherlich durch die Rücksichtslosigkeit und Selbstüberwindung erbracht, mit welcher sie eine Annäherung an ihren Gatten einleitete. Von ihm war sie in der Zeit ihres Nebeneinanderlebens durch alles, durch Temperament, Sympathien und Anschauungen getrennt und ihm verbunden mit nichts anderem als mit dem rein äußerlichen Band ihrer Ehe. Auch wurde sie durch den Mißerfolg ihres Versuches, die Kluft, welche sie von ihrem Gatten trennte, zu überbrücken, kaum überrascht.

Bei der geringen Achtung, welche Dora für den Charakter ihres Mannes hegte, hatte sie bei ihm nicht einmal den Wunsch vorausgesetzt, eine Verbesserung des Verhältnisses herbeigeführt zu sehen. Tatsächlich hatte Herr von Grubeck indes nie aufgehört, auf das drückendste all das Peinliche zu empfinden in seiner Ehe mit der für ihn unverständlichen und zudem jungen Frau, die ihm, dem armen Offizier, alles, was er jetzt sein nannte, gebracht, und der er nichts dagegen bieten konnte. Doch war der Wunsch, das Falsche, das in sein Leben geraten und es umgewandelt, auszuscheiden, höchst platonisch: Herr von Grubeck war stets einer Überlegung seiner Verwirklichung ausgewichen. So sehr der Major namentlich in der Zeit, als er den Gegensatz und die häusliche Rivalität seiner Tochter mit seiner zweiten Gattin sich immer mehr verschärfen sah, unter dem Mißverhältnis seiner neuen Häuslichkeit, in der er sich förmlich „gesunken" vorkam, gelitten, hatte er doch immer gefühlt, daß er die Annehmlichkeiten seiner jetzigen Lebenslage nie mehr werde entbehren können. Dabei erfuhr der Mann, der diese moralisch bedrückte und gekrümmte Existenz führte, nicht eine gewaltsame Umformung des Charakters, der ehemals den jüngeren Offizier von so offener, soldatisch gerader Männlichkeit erscheinen ließ. Sein Charakter hatte nur durch die veränderten Lebensumstände eine neue und mehr verräterische Beleuchtung erhalten. Viele andere sind darin glücklicher, als er es war. Es gibt Menschen, deren Schwäche nie richtig offenbar wird, weil das Leben sie niemals auf die Probe stellt, wie es andere gibt, welche ehrlich geblieben sind, weil sie niemals Ursache und Gelegenheit zur Unehrlichkeit gehabt haben.

Herrn von Grubecks Ansprüche an das Leben, die Forderungen seiner Natur waren bis zu dem Tode seiner ersten Gattin und in seinem Offiziersleben ganz befriedigt worden. Er hatte nicht nötig gehabt, sie mit Gewalt und unter Verletzung der Interessen anderer durchzusetzen. Mindestens hatte er nie das Bewußtsein, dies zu tun, gehabt, da er seine persönliche Freiheit nicht durch die Ehe gebunden fühlte. Wenn er seine Frau betrog wie ehemals seine Geliebten, so war dies eine nur zu natürliche, weil alltägliche Fortsetzung des Junggesellen- und Kavalierlebens, über die er sich niemals ausdrücklich Rechenschaft ablegte. Zudem war seine Gattin meist kränklich, sie lebte so gut wie getrennt von ihm, ohne seinem Leben irgendwelche Anregung oder einen bestimmten Inhalt zu geben. Hätte er sich jemals nach dem Stande ihres Verhältnisses gefragt, so wäre er für seine Person zu dem Ergebnis gelangt, der Frau nichts schuldig zu sein. Aber damals lagen ihm solche Überlegungen fern, und als er sie später anstellte, stand ihr Ergebnis doch nicht mehr ganz fest. Der Tod seiner Gattin hatte sein Gewissen weicher gemacht; er konnte nun zuweilen eine niederschlagend klare Vorstellung haben von alldem, was er der Verstorbenen hätte sein sollen und nicht gewesen war. Seine Lebensbegierde zwar und die Gewohnheit seines

Lebens bäumte sich nur noch heftiger auf bei dem Eindringen dieser ersten, hoffnungslosen Melancholie. Damals geschah es, daß er sich einem letzten heftigen Anfall von Unregelmäßigkeiten und Ausschweifungen ergab, der die bis dahin noch immer kernhafte Gesundheit des nicht mehr Jugendlichen untergrub. An einem Spielabend verlor er den größten Teil des Vermögens, das seine Frau ihm hinterlassen. Und fast zur selben Zeit traf ihn ein anderes Unglück. Grubeck war immer ein forscher Reiter und ein guter Kamerad, aber nicht eben ein hochbefähigter Offizier und jedenfalls kein Stratege gewesen. Nach einem unglücklichen Manöver ereilte ihn das Schicksal der Verabschiedung. Sodann war es erstaunlich, wie schnell die veränderten Lebensbedingungen ihm die jugendliche Elastizität nahmen, von der er wenigstens noch den Anschein besessen, so lange er die Uniform trug.

Wie er aber nach dem Tode seiner Gattin entdeckt hatte, daß mit der stillen, meist unsichtbaren Frau dennoch ein Stück seines Lebens dahingeschwunden, daß die Atmosphäre, die ihn umgab, verändert war, so bemerkte er nun andererseits, einmal aus seinem letzten, schweren Rausche erwacht, daß es ein Stück seines Lebens gab, das ihm bisher so gut wie fremd geblieben: seine Tochter. Wenn er in der stillen, mehr als je vorher nachdenklichen Zeit, die nun für ihn folgte, den Umgang Annas auf sich wirken ließ, so fragte er sich mehr als einmal, wodurch ihm dieses sein eigenes Fleisch und Blut so grenzenlos fremd hatte bleiben können, wie es ihm jetzt erschien. Woran die Mutter die längste Zeit durch ihren leidenden Zustand verhindert worden war, das hatte er selbst nur vergessen, seine Pflicht, die Entwicklung des heranwachsenden Kindes zu führen, ihre Seele und ihren Geist zu formen. Jetzt überraschte ihn das Ergebnis, das er bei der ruhigen und ernsten, wenig kindlichen Siebenzehnjährigen vorfand. Wenn am vereinsamten Tisch Vater und Tochter sich gegenübersaßen, versuchte er nun häufig, die gewöhnlich Schweigsame aus sich herausgehen und ihr Inneres aussprechen zu lassen. Es gelang ihm leicht; sie antwortete auf alle seine Fragen in ihrer ruhigen, sichern Weise, und er fühlte wohl, daß, was sie redete, nichts Zufälliges war, sondern daß alles in ihrer tiefsten Natur begründet lag, daß aus allem ihr Geist und ihre Seele blickte. Und diese hatten, auch das empfand er deutlich, Bahnen eingeschlagen, die ihm selbst fremd waren, die er nicht einmal zu überblicken vermochte. Er erkannte, daß ihm hier nichts mehr zu tun blieb. Dann war er nicht imstande, die Tochter anzusehen, er blickte schweigend auf seinen Teller nieder und hörte ihren Worten zu, die mit so schlichter Natürlichkeit und wie zu einem Freunde gesprochen wurden. Ganz leise schlich sich so auch in seine Seele, wie später in die Wellkamps, der alles besänftigende Frieden ein, den dies in seiner prunklosen Selbstsicherheit so überlegene Geschöpf um sich verbreitete. In solchen Stunden fühlte er sich besser werden.

Freilich war eine durchgreifende Umwälzung seiner Natur hierdurch so wenig wie durch irgendwelche andern Einflüsse ermöglicht. Der schwächliche Egoismus, der verwöhnt war durch sein früheres Leben, als er keinerlei Hindernisse zu überwinden gehabt und verborgen bleiben konnte, wirkte gleichwohl in ihm fort. Die von Anna einst ihrem Verlobten gegebene Erklärung, als habe ihr Vater seine zweite Ehe ihretwegen geschlossen, war gewiß nicht unberechtigt. Es hatte Herrn von Grubeck aufrichtig bekümmert, eingeschränkte, fast ärmliche Verhältnisse auf ein ganzes Leben hinaus mit Wahrscheinlichkeit für seine Tochter vorauszusehen. Da die Schuld für ihre Vermögenslage ihn selbst traf, mochte er sich sogar einreden, sie auf diese Weise gutmachen zu können. Es war nur die Frage, ob der Grund hinreichend gewesen wäre, wenn nicht auch er selbst, blieb alles wie es damals stand, unter den trüben Empfindungen des Alterns einem gegen seine Lebensgewohnheiten herb abstechenden Rest seines Daseins hätte entgegenblicken müssen.

Daß sich seine Wahl auf Fräulein Dora Linter gelenkt, war wohl vor allem der Gelegenheit zuzuschreiben. Er war nicht ohne Selbstkritik, die Bevorzugung seitens des vielumworbenen jungen Mädchens war ihm unerklärlich; aber die Gelegenheit bot sich, er ergriff sie. Außerdem sagte ihm das Alter der Dame zu, in dem er beinahe eine Entschuldigung für sich sah, und ihr noch über dies Alter hinausgehendes, stillvornehmes, allen jugendlichen Aufregungen abgeneigtes Wesen.

In den neuen Verhältnissen nahm dann alles seinen notwendigen Gang. Die Frau, die er nicht liebte, vermochte er ebensowenig zu verstehen. Nachdem einmal die stetigen Rücksichten, die der halb gesellschaftliche Ton der ersten Zeit ihres Zusammenlebens mit sich gebracht, ein wenig beiseite geschoben waren, förderte die offenere Verkehrsart zwischen den Gatten sofort Grundantipathien zutage, aus denen die einschneidendsten Konflikte zu erwachsen drohten. Dies hatte zur Folge, daß Herr von Grubeck zu einem formellen, abgemessenen Wesen zurückkehrte. Ihr ehelicher Verkehr verringerte sich schnell und hörte ganz auf. In dem Maße aber, wie der Major sich von der Gattin zurückzog, vermehrte sich sein Schuldbewußtsein ihr gegenüber. Der veredelnde Verkehr mit der Tochter hatte sein Gewissen verfeinert. Wenn zu gleicher Zeit der Egoismus seiner Lebensführung nur immer noch rücksichtsloser wurde, so zeigte dies, daß auch bei ihm eine Krankheit des Willens zum offenen Ausbruch gelangt war. Nur außergewöhnliche Charaktere werden in einer unfruchtbar kritischen, schlichter Handlungen unfähigen Zeit ganz frei von dieser seelischen Krankheit sein, welche in ihren Opfern die Empfindsamkeit gegen sich selbst, die Selbstkritik zu immer schwächlicherer Verfeinerung ausarten läßt, während zugleich die Fähigkeit, ihre Handlungen nach ihrer besseren Einsicht zu lenken und zu regeln, in ihnen immer mehr erlahmt. Bei weicheren, von vornherein zur Reflexion und zum Empfindungsdilettantismus bestimmten Naturen pflegt die Krankheit des Willens zu einem vollständigen Aufgeben der Initiative zu führen; die Selbstkritik nimmt eine so virtuose Vielseitigkeit an, daß die einfachste Entscheidung nach einer bestimmten Seite hin dem Betroffenen unmöglich wird und sein Leben sich in einer ewig schwankenden Ratlosigkeit verliert. War dies etwa Wellkamps Fall, so lag der des Majors von Grubeck anders; denn es war der einer mit starken eigensüchtigen Trieben ausgerüsteten Natur. Die Krankheit war hier viel später zum Ausbruch gelangt, durch Unglücksfälle äußerer Art, welche jäh zur Besinnung brachten und zur Rückschau aufforderten, noch mehr, wenn sie wie hier in die Zeit fielen, wo die Triebe bereits hinlänglich abgeschliffen waren, um die Genußfähigkeit erlahmen zu lassen. Das beginnende Alter ist mit der sozusagen körperlichen Melancholie der Ernüchterung ganz geeignet, das Schuldbewußtsein zu wecken. Letzteres wächst unaufhaltsam, mit seiner Reflexion das gegenwärtige Leben nicht weniger als das vergangene angreifend und zersetzend. Aber der eigensüchtige Wille des Triebmenschen ist darum nicht gebrochen. Er wirkt mit der Reflexion zugleich fort, gegen die er sich mit immer wachsender Heftigkeit empört. So entsteht der Trotz des mehr oder weniger moralisch Entgleisten dieser Art gegen das, was er selbst als sein besseres Ich empfindet.

In solcher Stimmung des selbstquälerischen Trotzes also war es, daß der gealterte und durch den inneren Unfrieden der letzten Jahre verbitterte Mann die ihm noch einmal dargereichte Hand der Gattin zurückwies. Er zog sich vor ihrer unvermittelten Annäherung mit dem Gefühl des Unbehagens zurück, das seiner selbstsüchtig abgeschlossenen Bequemlichkeit Störungen verursachte, selbst wenn sie tatsächlich zum Besseren führen konnten. Ob dies überhaupt möglich gewesen wäre, ob die tiefen Gegensätze, die in der stummen Feindschaft dieser ganzen Zeit zwischen den Gatten aufgerissen waren, je auszuheilen waren, daran hatte Dora in der Lage, welche ihr jenen Entschluß abnötigte, schwerlich gedacht. Sicher war es jedoch, daß der Widerwille des Gatten, auf ihre Absichten einzugehen, ihr eine gewisse Genugtuung bereitete. Der Mann, auf den sie herabgesehen, obwohl oder weil das Zusammenleben mit ihm genau so ausgefallen, wie sie es von Anfang berechnet, gab ihr bei dieser Gelegenheit das Recht zu noch rücksichtsloserer Verachtung. Auch wurde ihre Absicht durch sein Verhalten am Ende nicht durchkreuzt. Ob er ihr entgegenkam oder nicht, in jedem Falle war es ihr ermöglicht, den vertraulicheren Ton, den sie ihm gegenüber in Abwesenheit der jungen Leute eingeleitet, auch nach deren Rückkehr anzuschlagen.

Ihr Entschluß, den sie unter der treibenden Notwendigkeit, sich vor sich selbst zu retten, gefaßt, war alsbald zur fixen Idee geworden. Auch sagte ihr der Instinkt, welcher uns zuweilen eine Wahrheit über unsere innerste Seelenbeschaffenheit verrät und welcher wohl kein anderer als der der Selbsterhaltung ist, daß diese Idee ganz so, wie sie sich ihr aufgedrängt, bestehen bleiben müsse. Jede Überlegung konnte nur Zweifel, Unsicherheit und somit die allergrößte Gefahr zur Folge haben. Sie vermied daher aufs sorgfältigste die einsamen Träumereien, die so lange ihre liebste, schmerzlich-süße Gewohnheit gewesen waren. Für Lektüre, sonst stets ihr Eingang zu einem Reich geheimnisvoller Empfindungen, in welchem sich ihre Träume verirrten, suchte sie jetzt nicht die gefährliche Muße. Dagegen nahm sie Beschäftigungen verschiedener Art, die sie lange vernachlässigt, wieder auf. Lange Zeit liegengebliebene Korrespondenzen wurden nun plötzlich mit großer Hast erledigt. Auch begann die junge Frau sich mit der seit Jahren nicht mehr geübten Musik zu beschäftigen. Sie besaß kein ausgesprochenes Talent und hatte sich auch früher niemals eine nennenswerte Übung erworben. Inzwischen waren ihre Finger ein wenig steif geworden, und um sie aufs neue einzuüben, war sie nun veranlaßt, sich halbe Tage und bis zu einer angenehmen Ermattung mit den einfachsten Übungen zu beschäftigen. Allmählich ging sie, ohne eine besondere Auswahl vorzunehmen, zu den schlichten Schubertschen Melodien über, die ihr unter ihren Noten gerade in die Hände fielen. In die tiefe und ganz vergeistigte Melancholie des Meisters intim einzudringen, war sie wohl nicht imstande, doch weckte dieselbe etwas wie einen physischen Widerhall in ihr. Bei irgendeinem schmerzlichen Akkord geschah es, daß sie zusammenschauerte und Tränen in ihre Augen traten. Es überschlich sie dann ganz unbestimmtes, wesenloses, aber aufrichtig gefühltes Selbstbedauern und zugleich eine stille Ergebung in die

Notwendigkeiten, unter denen sie lebte. Wenn sie sich nach solchen Stunden vom Flügel erhob, fühlte sie sich im Innern ruhiger und ernster geworden und der Aufgabe, die sie sich gestellt, besser gewachsen.

Besonders in diesen Augenblicken liebte sie es, hauptsächlich als Bestätigung ihrer still-pflichtbewußten Stimmung, die Gesellschaft ihres Gatten aufzusuchen. So ungelegen dem alten Herrn, den sie meist in seine Sammelmappen vertieft oder mit eigener Kunstübung beschäftigt traf, die Störung kommen mochte, war er doch zu sehr Kavalier, dies merken zu lassen. Er erklärte dann der ihm gegenüber Sitzenden einen oder den andern seiner zeichnerischen Versuche und hörte mit vollendeter Aufmerksamkeit zu, wie sie von ihrer Musik sprach oder des Briefes irgendeines gemeinschaftlichen Bekannten Erwähnung tat, um den sich beide seit Jahr und Tag nicht gekümmert. Rein äußerlich schien es so, als sei das Verhältnis der Gatten von Grund aus umgestaltet und als sei alles durch die Art dieses Verhältnisses etwa Vorbereitete unmöglich geworden, so ruhig-familiär war die Redeweise der Frau und so höflich-besorgt diejenige des Mannes, der freilich seinerseits derartige Unterredungen niemals herbeiführte und nach ihrer Beendigung ein Unbehagen wie nach einer schlecht vertanen Stunde zu überwinden hatte.

Bei einer dieser Gelegenheiten hatte Dora ihm, im Anschluß an ihr Musikgespräch, nahegelegt, sie gelegentlich in die Oper zu führen. Sogar dieser außergewöhnliche Wunsch vermochte, neben ihrem auch sonst veränderten Betragen, Herrn von Grubeck wohl zu überraschen, ohne ihn aber in Verwunderung zu setzen. Einerseits war ihm selbst, seit er die gewohnte Gesellschaft der Tochter entbehrte, das Haus verödet und sein eigenes Leben zuweilen unheimlich still erschienen; und im Zusammenhang damit kam ihm leicht der Gedanke, daß Dora, deren unerträgliches Verhältnis zu Anna ja auch ihn fortwährend bedrückt hatte, jetzt, da sie ihn von dem Einflusse der Rivalin frei sah, eine Annäherung an ihn suchte. Die männliche Eitelkeit, die auch in einem Verhältnis wie diesem nicht gänzlich außer Wirkung gesetzt war, machte ihm den Gedanken einleuchtend genug. Andererseits war er von jeher gewohnt gewesen, alle auffallenden Äußerungen der Frau auf ihre nervös-launische und, dessen war er zu seinem Unglück gewiß, unbefriedigte Natur zurückzuführen.

Ohne ausdrücklich über den neuen Wunsch Doras nachzudenken, kam er ihm nach. Die paar klassischen, ihm aus seiner Jugend in der Erinnerung gebliebenen Opern, in die er sie führte, blieben nun zwar auf sie ohne Eindruck. Indes hatte gleich der erste Abend, den sie so außer Hause zugebracht, einen für sie selbst überraschenden Erfolg. Sie war als eine der Gesellschaft bisher fast unbekannte und ungewöhnliche Erscheinung in ihrer Loge viel beachtet worden. Sie hatte Gelegenheit, wieder die ihr ehemals so geläufige Augen- und Fächersprache zu reden und, wie große Gesellschaft es mitbringt, ohne besonderes Interesse an der einzelnen Person, das Publikum auf sich wirken zu fühlen, zugleich aber den Eindruck zu genießen, den sie selbst auf den Saal machte.

So war sie nach Jahren einmal wieder zu dem ungestörten Selbstgenuß gekommen, dessen Frauen ihres Schlages sich nicht ungestraft dauernd berauben. Sie begriff nicht, wie sie dies so lange Zeit fast vollständig hatte tun können. Mit dem ersten Ausfluge, den sie gewagt und den sie nun häufig zu wiederholen beschloß, war viel von dem innern Fieber verschwunden, das nur in der fortwährenden Einsamkeit des Hauses eine so beängstigende Höhe hatte erreichen können.

Nun aber schien alles so gut geregelt, daß sie selbst an dem Tage, als die jungen Eheleute ihre Rückkehr für den Abend anzeigten, eine fast heitere Ruhe bewahrte.

Als sie Wellkamp endlich gegenübertrat, hatte sie wirklich die Genugtuung, ganz ungezwungen die Haltung zu finden, die sie beabsichtigt. Noch mehr hatte es sie befriedigt, die Wirkung davon auf den jungen Mann wahrzunehmen: wie er anfangs erstaunt war, um sich dann schnell und mit sichtlicher Beruhigung in das veränderte Verhältnis zu finden, und wie durch seine fernere Unterhaltung endgültiges Aufatmen ging.

Dies alles zu fühlen, hatte ihr eine süß-melancholische, aber sichere und zufriedene Stimmung gegeben. Warum mußte diese so schnell und so schrecklich gestört werden? Sie hatte in ihren hastigen, ganz von dem unwiderstehlichen Trieb zur Handlung bestimmten Berechnungen, welche sich ausschließlich mit dem Manne beschäftigten, die Frau überhaupt fehlen lassen. Dies war es, was jetzt das Verhängnis beschleunigte. In all den Wochen, in denen ihre fixe Idee ihr immer von neuem das erste Wiedersehen mit Wellkamp gezeigt, hatte sie sich Annas kaum ein- oder zweimal in unbedeutender Weise erinnert. So mächtig war die Voreingenommenheit, welche sie der neuen Lage entgegenbrachte, daß sie auch noch in jener halben Stunde vor dem Kamin, während sie jede unmerklichste Äußerung von Wellkamps Stimmung erhaschte, für die junge Frau, selbst wenn sie einige Worte mit ihr wechselte, ohne jede innere Aufmerksamkeit war.

Um so schwerer war der Schlag, der sie wenige Augenblicke später traf, während sie ahnungslos dem jungen Manne entgegenschritt, dessen Absicht, ihr seinen Dank abzustatten, sie bemerkte.

Als sie bei einer zufälligen Kopfwendung jenem beleidigenden Blick Annas begegnete, war es ihr tatsächlich wie bei einem heftigen Stoß vor die Stirn, der sie während einer Sekunde den Schritt anhalten ließ. Auch ihr Blut stockte einen Augenblick, um gleich darauf wie entfesselt seinen Kreislauf fortzusetzen. Sobald der Taumel, der sie ergriff und in dem sie dennoch die Energie finden mußte, ihre ruhig-lächelnde Miene zu bewahren, niedergekämpft war, machte sie die Entdeckung, daß sie die letzten Wochen hindurch alles anders gesehen, als es war, nun sie die grausame Wirklichkeit wiederfand. Mit völliger Klarheit des Gefühls, welches wenigstens in solchen entscheidenden Momenten keine der sonst so häufig verwirrenden und trügerischen Sophismen zuläßt, erkannte sie die Bedeutung des tollen Hasses, der sich mit einer nie geahnten Zügellosigkeit in ihr gegen jene Frau, gegen die Besitzerin des Mannes bäumte, dem jeder ihrer armen gequälten Gedanken galt.

Die heiße Wallung war sofort der eiskalten Entschlossenheit gewichen, nunmehr mit ganzer Rücksichtslosigkeit gegen alle und gegen alles ihre Macht zu brauchen. Denn nicht die andere, sondern sie selbst war es, welche die Macht über den Mann besaß, die sie in der ersten Minute des ersten Zusammenseins mit ihm in jedem ihrer Worte, in jeder Bewegung ihrer Stimme, in der ganzen Berührung ihres Wesens mit dem seinen verspürt hatte.

Und nun ließ sie diese geheimnisvollen Kräfte spielen, um mit einer fast wilden Freude die Wirkung zu beobachten, die ihre äußerlich so unbedeutenden Worte auf ihn hervorbrachten. Das nervöse Spiel seiner Stirn, seines Mundes und die namenlose sinnliche Anspannung, mit der sie selbst jeder Bewegung seines geliebten, für sie so durchsichtigen Gesichtes folgte, brachten ihr einen letzten Beweis, wenn ein solcher hier noch vonnöten war, daß alles entschieden sei.

Während die beiden Menschen nun an dem weihnachtlichen Familientisch sich gegenübersaßen, streifte inmitten der Unterhaltung, die trotz allem aufrecht erhalten werden mußte, zuweilen einer des andern Blick, um sich nur aufs neue zu vergewissern, daß die müde Traurigkeit in diesem schuldigen Blick die gleiche sei, in die ihn selbst diese traurige Leidenschaft versenkt hatte.

VI

Waren die Vorgänge des Weihnachtsabends Wellkamp von solcher Endgültigkeit erschienen, daß er unter der Wucht der Entscheidung dem Zusammensinken nahe gewesen war, so sollte er unmittelbar darauf noch einmal den der Seele eingeborenen moralischen Willen kennenlernen, in dem gerade schwache Charaktere zu ihrem instinktiven Fatalismus ein seltsames Gegengewicht zu besitzen pflegen. Das Gewissen weiß sie allemal zur Anerkennung seiner Ansprüche zu zwingen, ehe sie diese dennoch verletzen. Die innere Stimme wird auch noch im lautesten Toben ihrer Leidenschaft hörbar, sei es auch nur, um sich von der Logik ihrer Begierde sogleich widerlegen zu lassen. Ohne sie ihren Wünschen nachzugehen, vermögen sie ebensowenig, wie schließlich ihr zu gehorchen. Nirgend in ihrer Innenwelt gibt es einen geraden Weg, der nicht von irgendeinem Sophismus durchkreuzt und umgebogen werden könnte. Ihr Denken und Empfinden bewegt sich in Winkelzügen; man sollte meinen, daß ihr Wesen der Selbstbetrug sei.

Für Wellkamp stellte sich nach dem Vorgefallenen die Gewissenspflicht mit völliger Klarheit so dar, daß er sofort mit seiner jungen Frau Haus und Stadt zu verlassen hatte, um in absehbarer Zeit nicht dorthin zurückzukehren. Es war dies ganz offenbar das einzige Mittel, um die tatsächliche Vollendung dessen, was an jenem verhängnisvollen Abend innerlich entschieden war, unmöglich zu machen. Im Vergleich mit dieser Aussicht erschien alles andere als Nebensache und mußte demgemäß kurz abgetan werden. Wie er Anna gegenüber, wie er ihrem Vater seinen schnellen Entschluß begründen sollte, mußte sich finden, wenn es der Zweck einmal so wollte.

Ob aber der Zweck der Abreise wirklich erreicht werden würde? fragte er sich, und er fand leicht eine seinen Wünschen dienende Antwort, wobei in diesem Falle seine vielseitige Betrachtungsweise durch eine nicht unbeträchtliche Belesenheit unterstützt ward. So kam ihm im Augenblick fast wörtlich eine Stelle eines seiner Lieblingsbücher, der „Wahlverwandtschaften", ins Gedächtnis.

„Wenn dein Entschluß," so wiederholte er innerlich, „so fest und unveränderlich ist, so hüte dich nur vor der Gefahr des Wiedersehens. In der Entfernung von dem geliebten Gegenstande scheinen wir, je lebhafter unsere Neigung ist, desto mehr Herr von uns selbst zu werden, indem wir die ganze Gewalt der Leidenschaft, wie sie sich nach außen erstreckt, nach innen wenden. Aber wie bald, wie geschwind sind wir aus diesem Irrtum gerissen, wenn dasjenige, was wir entbehren zu können glaubten, auf einmal wieder als unentbehrlich vor unsern Augen steht!“

Es wäre also, folgerte Wellkamp, vor allem eine unwiderrufliche Trennung nötig, die ohne starke Auffälligkeit und vielleicht Verdacht nicht zu erreichen war. Und wäre sie möglich, welches Mittel gab es sodann gegen die Leidenschaft, die nicht anders können würde als wachsen, in demselben Maße, wie in der Entfernung ihr Gegenstand von seiner Phantasie gereinigt und idealer werden würde. Wie mußte die Leidenschaft, deren ganze Gewalt sich „nach innen“ wenden würde, sein Verhältnis zu Anna gestalten? Es würde langsam und nie ausgesprochen, aber unvermeidlich in gänzlicher Entfremdung enden. Dies Schlimmste aber ließ sich vielleicht, ja sicher, abwenden, wenn er den Dingen ihren notwendigen Lauf ließ. Es würde dann so oder so zu einer befreienden Aussprache zwischen seiner Gattin und ihm kommen. Damit würde zugleich gewonnen sein, daß Anna einen tieferen Einblick in seine Natur erhielte, eine Bedingung, deren Fehlen ja ihm selbst ehedem als ein Hindernis für die dauernde Befestigung ihres Verhältnisses erschienen war.

Wie leicht wir eine solche Scheinlogik erfinden in Lagen, wo unsere Leidenschaft bereits vorweg die Entscheidung gesprochen hat! Wellkamp hatte niemals das Bewußtsein, diesem seinem Gedankengange, darin er eine Aussprache mit Anna als wünschenswert bezeichnete, geradeswegs entgegenzuhandeln, wenn er zu gleicher Zeit begann, seiner Gattin gegenüber weit ängstlicher als früher seine Bewegungen zu überwachen, seine Miene wie seine Worte zu überlegen und vor allem in seinem ganzen Benehmen auch den leisesten Zusammenhang mit Frau von Grubeck gleichsam schweigend abzuleugnen. Gleichwohl war auch diese Wendung, die er ihrem Verkehr gab, nur zu natürlich. In dem Maße, wie der innere Entscheidungskampf jedes einzelnen der beiden Schuldigen ermattete, wuchs die Heftigkeit desjenigen, den sie gemeinsam gegen die Gegner in der Außenwelt zu führen hatten, gegen die Gläubiger, die sie schädigen, denen sie sich selbst entziehen mußten, um sich einander darzubringen.

Die Gereiztheit, in welcher Wellkamp in diesen, wie ihm schien, unruhigsten Wochen seines Daseins lebte, wurde vor allem auch dadurch hervorgerufen, daß es für ihn galt, eine Gelegenheit abzuwarten. Alles in ihm drängte zum letzten Schritt als zu einer Lebensnotwendigkeit. Aber ihn zu beschleunigen, war er immer noch nicht fähig, täglich entmutigten ihn die Verhältnisse, unter denen er liebte. Da gleichwohl die Begierde, die geliebte Frau zu berühren, überhand nahm, geschah es nunmehr zuweilen, daß er in ihrer Abwesenheit und möglichst unbeobachtet ihr Boudoir aufsuchte, um lange, lange sich ganz seinen Wünschen zu überlassen an eben dem Orte, wo er sie einst verwirklicht zu sehen hoffte. Aus der Luft dieses Raumes, den er hin und her durchmaß, wehte ihm gleichsam ihr Wesen entgegen, an jedem der Gegenstände ringsumher haftete etwas davon. Er öffnete ihre Bücher, er trank Duft aus Stoffen, denen ihr Körper vertraut war. Dann wieder blieb er in der Mitte des Gemaches stehen, um mit ängstlich pochendem Puls, ob niemand ihn belauschte, nach dem Sessel, in dem sie zu ruhen pflegte, den Namen der Geliebten hinüberzuflüstern:

„Dora …“

Selbstvergessen sank er einst vor jenem Sessel nieder und preßte seinen Kopf in die Kissen. Dabei hatte er beängstigend deutlich ihre Antwort im Ohr, er hörte ihre geheimnisvolle Stimme „Erich!“ rufen, und es klang wie Schicksalsruf. Als er in vollständiger Verwirrung lauschte, ob es nicht Wirklichkeit sei, vernahm er seinen Namen von einer andern Stimme ausgesprochen, und er hatte kaum noch die Zeit, aufzuspringen, gehabt, als Anna bereits die Portiere zurückschlug.

„Nun!?“ rief er ihr sofort entgegen, und seine Stimme war, um seine Überraschung zu verbergen, unwillkürlich überlaut und heftig geworden. „Man bleibt nicht einen Augenblick allein. Ich habe Kopfschmerzen.“

„Dann solltest du dich nicht dem einnehmenden Parfüm aussetzen, das hier im Zimmer liegt. – Ich habe dich von Papa zu fragen, ob du uns statt seiner heute abend in den „Tannhäuser“ begleiten willst. Das heißt, ich bleibe für meinen Teil auch gern zu Hause. Du weißt, ich bin nicht für Wagner.“

„Laß dich nicht abhalten,“ sagte er rauh, indes Ärger in ihm aufstieg, wie jetzt öfter bei Begegnungen mit Anna, die er innerlich bereits als Hindernis für seine Wünsche anzusehen gewöhnt war.

„Also du sagst zu?“ fragte sie, während sie den Blick, der ein stilles Erstaunen bei seiner Heftigkeit ausdrückte, auf ihn geheftet hielt.

Natürlich reizte ihn ihre Ruhe noch mehr.

„Jedenfalls. Man hockt hier ohnehin zu viel beieinander. Das macht matt auf die Dauer.“

„Du langweilst dich, lieber Junge“, sagte sie begütigend. „Ich glaube, du solltest dir eine Beschäftigung suchen.“

Sie sah den Grund seiner häufiger auftretenden Launen einzig in seiner Beschäftigungslosigkeit und hatte im Grunde wohl recht. Ihm konnte ihre Auffassung, die ihre Aufmerksamkeit ablenkte, für seine Zwecke nur erwünscht sein. Doch ward er jetzt bloß erbittert durch das, was er als „Schulmeisterei" an ihr empfand.

Er wandte sich mit einer so deutlich beleidigenden Bewegung ab, daß sie es bemerken mußte. Anna war besonnen genug, ihn ohne weitere Entgegnung zu verlassen. Sie sah solche kleinen Szenen, die in letzter Zeit nicht selten waren, ruhig an. Es würde ihr morgen ein leichtes sein, dachte sie, alles wieder zu ordnen, wenn er nicht von selbst käme. Er ergab sich leicht genug, wenn ihm Zeit gelassen wurde; auch schien er wirklich etwas gelangweilt; die Oper mochte ihn anregen, sie kannte seine Empfänglichkeit für Musik. Indessen pflegte sie auch ihre eigene Würde in ihrem Verhalten abzumessen. Nach dem Vorgefallenen mit Wellkamp in die Oper zu gehen, erschien ihr nicht tunlich. So überbrachte sie Herrn von Grubeck ihre eigene Entschuldigung und die Zusage ihres Gatten.

Der Hauptgrund, weshalb Anna dem Besuch des „Tannhäuser" von vornherein abgeneigt gewesen, lag darin, daß er von Frau von Grubeck angeregt und ihr zu Gefallen beschlossen war. Dora hatte die Kleinlichkeit in bezug auf ihre eigene Person, welche Anna niemals verleugnen konnte, richtig berechnet, als sie die Verantwortung, vor welcher der Mann zurückscheute, auf sich nahm. Sie konnte, während sie es tat, das Gefühl triumphierender Rache durchkosten bei dem Gedanken an die Frau, die für den Besitz des Mannes von ihr so beleidigend wenig fürchtete. Doch war dies Gefühl nicht die eigentliche Triebfeder ihres Entschlusses gewesen, noch war er ihr leicht geworden. Sie hatte all diese Zeit um so mehr gelitten, als sie die Erfüllung ihres Schicksals nunmehr völlig in der Hand des Mannes glauben mußte. Je länger sie ihn unentschlossen sah, desto fieberhafter ward der Zustand, der sie zugleich zu einer erschöpfenden Aufmerksamkeit gegen ihren Gatten verdammte. Denn mit welcher Heftigkeit nach der Entbehrung ihres ganzen Lebens der Trotz gegen alles, Personen und Verhältnisse, die sie umgaben, in ihr zum Ausbruch gelangt war, blieb sie doch immer unfähig, sich ihrer Leidenschaft rücksichtslos und ohne Besinnung hinzugeben. Sie hatte sich ängstlich gehütet, die Besuche im Arbeitszimmer Herrn von Grubecks, welche sie seit der Abwesenheit des jungen Paares zu machen begonnen, seltener werden zu lassen, und es war ihr gelungen, den freundschaftlichen Ton im Verkehr mit ihrem Gatten zu erhalten und zu befestigen. Heute nun, da sie ihn stark beschäftigt gefunden und von ihm gehört, daß er den ganzen Tag reichlich zu tun haben werde, hatte sie die Gelegenheit genützt, seine Begleitung in die Oper zu erbitten. Er hatte gefürchtet, sich tagsüber allzusehr zu ermüden, und ihr angeboten, sich von Wellkamp begleiten zu lassen. Der Ablehnung Annas war sie hinreichend sicher gewesen.

Das Ganze hatte sich zufällig und wie absichtslos ergeben; doch hätte sie, falls sich nicht jene Gelegenheit geboten, an diesem Tage irgendeine andere gesucht und gefunden. Es gibt einen Steigerungsgrad in jedem lange ausgehaltenen und dabei außerordentlichen seelischen Zustande, wo eine plötzliche Abspannung notwendig wird. Ein Ruhepunkt kommt, der zur Vorbereitung künftiger Stürme notwendig ist. Denn das Fahrwasser, das wir einschlagen, braucht nicht stiller zu sein als das, welches wir verlassen, nur wissen wir sicher, daß es ein anderes sein muß. Dora erhielt mit jenem Augenblick die Gewißheit, daß die Zeit der Erwartung für sie zu Ende sei.

Der Ruhemoment wurde in diesem Falle geradezu durch körperliche Ermattung herbeigeführt. Frau von Grubeck hatte die Nacht, ebenso wie manche der voraufgegangenen, fast ganz schlaflos verbracht. Aus einem vor Übermüdung unruhigen Schlummer war sie nach Mitternacht unter Schluchzen aufgefahren. Wieder hatte sich Weinkrampf eingestellt. Fieberhafte Sehnsucht wuchs in solchen Stunden bis zur Unerträglichkeit; dazu erfaßte bitterer Trotz die gequälte Frau bei dem Gedanken, daß dieser unmenschliche Zustand recht eigentlich die Folge und das Ergebnis ihres bisherigen Lebens sei. So lange hatte sie die Widersprüche ihrer Natur gewaltsam unterdrückt, sich in Abgeschlossenheit und künstlicher Ruhe erhalten, um am Ende dennoch die unbezwinglichen Grundtriebe hervorbrechen zu sehen! Bis zu ihrem neunundzwanzigsten Jahre hatte sie jenes Dasein geführt, um nun die Arme krampfhaft nach dem Leben auszustrecken, von dem sie bisher nichts anzunehmen gewagt! – Dazu war, wie eine ausdrückliche Erinnerung an ihr verflossenes Dasein, durch ihr Ankleidezimmer, das die beiden Zimmer verband, das Geräusch, welches ihr Gatte im Schlafe verursachte, zu ihr herübergedrungen.

An diesem Morgen nun hatten sich die Folgen all der seelischen Anstrengungen endlich in einer halben Bewußtlosigkeit geltend gemacht. Dora saß, das kaum berührte Frühstück noch neben sich, fröstelnd am Kamin, in dem ein schnelles Tannenholzfeuer brannte. Es kam der jungen Frau darauf an, möglichst viel Wärme auf einmal zu erhalten; sie bog sich zuweilen ungeduldig gegen die Glut vor, wenn die kalten Hände, die sie im Schoße ruhen ließ, sich immer noch nicht erwärmen wollten. Dabei schoben sich die weiten Ärmel des Nerz-Jacketts, das sie über dem hellen Morgenkleide trug, zurück und ließen den Feuerschein über ihre feinen, etwas zu knochigen Arme gleiten. Flackern im Gesicht, sah sie mit starren Augen und festgeschlossenem Munde in die Glut. Nun saß sie wieder bewegungslos, die Füße in den schmalen Lackschuhen gegen das Kamingitter gestützt. Ihr Haar, bereits vollständig geordnet, vermochte nicht so wie die meisten Schattierungen des Blond, im Feuerschein Funken zu sprühen. Es bewahrte seinen matten Glanz, gleich der Hautfarbe, die unter der hin und her huschenden Beleuchtung weiß hervorblickte. Das Zimmer erhielt sein Licht nur von dem flackernden Feuer, da die grelle Sonne des Wintermorgens durch doppelte Fenstervorhänge fast vollständig abgewehrt war.

Tiefe Dämmerung des übrigen Raumes lullte sie noch mehr in ihre wohltuende Betäubung, die Vorstellungen ihres ermüdeten Geistes vermochten kaum an etwas anderes anzuknüpfen als an die Flamme, die sie vor ihren Augen abwechselnd heller leuchten, rauchen, zusammenfallen, wieder aufflackern sah.

Ihr innerer, unbewußter Sinn wandte Kampf und Sterben des Feuers auf die Leidenschaften an, die sie selbst durchlebte. Wie oft mochte sie den Vergleich in sich aufgenommen haben als Gesprächsphrase, als Scherz, vielleicht als Dichtung. In ihrer Träumerei fanden sich Bruchstücke von Versen zusammen; in ihrer New-Yorker Zeit hatte ein junger Mann, der eine Weile in ihrem engeren Kreise gelebt, sie ihr, auf ein Zettelchen geschrieben, zugesteckt. Der junge Dichter spielte darin mit einer Stimmung, die so, wie er sie ausdrückte, niemals zwischen ihnen bestanden. Da sie jedoch nicht ungeschickt wiedergegeben war, hatte Dora sich, ihrerseits mit dem Dichter spielend, gern in sie hineingeträumt. Sie hatte das Gedicht damals häufig genug gelesen, um es auch jetzt noch, ohne sich des Wortlauts bewußt zu werden, gleichsam mit der Seele zu überschauen.

„Du aber streutest die welken Zweige
Gedankenlos lässig in den Kamin ...
Der warme Winter ging zur Neige,
Ein kühler Frühling ließ weiter mich ziehn.

Wir saßen einander genüber am Feuer,
Wie oftmals, in unsere Sessel geschmiegt;

Nur daß es zuletzt war, es wärmt uns kein neuer
Glutwirbel nach dem, der dort verfliegt.

Ich dachte, indes wir beide verstummten,
Wie hoffnungslos in Asche sank,
Was die Flammen – wie oft! – ins Ohr uns summten,
Das Glück ein ganzes Leben lang.

Ich dachte, es wäre wieder zu bringen
Nicht mehr von dem Leben, das hier entschwand,
Als von dem der welken, zu frühen Syringen,
Die zerknickt deine schmale, blasse Hand.

Du aber streutest die welken Zweige
Gedankenlos lässig in den Kamin –
Und es war, wie wenn aus der Asche steige,
Was für uns beide gestorben schien.

Wir sahen uns an und wußten, die Flammen,
Die Sträuße, die ihre sinkende Nacht
Noch einmal erhellten, sie hatten zusammen
Uns beiden den nämlichen Wunsch entfacht.

Sie hießen uns, unsere Abschiedswehen
Vereint zu letztem Glück zu weihn;
Es sollte das Auseinandergehen
Eine letzte Liebeserfüllung sein."

Wesenlos, unzutreffend dies alles, und doch verdichtete sich die dadurch genährte Stimmung so weit, daß am Ende eine ganz bestimmte seelische Richtung sich klarstellte. Sicher würden wir erschrecken, wenn unser Bewußtsein nach Beendigung eines solchen inneren Vorganges noch die unsicheren, wenig bedeutenden Elemente festzustellen vermöchte, die häufig den Grund bilden, aus welchem unsere wichtigsten, verhängnisvollen Schlüsse hervorwachsen. Wahrscheinlich würden wir uns nur noch inniger an den Glauben klammern, daß es eine Schicksalsmacht ist, die mit zufälligen oder doch für uns nicht zu unterscheidenden Mitteln uns hier wie überall zu dem von ihr vorherbestimmten Ziele leitet.

Tatsächlich war der Entschluß, der Dora, als sie endlich aus ihren Träumereien aufgestört wurde, als ihr Ergebnis vor Augen stand und den sie noch am selben Tage zur Ausführung brachte, ähnlich bedeutend dem, in welchen jenes Gedicht ausklang.

Da der Beginn der Oper in die tägliche Dinerstunde fiel, so pflegte man an Theaterabenden frühzeitig etwas zu sich zu nehmen und die Mahlzeit nach der Vorstellung durch einen Imbiß zu vervollständigen. Indes hatte heute nur Wellkamp auf seinem Zimmer flüchtig gespeist. Dora fühlte sich trotz der großen Schlaffheit, die ihr noch immer die Glieder lähmte und den Kopf einnahm, nicht imstande, auch nur das Glas mit rotem Wein zu leeren, das sie auf den niedrigen Spiegeltisch ihres Toilettenzimmers hatte stellen lassen. Sie hatte früher als gewöhnlich und ohne Hilfe der Jungfer begonnen, sich anzukleiden. Es war die einzige Beschäftigung, die sie ablenken und voll in Anspruch nehmen konnte. Dieser Raum, in dem sie sich lange bewegte zwischen Spiegeln und Tischen von verschiedenen Formen und bedeckt mit den zahllosen kostbaren und notwendigen Toilettegeräten, besaß für sie die ruhige Abgeschlossenheit und die Fähigkeit anzuregen wie ein Arbeitszimmer. Heute verwandte sie auf jede Einzelheit eine so ängstliche Aufmerksamkeit, daß es sie, als sie es wahrnahm, erschreckte. Sie warf sich, um Beruhigung zu suchen, auf das breite, bequeme Ruhepolster, welches eine Seite des kleinen Gemaches einnahm – bis hinter ihren geschlossenen Lidern von neuem das Gesicht des nahe Bevorstehenden, Unvermeidlichen auftauchte, auf das sie geradeswegs zuging und das sie dennoch bis zum letzten Augenblick nicht zu sehen wagte. Sie sprang auf und setzte ihre Toilette fort. Endlich war nur mehr eine weiße Rose als einziger Schmuck in dem mit kunstvoller Schlichtheit geordneten Haar zu befestigen. Hatte sie die Blume ungeschickt berührt? Aus der Knospe, die kaum begonnen, sich zu öffnen, hatte schon eines der zarten Blätter sich gelöst und flatterte langsam zuerst auf die Schulter der jungen Frau, dann zu Boden. Es mußte eine von den Rosen sein, die sich unnatürlich lange nicht zu erschließen vermögen, um endlich, ohne ein äußeres Verdorren, in voller Schönheit und noch als halbe Knospe alle ihre Blätter zu verlieren. Dora wollte nach einer anderen Blume greifen, doch sie ließ es; ihre Geduld war erschöpft, auch wurde es Zeit, bereit zu sein. Zwischen den hohen Spiegeln, die schräg einander gegenüberstanden, musterte sie noch einmal ihren Anzug. Um die fast durchsichtig lichtgraue Robe schmiegte sich weich und kühl der weiße Umhang mit seinem leise wogenden Schwanenfederbesatz. Als Frau von Grubeck mit Hilfe des Handspiegels noch einmal aufmerksam ihr Gesicht betrachtete, erstaunte sie über den fast fieberhaften Glanz ihrer Augen, bei sonst mattem Ausdruck der Züge. Ein schlaffer Zug um die Nasenflügel schien ihr allzu scharf ausgeprägt, die bläulichen Adern unter den Augen allzu deutlich sichtbar. Sie hielt bereits die Puderquaste in der Hand, legte sie aber wieder beiseite. Wozu die Wirklichkeit jetzt noch verleugnen? Mochte er sehen, was sie um ihn gelitten. In der Stunde, bevor sie sich auf Gnade und Ungnade ergeben sollte, ward sie von der eigentlichen weiblichen Weichheit und Passivität ergriffen. Sie fühlte sich zu müde und abgehetzt, um noch zu trotzen und gegen irgend etwas oder irgend jemand sich noch zu empören. Und was das Schuldgefühl betrifft, so gibt es Augenblicke, wo es notwendig tödlich wirken müßte, wenn es Einfluß gewänne.

Sie betrat mit Wellkamp zusammen das Speisezimmer, um sich von ihrem Gatten zu verabschieden, der mit Anna bei der Mahlzeit saß. Noch an ihren langen Handschuhen nestelnd, war sie mit ihrem Begleiter mehrere Schritte vor dem breiten Speisetisch stehen geblieben. Auf Anordnung Herrn von Grubecks, der tagsüber seine Augen angestrengt, war die Beleuchtung auf eine kleine japanische Lampe beschränkt; sie gab ausschließlich dem Tische ihr Licht. Die beiden hohen Figuren, die Dame ganz hell gekleidet, der Mann im schwarzen Gesellschaftsanzug, beide im Schatten nebeneinanderstehend, den andern, im Licht Sitzenden, nur in verschwimmenden Umrissen sichtbar, konnten den Eindruck machen, als seien sie aus einem alten Gemälde hervorgetreten. Die dunkle Holztäfelung des Speisesaales bot den Hintergrund. Der Major machte eine dahingehende Bemerkung.

„Findest du es nicht auch?“ fragte er seine Tochter.

Anna stimmte schweigend zu. Sie hatte beim Anblick der beiden eine blitzschnelle Regung wie von Angst und Abneigung zugleich gehabt. Es zitterte noch in ihr nach, ohne daß sie ahnte, was es sei. Wieviel später und nach wie vielem, das sich inzwischen ereignet, sollte sie erfahren, dies sei Eifersucht gewesen. Ihre reine Natur ward nur dieses einzige Mal, wie mit gehässigem Biß, angefallen. Die junge Frau glaubte nicht anders, als die heutige Szene mit ihrem Gatten errege sie nachträglich. Die im Zimmer herrschende Dämmerung begann ihr unheimlich zu werden. Unwillkürlich erhob sie sich und entzündete mit einer Handbewegung die elektrischen Lampen in der Krone über dem Tische.

„Wie bleich du bist,“ sagte ihr Vater, als ihr Gesicht im grellen Lichte erschien.

„Es ist gut,“ fügte er hinzu, „daß du dich rechtzeitig entschlossen hast, zu Hause zu bleiben.“

„Du gehst hoffentlich früh zur Ruhe,“ riet Wellkamp, der es gut fand, noch den leicht verletzten und verletzenden Ton von heute morgen beizubehalten.

„Bleib nur nicht auf, uns zu erwarten. Es könnte zu spät werden.“

Dora erschauerte. Sie meinte in seinen Worten eine Absicht zu bemerken, die sie zu verdecken suchte.

„Wir werden wohl vor Schluß nach Hause kommen“, sagte sie. „Ich bin ziemlich müde.“

Selbst dieses kurze Lebewohl hatte sie nur durch äußerste Anstrengung ermöglicht. Einen Augenblick glaubte sie sich von ihren Kräften verlassen, erst während der Fahrt kehrten sie langsam zurück. Sie fühlte sich freier, je weiter zurück das Haus blieb mit denen, deren Existenz sie bedrückte. Vergessen, wenigstens für diesen Abend, an der Seite des Mannes, auf den fortan ihr ganzes Leben gestellt war! Durch die Wagenfenster blickte nur ein dichter Abendnebel zu ihnen herein. So hatte ihr Gefühl auch um sie her etwas wie einen Dunstkreis gelegt, durch den alles Fremde nur verschleiert und wesenlos bis zu ihnen beiden zu dringen vermochte. Die Einsamkeit, die sie umgab, ward nur noch tiefer, als sie von der dunkeln Loge auf die Menschenmenge hinunterblickte, aus der keiner sie kannte noch kennen sollte; ferne Welt, gleich den Vorgängen auf der Bühne. Sie kamen traumhaft weit herüber. Sie waren nichts als wirre Begleiterscheinungen einer Musik, welche sie nach und nach in Rausch versetzte, vielleicht der erste und letzte ihres Lebens. Welche Bedrückungen und Tiefen mußten vorausgehen und nachfolgen, damit ein Leben sich einmal erhob zur Freiheit des Gefühls!

Wellkamp empfand dies. Seinen Hauch im Nacken, wendete sie sich um und las die Bemerkung, die er ihr zuzuflüstern hatte, schon vorher von seinem Munde mit Augen, deren Größe und Glanz ihm die Besinnung nahm. Sprach er, lächelte sie ihm zu mit einem Ausdrucks als verstehe sie nichts. Entsetzt von Leidenschaft waren beide. In der Begleitung der Venusbergszene mit den aus dem Brausen des Orchesters sich losringenden, tollen Violinwirbeln, die durch einfallende Trompetenmotive immer maßloser gesteigert wurden, erreichte am Ende die Leidenschaft einen Grad, wo sie für den Mann in seltsamer Weise unerträglich wurde. Er mußte sich in dem Augenblicke, da er selbst im Begriffe stand, ein neues Glück an sich zu reißen, machtlos fühlen vor der Gewalt der Lebensenergie, die hier auf ihn eindrang. Er kam sich ihr gegenüber fast alt und jedenfalls zu wenig naiv vor, um noch immer so voll überzeugt einer Leidenschaft anheimzufallen. Es war das erstemal, daß er eine neue Verbindung einging mit jener Bitterkeit, die der Vorgeschmack des Endes ist. Und wer ein Ende absieht, ist nicht mehr jung. Wie wenig das ehemals seine Art gewesen war! Er hatte in jeder neuen Liebe zugleich Halt, Gewißheit und etwas Dauerndes erblickt, stets wieder enttäuscht, dennoch aufs neue vertrauend. War's jetzt der Mühe wert, noch zu beginnen? Und alles in ihm drängte und rief doch danach, die geliebte Gestalt dort vor ihm an sich zu reißen und festzuhalten! Aber schmerzlich krampfte sich ihm das Herz, bevor er auch nur mit seinem Finger ihre feine, biegsame Taille berührte.

Seine gereizte Ratlosigkeit ward erst aufgehoben, als nach des Tannhäusers erlösendem Schrei mit dem Szenenwechsel der Charakter der Musik von der empörtesten, dämonischen Leidenschaft sich in die keusche Lieblichkeit des Hirtenliedes verwandelte. Wie sich dieses mit dem langsam näher tönenden Pilgerchor untermischte, traf es den noch soeben unter dem heftigsten Widerstreit der Gefühle Leidenden wie ein Balsam von heiliger Einfalt, nur mit Mühe enthielt er sich der Tränen. Sanfte Romantik zog ihn nun wieder zu Dora. Mystische Empfänglichkeit, ihnen beiden vertraut, verband sie wieder. Er war sicher, daß die Schauer, die ihn in diesem Augenblick berührten, auch durch ihr Blut gingen. Sie sprachen es nicht aus.

Auch nach Beendigung des Aktes saßen sie im dunkeln Hintergrund der Loge, von niemand beobachtet, schweigend beieinander. Er hatte sich, einen Arm aufs Knie gestützt, auf ihre Hand niedergebeugt, die er wieder und wieder küßte, nicht stürmisch, sondern mit leichter Selbstverständlichkeit oder mit träumerischer Ruhe: in ihrem stillen Einverständnisse die einzige offene Erklärung. Dora nahm sie ohne eine Antwort entgegen, den schlanken Körper steif, wie um sich Haltung zu geben, gereckt. Mit Mühe hielten die Augen, gleich unsichern Sternen in dem ganz beschatteten Gesicht einen Punkt des Vorhangs fest, nur gewaltsam bewahrten die Muskeln ihres Gesichtes Ruhe unter dem Drängen dieser Liebe.

Plötzlich sanken ihre Lippen über ihn, als brächen sie zusammen. Sie zerdrückten sich auf seinem Gesicht, schmolzen und bluteten in seinen Mund.

Der Aufführung folgten sie schon im zweiten Akt nicht mehr, die Musik hatte gegeben, was sie ihnen zu geben hatte. Dora lehnte sich ermüdet zurück.

Er zog die Uhr. „Es ist kaum zehn." Ihre Blicke trafen sich, der ihre wich aus. Jeder hatte den Gedanken des andern verstanden, daß man nicht heimkehren dürfte, bevor man nicht sicher wäre, die Zurückgelassenen nicht mehr vorzufinden. Dann wandten sie wieder eine scheinbare Aufmerksamkeit den Vorgängen auf der Bühne zu.

Sie verweilten auch noch in der Pause, während welcher sie mit gezwungener, zuweilen leicht zitternder Stimme gleichgültige Bemerkungen über die Vorstellung austauschten, und den größten Teil des letzten Aufzuges. Gegen elf brachen sie auf. Die Bewegung, mit der Wellkamp die Geliebte in den Wagen hob und sich an ihrer Seite niederließ, war die erste nach der Besitzergreifung, die ihr sagte, sie sei sein.

In der Dunkelheit des Wagens hörte er einmal einen tiefen Atemzug, der ausklang in ein leises, leises Schluchzen. Er ergriff mit zärtlicher Bewegung ihre beiden Hände, welche beängstigend kalt waren und bei seiner Berührung erzitterten.

„Du hast Furcht?" fragte er.

„Warum?"

„Weil ich dich liebe?"

Ihre Stimmung ward erst wieder heimlicher, als sie, in den Flur des Hauses eintretend, alles bereits dunkel fanden. Wellkamp geleitete die junge Frau mit zärtlicher Sorgfalt die Treppe hinan. Auch droben waren, außer einer weit heruntergeschraubten, alle Flammen gelöscht. Er machte Licht, dann war er Dora behilflich, ihre Toilette zu ordnen. Sie waren zusammen vor den Pfeilerspiegel des Vorplatzes getreten, ihre Blicke suchten einander darin. Er sah ihr mit einem leise fragenden Lächeln in die Augen, in denen jener traurige Fieberglanz einer leichten zärtlichen Koketterie Platz zu machen begann. Dankbar streifte er mit seinen Lippen ihre Schulter. Dann tasteten sie sich zusammen durch das ganz düstere Speisezimmer, in welchem aus einem Winkel von einer winzigen blauen Flamme her das Summen des Teekessels sie grüßte. Als Wellkamp hier und nebenan in Doras Boudoir das Licht entzündet hatte, setzte er sich still auf seinen Platz am Speisetisch, um der Geliebten zuzusehen, die den Tee bereitete. Den Kopf in die Hand gestützt, folgte er ihren

Bewegungen, wie sie ging und kam. Als sie endlich mit seiner Tasse auf der silbernen Platte vor ihm stand, griff er nicht sogleich zu. Er sah zu ihr auf; ihr Gesicht erhielt durch die langen Wimpern, welche über ihre zu ihm gesenkten Augen hingen, einen Ausdruck wie das einer Schlafwandelnden.

Da fiel vor ihn hin auf das Tischtuch eine weiße Rose. Die weiße Rose aus ihren Haaren! Sie hatte noch mehr Blätter verloren; er bog die, welche sie noch besaß, auseinander und küßte sie einzeln. Dann nahm er auf gleiche Weise Doras schlanke Finger in seine Hand, um jeden zu küssen, wie wenn er nochmals eine Rose entblätterte. Sie bat ihn, sie loszulassen; sie fürchtete, das Teegeschirr fallen zu lassen, das sie noch immer mit einer Hand hielt. Als er ihr nicht gleich willfahrte, berührte sie schnell, mit reizender, halb mädchenhafter Bewegung, mit den Lippen seine Stirn. Darauf gab er sie frei.

Sie saßen lange, während der Mahlzeit und nachher, einander gegenüber. Allmählich begann er ihr von seinem früheren Leben zu erzählen, harmlose Kleinigkeiten, denen sie mit stiller Aufmerksamkeit zuhörte. Zuweilen anknüpfend, teilte auch sie ihm Erlebnisse und Eindrücke aus ihrer Heimat und aus vergangenen Tagen mit. Keiner von ihnen gedachte der jetzigen Verhältnisse; es war, als hätten sie alles vergessen, was sie trennte, und seien sich nur dessen bewußt, was sie zusammenhielt, ihrer Liebe.

Später im Leben gedachte Wellkamp nicht der Verzückungen und Genüsse, die dann folgten; er erinnerte sich, und niemals ohne Herzklopfen, dieser friedlichen Augenblicke als des einzigen, wehmütigen Glückes, das ihm jene traurige Liebe geschenkt. Er fragte sich dann wohl, ob sie im Grunde nicht doch von gutmenschlicher Art gewesen sein müsse, auch sie dem Leben zugehörig und nur von unfreundlichem Schicksal aus ihm vertrieben. Er hätte nicht verstanden, wie Schuld und Leiden sich vereinen konnten zum Idyll.

VII

Am nächsten Morgen hatte Dora sich zeitiger erhoben, als es seit Jahren ihre Gewohnheit war. Sobald sie Herrn von Grubeck in seinem Zimmer wußte, war auch sie in ihr Boudoir hinübergegangen, und ihr Frühstück, bei dem sie sonst eine lange, träumerische Stunde verweilte, war beendet, als drunten die aufschlagenden Hufe ihr den Ausritt ihres Gatten und Annas ankündigten.

Das Zimmer, das sie nun sofort aufsuchte, pflegte sie bis vor kurzem wenig zu betreten, obwohl bei der Einrichtung, die sie von Anfang an ganz dem Major überlassen, gerade an sie gedacht worden war. Herr von Grubeck hatte, da Dora in ihrer Brautzeit noch zuweilen vor ihm musizierte, eben das Musikzimmer gewählt, um einen Raum ganz nach dem Wesen und der Eigentümlichkeit der Bewohnerin abzustimmen. Dora hatte dies kaum zu würdigen gewußt. Der feine Geschmack, der für sie mit der Lust am Gefallen ab- und zunahm, bekam seine Geltung erst wieder, als das Erscheinen Wellkamps der Gleichgültigkeit und Müdigkeit ihres Daseins ein Ende gemacht. Die junge Frau lächelte, während sie sich langsam am Flügel niederließ, bei dem Gedanken an die vielen Morgenstunden, in denen, so flüchtig sie vielleicht den Geliebten gesehen, jedesmal ein neuer kleiner Kunstgriff in ihrer Toilette ein wenig dazu beigetragen haben mochte, sie dem jetzt erreichten Ziele näherzubringen. An diesem Morgen nun trug sie das Kleid dieses Zimmers, schlanker Empirestil, gehoben durch moderne Gewagtheiten, die Farbe noch etwas heller als die helllila Seide ringsum. Bei halbgeschlossenen Fenstervorhängen begann sie zu spielen: abgerissene, leise Töne, und ihre träumenden Sinne folgten weniger ihnen, als den Bewegungen ihrer biegsamen Finger. Dann bemerkte sie, daß das nur oben eingelassene Tageslicht grade in den großen Spiegel fiel; ihr Bild sah ihr entgegen im Glorienschein, das Bild der Frau, die geliebt ward. Sie staunte, triumphierendes Glücksgefühl ergriff sie. Davon war in dem Liede, das sie dann anschlug, kaum etwas zu spüren. Dora aber sang es mit jener Melancholie des Glückes, die doppelte Lust ist. Während sie dann, die Lippen leicht geöffnet und die Hände lässig auf die Tasten gelehnt, die wachgerufene Bewegung in sich ausklingen ließ, meinte sie, mehr vielleicht durch sympathische Ahnung als durch eigentliche Sinneswahrnehmung, die äußere Tür des Zimmers hinter den davorgelegten Portieren sich öffnen zu hören. Unter einer süßen Spannung, abzuwarten, sich belauschen und überraschen zu lassen, begann sie wiederum, und es war abermals Melancholie, aber eine sozusagen wirklichere, mehr greifbare: statt unsicherer Traumstimmung das tiefe Aufschluchzen eines Menschenlebens. Die Sängerin ward hingerissen, weil jener Unsichtbare ihr zuhörte, es sang aus ihr:

„... Falsch meine Liebe,
Echt nur mein Leid ...“

Sie war selbst erstaunt, einen so ganz von der wahren Stimmung durchtränkten Ausdruck zu finden. Wirklich war während des Gesanges sogar ihre Stimme weicher geworden; sie schien ihre gewöhnliche Härte zugleich mit dem Zwange abgelegt zu haben, der ihr im alltäglichen Verkehr gewohnt war und dessen sie in diesem Augenblicke und unter dem Deckmantel, den ihr die fremden Worte verliehen, nicht bedurfte.

Der Lauscher hinter dem Vorhange wurde von dem intimen Einblick, der ihm so unvermutet in die Seele der geliebten Frau eröffnet schien, heftig erfaßt. Er dachte nicht daran, zu unterscheiden, was in dieser Stimmung wesentlich, was paradox darin sein mochte. Er wurde vollends überwältigt durch ihre ausdrucksvolle und dabei so schlichte Klage:

„Keiner hat lieb mich
Auf dieser Welt –“

„Wie magst du das aussprechen!“ rief er schmerzlich und stieß den Vorhang zurück.

Er erstickte den Schrei, den sie bei seinem plötzlichen Erscheinen ausstieß, mit seinen Lippen. Das Erschrecken hatte alle Spannung der letzten Augenblicke gelöst, Dora gab sich seinen Liebkosungen mit zärtlicher Zufriedenheit hin.

„Du hast mir mutwillig eine ganze Viertelstunde unseres kostbaren Zusammenseins geraubt, du Horcher an der Tür,“ sagte sie. „Was du gehört hast, war nur deine gerechte Strafe.“

Sie richtete sich an seinen Schultern auf, lässig an ihn gelehnt, durchschritt sie das Zimmer, kaum noch bemüht, das leichte Nachziehen ihres linken Fußes zu verbergen. Es war, als sollte in solchen ersten, seltenen Stunden ihrer Verbindung, recht im Gegensatz zu all ihrem früheren Leben, die Intimität ihrer Liebe keine Grenzen kennen.

Die Begrüßung war zärtlich und still gewesen; erst allmählich kam wieder die ungestüme Leidenschaft des vergangenen Abends über sie. Sie wiederholten sich die Liebesworte, die sie füreinander gefunden, und belebten mit halben Worten die süßen, erst so frischen Erinnerungen. Ein weiter, vor den Kamin geschobener Sessel nahm beide auf. In dem engen Beisammensein teilten sich ihre Körper die Wärme gegenseitig mit, die sie von dem zu ihren Füßen flackernden Feuer erhielten. Zugleich schien diese Flamme sie wecken und beleben zu wollen mit ihren über sie hinhuschenden, spielenden und lockenden Reflexen, die Wellkamp mit seinem Finger liebkosend auf den Händen der Geliebten verfolgte. Dann riß er sie wieder mit sich in einem jener plötzlichen, wilden Anfälle, die sie in seiner nervösen, springenden Natur vorausgeahnt und die sie dennoch in dieser ersten Nacht so unbeschreiblich süß erschreckt hatten. Bevor sie sich jedoch seinem Drängen ganz überließ, fand sie einen Augenblick für eine von dem leidenschaftlich Erregten kaum bemerkte Bewegung. Sie hatte kurz das Haupt erhoben, den Blick nach oben gerichtet, und zwischen ihren wie inbrünstig halb geöffneten Lippen hervor drang ein kaum hörbarer Ausruf, ein „O Gott!", das Dankgebet und Flehen um Verzeihung in einem war.

Als er sie endlich freigab, entfuhr diesen selben Lippen ein seltsam klirrendes Lachen, wie wenn zwei Messer in schneller Wiederholung leise aufeinander stießen. Sie hatte solche überraschende Umschläge, die vielleicht ihr Instinkt nach ihm zu richten wußte. Ton und Ausdruck brachte ihr Gesicht, das ein wenig Farbe bekommen, dem seinen ganz nahe, und sie hatte die Genugtuung, den schlaffen Zug, der augenblicklich darin lag, und die kleinen, seine Augenlider zusammenziehenden Falten, welche den Blick plötzlich so nüchtern erscheinen ließen, sogleich wieder verschwinden zu sehen. Sie lachte noch einmal, und wie zuerst ihren Schreckensausruf, so nahmen jetzt seine Lippen dieses Lachen von den ihren fort. Er liebte an Dora diese Unberechenbarkeit, die ihn nie ganz zur Besinnung kommen ließ. Sein Durst nach wechselnden, flüchtigen und doch starken Eindrücken hatte im Verkehr mit ihr Nahrung erhalten, und es ließ ihn mit einer Art nachsichtigen Mitleids lächeln, als ihm jene Frage Annas einfiel, ob er denn eine Frau lieben könnte, die er nicht verstände? Das Fremde, Unbegreifliche zog an. Weshalb hatte die Intimität mit seiner Gattin ihn auf die Dauer nicht befriedigt? Sie war zu einfach. In Annas Seele blieb zu wenig Unausgesprochenes, nicht Offenkundiges zurück, und wenn es Verborgenes darin gab – welche Frau würde nicht vom Reize des Rätselhaften wenigstens etwas zurückhalten! – so war es doch nicht der Art, seine Phantasie dauernd zu beschäftigen.

Jenes fragwürdige Mitleid, das sich hier zuerst deutlich geregt, überwog während der ersten Zeit seines neuen Glücks in Wellkamps Gefühlen für Anna. Es kam warm über ihn, als er sie beim Frühstück so still ihres Hausfrauenamtes walten sah. Die Erinnerung, wie inbrünstig er gestern abend jene andere Hand geküßt, die ihm den Tee gereicht, schien ihm etwas wie einen traurigen Schatten über die Gestalt der ernsten jungen Frau zu legen. Er hätte sie gern sein Glück teilen sehen: Eigennutz der glücklichen Liebe schloß für jetzt jedes Schuldgefühl von ihm aus. Dora, welche der Major wegen ihres frischen Aussehens lobte – „du solltest noch viel fleißiger Musik treiben, nun du weißt, wie gut sie dir tut“ – triumphierte heimlich über die ahnungslose Feindin, in deren Täuschung ihr Geliebter, wie ihr schien, sehr viel Geschicklichkeit setzte. Doch war die Unterhaltung Wellkamps, welche sie so auslegte, durchaus aufrichtig. Anna wieder sah in den Aufmerksamkeiten, die ihr Gatte ihr seit langem nicht gewidmet hatte, nichts anderes als das Bestreben, den unfreundlichen Vorfall des gestrigen Tages vergessen zu machen, und erwiderte es von Herzen. Ihr Gespräch ward mehr und mehr vertraulich, zuweilen selbst von einer scherzenden Vertraulichkeit.

„Magst du mich heute nachmittag auf einem Ausgange begleiten?“ fragte Anna.

Er nahm eifrig an.

„Es kommt mir sehr gelegen, feurige Kohlen auf dein Haupt sammeln zu können, nachdem du uns gestern deine Begleitung in die Oper abgeschlagen hast. Aber es ist wahr, daß für meine ernsthafte Frau die Musik von gestern abend nicht gemacht worden ist.“

Dora, die die letzten Worte für eine leichte, frivole Anspielung nahm, blickte unter einem kleinen boshaften Vergnügen errötend vor sich nieder, während Anna ruhig fortfuhr:

„Es handelt sich nämlich um die Gründung eines Mädchengymnasiums, nach Schweizer Muster, weißt du. Eine ehemalige Bekannte hat mich zur ersten Zusammenkunft des Komitees aufgefordert, dem ihr Mann angehört. Es ist natürlich ein Privatunternehmen. Der Staat kümmert sich ja nicht um uns,“ setzte sie mit naiver Geringschätzung hinzu. Wellkamp wurde dadurch belustigt.

„Das mag interessant genug werden,“ sagte er, „euch Emanzipierte einmal unter euch zu sehen.“

Zur bestimmten Zeit stellte er sich bei ihr ein und fand sie mit der Beendigung ihres Anzugs beschäftigt. Er prüfte ihn, während er, im Rücken der jungen Frau auf dem Diwan sitzend, seine Handschuhe glättete. Sie fragte über den Sitz des schlichten dunkeln Rockes um seinen Rat, und indes er seine Meinung aussprach, war ihm zumute, wie wenn er zu einer vertrauten Schwester redete, von der ihn kein Geheimnis trennte. Er mußte, als sie zusammen das Zimmer verließen, sich besinnen, um nicht von seinem Glücke zu ihr zu reden, so groß war die moralische Verwirrung seines neuen Zustandes. Der Traum seiner Liebe vereinigte alles ringsumher für ihn zu einem harmonischen Ganzen, in welchen: Freundschaft und Vertrauen an seinem Glück freundlich teilnahmen und worin Täuschung, Mißtrauen und Schuld sich nicht fanden.

Diese seine Gefühle sollten sich nur allzu schnell ändern. Dabei blieb es aber für den Stand seines Verhältnisses zu Dora bezeichnend, wie Wellkamp sich zu seiner Gattin verhielt. Am Kummer Annas hätte er ermessen können, wie furchtbar schnell seine Liebe zu Dora sich zersetzte und abstarb. Er gab frühzeitig der Neigung nach, die in den Beziehungen mit seiner Geliebten aufgetauchten Schatten dadurch auszugleichen, daß er sich in offenen Gegensatz zu ihrer Feindin stellte. In dem Maße, wie die Bande zwischen ihnen drückend wurden, suchten und fanden die beiden Schuldigen eine neue und vielleicht letzte Zusammengehörigkeit in der gemeinsamen Abneigung gegen die von ihnen betrogene Frau. Das beifällige Aufleuchten von Doras Blick machte Wellkamp Mut zu den Demütigungen und selbst Gehässigkeiten, in die seine üble Laune gegen Anna allmählich sich verstieg.

Einmal in eine solche Feindseligkeit eingelebt, war es ihm ein leichtes, sie auch auf den Vater seiner Gattin auszudehnen, der zugleich der Mann seiner Geliebten war. Die bisher in ihm niedergehaltene, wilde und paradoxe Eifersucht des Liebhabers auf den Gatten ward jetzt erregt, wie er sie auch immer vor sich selbst verleugnen mochte. Sie war da und blieb da mit der ganzen Unlogik einer Leidenschaft, und sie ward nicht dadurch erträglicher, daß er ihr bei der Art dieser Ehe die Berechtigung bestritt. Er hätte sie am liebsten fortgeleugnet, er wollte alles mit dem Gegensatz der Naturen erklären. Ehemals durch günstigere Umstände so wenig wie möglich fühlbar, trat freilich jetzt ihr Gegensatz in seiner ganzen Schärfe hervor. Was war aus der offenen Sympathie geworden, die in der guten Zeit ihres Verkehrs zwischen den Männern geherrscht, was aus der gefälligen Rücksichtnahme Wellkamps diesem bescheideneren Geiste gegenüber, der für ihn gleichwohl etwas von väterlicher Autorität besaß? Nun war es eben die Einfachheit der Natur Herrn von Grubecks, die den komplizierten, weniger durchsichtigen Menschen in Wellkamp abstieß, ja beleidigte. Rückhaltlosigkeit und innere Freiheit des Wesens, die alle seelischen Krisen hier dennoch überlebt hatten, erschienen ihm wie ein schweigender Vorwurf für alles das, was von seinem eigenen Leben verborgen und schuldig war. Sehr bald begann er sich zu fragen, ob Herr von Grubeck in Wahrheit so ahnungslos sei, wie es den Anschein habe, und seinem wachsenden Argwohn ward es nicht schwer, in den gleichgültigsten Gesprächen Anspielungen zu entdecken, die ihn erzittern ließen. Aus Scham über diesen Zustand beschäftigte er sich ernstlich mit dem Gedanken an einen Ausbruch und eine Erklärung. Dem anderen sprach er nur den Mut dazu ab. Dennoch dauerte es auch bei Wellkamp eine geraume Weile, ehe der Wunsch, der unerträglichen Unsicherheit seiner Lage ein Ende zu machen, die Oberhand über den natürlichen Widerwillen gegen einen derartigen Schritt behielt. Noch dazu bedurfte es einer Gelegenheit, wo seine üble Laune rein zufällig die Sache auf die Spitze trieb, ohne daß er eigentlich beabsichtigt hätte, den entscheidenden Schlag zu führen. Der Anlaß war von jener Kleinlichkeit, bei der nur die Streitsucht in einer Familie nicht scheut, sich aufzuhalten. Gerade hierdurch erweist sie die Wichtigkeit, welche unscheinbarste Bande und Einverständnisse für das bescheidene Glück der Menschen haben.

Wellkamp fand eines Tages seinen Schwiegervater damit beschäftigt, eigenhändig den Vorhang herabzunehmen, welcher die Verbindungstür zwischen den beiden zu einem Haushalt vereinigten Wohnungen verdeckte. Die kleinen Sorgen um das Behagen seiner Kinder hatte der alte Herr von jeher zu seinen Beschäftigungen gezählt, neuerdings aber erregten sie Wellkamps Mißfallen. Er trat ungeduldig hinzu.

„Darf man wissen, was Sie vorhaben?“ fragte er. Der Major, ganz vertieft, beachtete kaum den gereizten Ton, in dem die Frage gestellt war und an den er übrigens in letzter Zeit durch den jungen Mann gewöhnt war.

„Sehen Sie sich nur den Stoff an, dort auf dem Stuhle,“ rief er von seiner Trittleiter herab. „Er hat den Vorzug, mit der Bekleidung der beiden Räume gleichmäßig zu harmonieren. Ich komme heute endlich dazu, ihn statt dieses häßlichen Fetzens anzubringen, der mir damals bei unsern Einkäufen auf dem Halse geblieben ist und für den ich keine andere Verwendung hatte als diese.“

Der andere wurde durch den ruhigen Ton der kleinen Auseinandersetzung noch mehr gereizt.

„Gestatten Sie mir, Ihnen zu bemerken, daß ich erwartet hätte, Sie würden mir von Anschaffungen, die meinen Haushalt so gut betreffen wie Ihren eigenen, vorher Mitteilung machen.“

„Aber meine Tochter hat mich ja gerade erst darauf aufmerksam gemacht. Ich dachte. Sie wüßten –“

Betroffen durch die unerklärliche Heftigkeit war Herr von Grubeck die Stufen der Leiter herabgeklettert und wies auf Anna, die, durch die laute Stimme ihres Gatten aufmerksam gemacht, soeben eintrat.

„Ich bin nicht benachrichtigt,“ fuhr Wellkamp von neuem auf, froh, seinen Unmut auf Anna ausdehnen zu können, „und ich bedauere die Übereilung meiner Frau. Ich meinerseits würde von der Ausgabe abgeraten haben.“

Herr von Grubeck wechselte abermals einen erstaunten Blick mit seiner Tochter, die berechtigten Grund hatte, im allgemeinen sich selbst für den sparsameren Teil des Wellkampschen Haushaltes zu halten.

„Die Ausgabe ist ja minimal, und –“

Wellkamp unterbrach seinen Schwiegervater mit einer heftigen Bewegung und nahm, ohne nur die Unschicklichkeit und Lächerlichkeit seines Gebarens zu fühlen, einen neuen Anlauf. Plötzlich war ihm die Idee gekommen, die Lage für einen längst gehegten Vorsatz auszunutzen. Er konnte jetzt endlich erfahren, ob dieser versteckte alte Mann etwas wußte oder nicht.

„Wenn die Ausgabe,“ sagte er mit absichtlich beleidigendem Tone, „durchaus gemacht werden mußte, so konnte man vielleicht, statt den Vorhang anzubringen, noch summarischer gleich das Loch vermauern. Das Spionieren, das diese bequeme Verbindung mit sich zu bringen scheint, würde dann wohl vermieden werden.“

Seine Erregung war nur noch künstlich während dieser Worte, deren Wirkung er, innerlich ganz ernüchtert, beobachtete.

Indes schienen die Worte selbst ohne besonderen Eindruck zu bleiben. Es war mehr die Art, wie sie gesprochen, die den Major reizte.

„Ich finde, daß Sie da einen Ton –“

Anna legte dem nun seinerseits sich erhitzenden alten Herrn von hinten sanft die Hand auf die Schulter und Zog ihn beiseite, während sie ihrem Gatten ein bittendes, wiewohl energisches Zeichen gab, den unerquicklichen Auftritt durch seine Entfernung zu beendigen.

Wellkamp fand es gut, dem Winke nachzugeben, hatte dabei aber seine Absichten. Zugespitzte Lagen bewirkten bei ihm eine nervöse Anspannung, die ganz der Geistesgegenwart glich. Mit wenigen raschen und lauten Schritten eilte er durch den ersten Raum seiner eigenen Wohnung, wie wenn er ihn durch den jenseitigen Ausgang sogleich wieder verließe, um dann plötzlich, mit höchster Vorsicht und alle Sinne angestrengt, an die nur angelehnte Tür zurückzuschleichen, hinter der er den Major leise reden hörte.

„Was mag er nur haben? Seine Stimmung wird immer unerträglicher."

Anna suchte ihren noch ziemlich erregten Vater zu beruhigen.

„Er ist so nervös, weißt du; man muß ihm einiges nachsehen," sagte sie und setzte hastig, wie um den Alten nicht zu Worte kommen zu lassen, hinzu:

„Ich glaube nämlich schon seit einiger Zeit, daß er zu sehr an Aufenthaltsveränderungen gewöhnt ist, um ununterbrochen hier bleiben zu mögen. Die Aussicht, auf Jahre hinaus hier stillzuliegen, macht ihn ungeduldig, und er scheut sich, besonders deinetwegen, es einzugestehen. Du sollst einmal sehen, daß sich das ändern wird, wenn ich ihm eine längere Reise Vorschläge; wir könnten sie vielleicht gleich mit Beginn der bessern Jahreszeit antreten. Bis dahin," wiederholte sie in leise bittendem Tone, „müssen wir ihm schon noch einiges nachsehen."

„Das tun wir seit langem," brummte der alte Herr, „aber sein Betragen sieht jetzt bald nach Verfolgungswahnsinn aus. Was meinte er von Spionieren? Sprach er nicht davon?"

Alter Narr! dachte Wellkamp, während er die beiden sich drüben entfernen hörte.

Das Erhorchte hatte seiner Unruhe und Gereiztheit vorläufig ein Ende gemacht. Statt dessen nahm er als Verkehrston mit seinem Schwiegervater eine überlegte, kühle Höflichkeit an, während er seine Gattin so viel wie möglich unbeachtet ließ, wie um ihr seine Unzufriedenheit zu bezeigen. Wohl wahr: das teils Lächerliche, teils Empörende seines Verhaltens entging ihm nicht völlig. Nur gelang es ihm vorerst noch, sich über seine innere Demütigung mit der selbstsüchtigen Kraft seiner Leidenschaft hinwegzusetzen. Wenn jener beschämende Auftritt glückliche Folgen hatte, waren es die, daß wenigstens für eine kurze Frist Stockung eintrat in dem schmerzlichen Verfall, dem Doras und Wellkamps Verhältnis geweiht war. Während dieses Stillstandes schien äußerlich ihre erste Herzensnähe unbeschränkt wiederhergestellt. Wodurch nur war sie zuerst angegriffen worden? Keime der Auflösung, jeder ihrer Küsse trug sie in sich. Wo aber kamen sie zum Ausbruch?

Dora war vielleicht nicht mehr jung genug und jedenfalls durch die Prüfungen und Krisen ihres Lebens zu sehr in ihrer unglücklichen Eigenart befestigt, um selbst durch große Leidenschaft noch von Grund aus umgestaltet werden zu können. Die Bildung, die das Unglück gibt, ist so grausam unverwischlich! Was sie ehemals, während ihre widerstrebende Natur und hindernde Umstände ihr jedes Glück verweigerten, als armseligen Ersatz zu nehmen gewöhnt war, nämlich im Verkehr mit jedem Manne, der sich ihr näherte, die Herrschaft zu führen und, solange er sich in ihrem Kreise befand, sein Schicksal zu sein – das war ihr zum Bedürfnis geworden, das sie auch jetzt nicht verleugnen konnte. Die zweite Natur war stärker als jeder ursprüngliche Instinkt.

Kaum verflog daher der erste, glühende Rausch der Leidenschaft, kaum hatte das so lange verleugnete und kasteite Weib in ihr sein Recht erhalten, als sie schon ihre Gewalt über den geliebten Mann zu prüfen und nachzufragen begann, ob sie in Wahrheit seine ganze Existenz uneingeschränkt leite und ausfülle. Einmal ihrem alten, mächtigen Bedürfnis verfallen, fand sie unschwer einen Vorwand für die Qualen, die sie von jeher nicht weniger sich selbst als dem Manne auferlegt hatte. An dem freundschaftlichen Verkehr Wellkamps mit seiner Gattin, den sie anfangs für ein Mittel, die Feindin irrezuleiten, gehalten hatte, begann sie nun Anstoß zu nehmen. Die bewegliche und unberechenbare Natur Wellkamps machte es ihm vielleicht möglich, sich Anna zu gleicher Zeit wieder zu nähern, wo er endlich ihr selbst anzugehören begann. Und gehörte er denn überhaupt ihr? Während ihr Leben sich ganz auf ihn zusammengezogen und gestützt hatte, mit allen ihren letzten Hoffnungen und Ansprüchen auf ein Glück, das sie so oft getäuscht, schien es ihr vielmehr, daß von dem seinen nur ein Teil auf sie käme, nur das, was die verhaßte andere ihr übrig ließ. Ach! Eifersucht ließ sie ahnen, daß die widerstreitenden Bedürfnisse ihres Geliebten so wenig durch sie wie durch ihre Rivalin ausschließlich befriedigt werden konnten.

Die Arme überließ sich ohne Widerstand ihrem immer schwieriger werdenden Zustande. Sie zögerte anfangs, zu Wellkamp von ihren Zweifeln zu reden, dann verlor sie die Lust dazu in dem Maße, wie sie ihre Qual und den ebenfalls wieder sie selbst peinigenden Haß gegen den, der sie ihr verursachte, lieb gewann. Es gibt unglückliche Naturen, für welche die Liebe nur Vorwand für den Haß ist, den sie alsbald unter irgendeinem Vorwande auf die geliebte Person werfen. Nicht Liebe, nur der Haß soll leben.

So wäre vielleicht, langsam und traurig, ohne ein lautes Wort und unter unüberwindlichen innern Kämpfen, wie sie es errungen, das seltsame Glück der beiden Menschen erstickt, hätte nicht Wellkamp selbst mit dem Instinkt seiner Leidenschaft das letzte Mittel ergriffen, durch welches es noch kurze Zeit erleichtert und erhalten werden konnte. Nach jenem Vorfall erlebte ihr Verhältnis eine der späten und gewaltsamen Erneuerungen und Wiederbelebungen, welche die Natur kennt und auf die bald ein um so schnelleres, unerbittliches Verblühen und Erkalten zu folgen pflegt.

Bald zeigte es sich, daß während dieses scheinbaren Stillstandes der Zerstörungsprozeß, dem ihr Bund kraft seines innersten Wesens wie der ihn erdrückenden Umstände unterworfen war, erschreckende Fortschritte gemacht hatte. Aus dem zweiten, noch kürzeren und vielleicht, unter der Angst vor dem Ende, noch heftigeren Rausche erwachte Dora, da fand sie sich mehr als je allen zerstörenden und selbstquälerischen Neigungen unterworfen. Mißtrauen ergriff sie wie eine aus ihrer Klasse Verstoßene, die kaum mehr sieht, daß sie in dem gegenwärtigen Leben ihres Geliebten, ja seit dem Augenblick, wo sie auf ihn zu wirken begonnen, ohnegleichen, ja unersetzlich dasteht. Was sie peinigt, ist der Zweifel, ob nicht andere vor ihr ihm ganz das gleiche gewesen, sein Leben genau so ausgefüllt haben, wie sie es jetzt tut; ob nicht wieder andere ihr folgen sollen. Sie leidet unter dem „Zu spät“, da sie dem Manne nicht früh genug begegnet, um ihm die Erste und Einzige zu sein. Je mehr aber dieses Ideal, „die Einzige zu sein“, welches allein das ungeheure Opfer, das sie gebracht, in ihren Augen rechtfertigen könnte, ihr zu verblassen scheint, nehmen Reue und Skrupel in ihrem bürgerlichen Herzen zu. Dora war zu lange eine anständige Frau gewesen, um nicht in ihrem jetzigen Zustande die volle Gewalt ihrer momentan von der Leidenschaft betäubten bürgerlichen und religiösen Instinkte empfinden zu müssen. Die besonderen Umstände erschwerten ihr noch die Schuld. Sie hatte nicht nur gesündigt wie eine andere, sie hatte es im eigenen Hause getan und in der Familie. Ihre Schmach erschien ihr so ungeheuerlich, daß sie der Verachtung ihres Mitschuldigen gewiß war, über den zu herrschen es sie doch verlangte. Und sofort beantwortete sie seine vorausgesetzte Verachtung mit ihrem Hasse. Alles mündete für sie in diesen schlimmen Haß, der mehr als das, dem er gilt, das Herz verwundet, von welchem er ausgeht und das ihn einst als Liebe empfing.

Das nächste war, daß die überhandnehmenden Bedenken und Wirrungen ihres Gefühls sie nun wirklich die Sicherheit verlieren ließen, mit der sie den Geliebten bisher zu leiten, seine Instinkte zu treffen und zu beherrschen verstanden. Dieses Gefühl hatte ihr früher verraten, daß es in ihrer Liebe geheime Hilfsquellen gab, aus welchen sie ihre beste Nahrung zog, unantastbare, unaussprechliche Dinge. Sie wußte nicht, daß ihr Drama Stellen hatte, an denen Schweigen die einzig gestattete Sprache war. Sie hatte es nie gewußt, nur gefühlt.

Eines Morgens, als er zur gewohnten Zeit Dora in ihrem Boudoir aufsuchte, ward Wellkamp durch den Empfang überrascht, den er kaum noch so günstig zu finden gewohnt war. Sie waren seit Tagen in der ohne sichtbaren Grund gereizten Stimmung, die dadurch noch schlimmer ward, daß jeder von ihnen bemüht war, sie dem andern zu verheimlichen. So fand Wellkamp sich schwer in diese Herzlichkeit, welche an ihr allererstes Glück erinnerte und noch verschönt ward durch eine Weichheit und Hingebung, die er selbst damals selten genug an Dora wahrgenommen. Sie küßte ihm die Falten von der Stirn, während seine Schläfen das zärtliche Schmeicheln ihres weichen Haares empfanden. Warum konnte er dennoch ein Gefühl des Unbehagens, beinahe der ungewissen Furcht nicht unterdrücken? Er war versucht, sich ihrer Liebkosungen zu erwehren, doch wagte er es nicht, bis er sie plötzlich mit einer Stimme, die tief, ja geheimnisvoll klang, fragen hörte:

„Sag' mir, hast du das Stückchen Holz, das kleine bunte Götzenbild, das ich dir damals gab, du weißt, an deinem Hochzeitstage – gut aufgehoben?"

Er zögerte; warum war die Frage ihm peinlich?

„Ja, gewiß – wie alles, was von dir kommt," sagte er endlich, sein unerklärlicher Unwille drang durch, trotz seinem Bemühn.

„Das ist gut," fuhr sie hastig fort, innere Erregung prägte auf ihre blassen Wangen zwei rote Flecke.

„Es liegt mir so viel daran, weil – weil" – sie wühlte in den Falten ihres Kleides, aus welchem sie ein grotesk bemaltes Stück Holz hervorzog, das Wellkamp ähnlich dem in seinem Besitz befindlichen erkannte – „weil ich selbst ein ebensolches bewahre," vollendete sie dann. „Es ist ein Talisman, der uns zusammenhält, solange jeder von uns seinen Teil besitzt. Eine alte Negerin, drüben bei uns, hat ihn mir gegeben. Ach, du glaubst nicht, wie kindisch abergläubisch ich bin."

Auf diese letzten, in heftigem Flüstertöne sich überstürzenden Worte folgte wieder jenes leis klirrende Lachen, das Wellkamp so gut kannte. Vielleicht erwartete sie, daß er ihr wie früher mit einem Kusse die Lippen schließen würde. Er aber vermochte plötzlich ihre Atemnähe nicht mehr zu ertragen. Die Berührung ihrer fieberheißen Hände war ihm unleidlich. Unfähig, seinen Widerwillen zu verbergen, erhob er sich. Dann folgte langes Schweigen; ihr verwirrter Blick, in dem es wie kleine Schlangen feindlich aufleuchtete, wich nicht von seiner Gestalt. Er warf kaum noch einige gleichgültige Bemerkungen hin, die sie unbeantwortet ließ. Dann sah sie ihm, nun mit einem Ausdruck wahren, tiefen Schmerzes, nach, bis der Türvorhang hinter ihm zusammenfiel.

Sie ahnte wohl Unglück, das für den Mann wie für sie selbst das soeben Vorgefallene bedeutete, aber ermaß sie es auch? Nur ein ausnahmsweise starker Eindruck kann Naturen wie Wellkamp, wenig naiv, vor ihren eigenen Erlebnissen und Gefühlen in dem Grade betäuben, daß sie für Augenblicke ohne die gewohnte Rechenschaft von sich selbst bleiben. In der Tat war Wellkamp, ohne einen Gedanken zu fassen, in sein Zimmer gegangen. Zufällig trat er vor den Spiegel, da betrachtete er zum erstenmal aufmerksam sein mattes, von Zimmerluft, Mangel an körperlicher Bewegung, zu viel innerer Unruhe und Leidenschaft gebleichtes Gesicht. Es fiel ihm ein, daß er seit Wochen kaum anders als zu den nötigsten Ausgängen den Fuß vors Haus gesetzt, und sogleich erfaßte ihn ein jäher Abscheu vor dem eingeschlossenen, unfreien und qualvollen Leben, das er schon so lange führte. Zu spät sah er sein Schicksal vor Augen. Er war gefesselt, verarmt; er hatte es bis jetzt nur geahnt. In diesem Augenblick schrieb er ohne Bedenken den vier Wänden, in die er mit drei, immer denselben drei Menschen zusammen eingeschlossen gewesen, die Verantwortung für alles Geschehene zu. Er erkannte, daß das Fragwürdige, das Unsichere und Zerstörende seiner Natur, das ehemals auf seinem flüchtigen Wanderleben nur hier und da zerstreute Spuren zurückgelassen hatte, hier im Engen ganz andere, furchtbare Wirkungen hatte hervorbringen müssen. Ohne Ausweg aus dem geschlossenen Kreise einer Familie hatte sie gleich Sprengstoff zu wirken begonnen. Jetzt stand er vor der Katastrophe.

Der Aufenthalt in den verhaßten vier Wänden ward unerträglich; er drängte hinaus. Vor der Türe stand er eine Zeitlang, ohne den Pelzmantel zu schließen, der frische Wind sollte besser gegen seine so lange nur mit eingeschlossener Luft gespeiste Brust wehen. Die Straße hinab in die innere Stadt zu gehen, scheute er sich. Es sollte recht weit, recht frei um ihn her sein, damit in der Größe und

Allgemeinheit der Natur sein Einzelleid und seine Einzelschuld unbemerkt untergehen könnten. So schlug er den Weg ein, der ihn von der Stadt entfernte und bald auf die Straße nach Räcknitz führte. Erst hier mäßigte er seinen Schritt. Hier ward ihm freier; von der hochgelegenen Straße sah er über die Stadt hinweg auf die dahinter sich entlangziehenden Höhen. Der Schnee, ringsumher erglänzend in der ruhig-heitern Wintersonne, war seinen so lange an Halbdunkel gewöhnten Augen Offenbarung und Erlösung. Die Flocken, welche in der windstillen Luft langsam und weich gegen sein Gesicht fielen, bereiteten ihm Liebkosungen, die er angenehmer fand als jene andern, denen er sich soeben entzogen. Er atmete die kalte Luft ein wie neue Gesundheit. Wirklich kam Beruhigung, und statt fieberhafter Gesichte zeigten ihm jetzt ordentlich einander folgende Überlegungen seine Lage.

Seine Lage aber war voller Verantwortung. Ein Schuldbewußtsein ganz neuer Art enthüllte ihm auf einmal alles, was Dora während der vergangenen Wochen erlitten hatte. Er sah durch ihre Erziehung und Erleben diese trostlosen, gleichsam toten Verhältnisse, in denen ihr Leben endigen zu wollen schien, war sie auf völlige Ruhe und Gesetzmäßigkeit angewiesen. Weniger als irgendeine andere ertrug sie Aufregungen, Furcht und Gefahr, die ein außergewöhnlicher Schritt mit sich brachte. Verantwortung des Geschehenen erdrückte sie, es fiel auf ihn, er allein mußte es verantworten!

Der Schauer von Furcht, Abscheu und Scham gedenkend, die ihn selbst noch soeben geschüttelt, kannte er nichts anderes mehr als Mitleid für die unglückliche Geliebte. Jene tiefe und rätselhafte Feindlichkeit, welche die Grundlage aller ihrer Beziehungen zu sein schien und die nur durch den Rausch der Leidenschaft eine Zeitlang betäubt worden war, entschwand zum erstenmal ganz. Den Trümmern ihres gemeinsamen Glückes zugewandt, fühlte er einzig: „Arme Frau!“ Ach! Er fühlte es nicht, ohne um seine Überlegenheit zu wissen. Wie würde Dora ihn gerade hierfür gehaßt haben, sie, die nicht sein Mitleid, sondern seine Unterwerfung begehrte!

Von diesem Gedanken festgehalten und ganz darin verloren, war er fortgeschritten, ohne darauf zu achten, daß der immer tieferliegende Schnee ihm das Gehen mehr und mehr erschwerte. Erst der dichtere Flockenwirbel, der sein Gesicht durchnäßte und ihm die Aussicht nahm, bewog ihn, umzukehren. Mit seinem Blick ward auch seine Überlegung wieder frei.

Für all dies Elend, diese unfreie Heimlichkeit und diese Gewissensangst sollte doch ihre Liebe reichen Ersatz bieten, sie, deretwegen sie beide das alles auf sich genommen, und die einzig durch das, was sie gab, wettzumachen vermochte, was sie an Opfern erforderte!

Da schrie es in ihm auf. Was war heute morgen geschehen, was hatte ihn fortgetrieben von der Geliebten?! Der Schmerz riß von seinem Bewußtsein die letzten Schleier; dies war das Ende, er erfaßte es nun. Heute zuerst hatte der Zerstörungsprozeß, der, seit er und Dora ihre verderblichen Beziehungen geknüpft, ihr ganzes Dasein bedrohte, ihre Liebe selbst ergriffen, so teuer erkauft sie war. Nichts zählte dagegen: ihr angstvolles, gejagtes Dasein nicht noch das feindliche Drängen der Umstände. Das hatte sie nur noch enger verbunden. Selbst der Haß war noch nichts; gibt es doch eine Liebe, von der der Haß unzertrennlich ist. Wellkamp faßte kaum den Abstand dieser früheren Leidensstationen ihres Verhältnisses von der heute erreichten; er wußte nur, daß seit heute ihre Herzensnähe vernichtet und unmöglich gemacht war. Und nun, da er sie zerstört wußte, stand es ihm klar vor Augen, worin sie bestanden und was es gewesen war, wodurch ihre Liebe über eine bloß sinnliche Leidenschaft hinausgehoben war.

Was ihn unwiderstehlicher als körperlicher Reiz oder Begehren zu Dora gezogen, war etwas wie der Kultus einer heimlichen Schönheit gewesen, die etwas im Alltagsleben Verbotenes ist, auch wenn dieses sich in so gütiger und lieber Gestalt zeigt, wie Anna ihm trotz allem im Innern stets erschienen war. In Dora hatte er etwas wie das Innewerden seines eigenen tiefsten Wesens gesucht, ja, Entdeckungen über sich selbst hinaus. Neugier nach tieferen Schauern, als die Sinne sie kennen, nach Geheimnis vom Rand der Sinne und dessen, was hinter ihnen ist: dies war von Anfang an die Saite, die hinüberschwang aus ihrer Seele in seine.

Er erinnerte sich nach der Reihe aller Anlässe, bei denen sie berührt worden war, daß sein ganzes Innere davon erzitterte; so, als von jenem, als von wunderbaren Gemälden die Rede gewesen, oder während des "Tannhäuser"-Abends. Immer aber waren sie den Schauern, die das Vibrieren der Saite in ihnen weckte, schweigend unterworfen gewesen. Nichts schien ihm jetzt so bedeutend als dieses Schweigen, das in allen sehr erhobenen wie in den sehr versunkenen Augenblicken ihrer Herzensnähe, zwischen ihnen geherrscht. Es war stumm? Liebe gewesen, die sie verbunden hatte! Darum war auch mit dem Schweigen zugleich der Zauber gebrochen. Bei der Erinnerung an die ungeschickte

Urheberin der Zerstörung ergriff ihn nun plötzlich heller Zorn. Im Zorn behauptete er, womit sie in Wirklichkeit seinem so unbestimmbar Zarten und heimlichen Verlangen begegnet war, es sei nichts als ein gemeiner, plumper Aberglaube gewesen, und bei der ersten Gelegenheit, wo sie sich für ihren sinnlichen Kitzel Vorteil davon versprochen, habe sie ihn verraten.

Sie hatte ihn betrogen! Seine seelische Kompliziertheit und Empfindlichkeit war nicht ihre, aber mit treuloser Benutzung seiner seelischen Bedürfnisse, denen sie innerlich fernstand und in Wahrheit nichts entgegenzubringen hatte, hatte sie ihn überlistet und gefangen. Er aber hatte sie benutzt als das „banale Instrument unter seinem siegreichen Bogen". „Und wie ein Lufthauch, der auf dem hohlen Holze einer Gitarre den Klang weckt, so hab' ich meinen Traum auf deinem leeren Herzen singen lassen."

Es fehlte nicht viel, daß er die ganze Sache auf die leichte Achsel nahm. Er hatte eine Enttäuschung mehr zu verzeichnen: was war da weiter zu bedenken? So half er sich in dieser Stunde gegen das Joch seiner Leidenschaft. Er fühlte nicht mehr: „Arme Frau!" Wahrhaftig, mit erfrischtem Körper, abgekühlten Sinnen vermaß er sich, alles Vergangene zu verleugnen und abzuschütteln und unmittelbar von vorn zu beginnen.

Ach! dieser mutige Rausch war sogleich verflogen, als er das Haus wieder betrat, das sein ganzes Drama enthielt und dessen gleichmäßig laue Luft ihm schwerer auf der Brust lastete, als wenn sie eine Mitwisserin und Verräterin seines Geheimnisses gewesen wäre. Nicht mit dem Schritt des Siegers schlich er die Stufen hinan, aber langsam ging er doch, wie an jenem Abend, der plötzlich vor seiner Erinnerung stand, als sie beide, zum ersten Male ganz einander gehörig, sich auf der dunkeln Treppe aneinander drängten. Es ward nicht besser, als er oben die Räume wiedersah, die alle unauslöschlich durchtränkt schienen mit dem Atem seiner Leidenschaft. Wo war ein Winkel, nicht gezeichnet durch Gedanken, Blicke, Liebkosungen, die das Licht scheuten? Alles ringsumher war lange, so lange zum Zeugen und zum bösen Gewissen geworden; es war zu spät, in diesem Kreise, der sich so erstickend fest um ihn geschlossen, vergessen und erneuern zu wollen.

Anna saß in ihrem gemeinsamen Salon vor dem Kaminfeuer in einem der beiden Sessel, deren anderer, sein eigener, ihn zu erwarten schien. Ihr Blick drang so mitleidig-still und besänftigend durch den Nebel seiner Trostlosigkeit, daß seine Seele, wie ein tiefes Aufschluchzen, einen Augenblick den heißen Wunsch fand:

„Wenn es sein könnte!"

Aber er ging vorüber, denn er wußte, „es konnte nicht sein".

Auf den soeben erlebten jähen Willensaufschwung war unmittelbar die tiefste Niedergeschlagenheit und Ergebung gefolgt. Er wagte von der Zukunft nichts mehr zu hoffen und suchte einen verzweifelten Trost darin, alles gehen zu lassen, wie es mochte. Als er sich am Abend von Dora verabschiedete, tat er es, ohne selbst zu wissen, warum, mit dem Blicke, in dem ihr gewohntes Einverständnis ausgesprochen war: „Auf morgen!"

Beim Fortgehen aus der Zusammenkunft am nächsten Morgen faßte er dennoch den Vorsatz, nicht dahin zurückzukehren; bis zu dem Grade hatte ihn der Zustand, in den das Verhältnis jetzt eingetreten, mit Widerstreben und Abscheu erfüllt. Er ahnte nicht, daß sich Dora zur gleichen Zeit dasselbe Versprechen gab.

Aber tags darauf fanden sie sich wieder einander gegenüber.

Was war aber auch aus ihrer Liebe geworden! Die Hoffnung und sogar jeder Anspruch auf ein seelisches Einverständnis, der kostbare Traum, welcher ihre Vereinigung über das niedere Gebiet der Sinne hinauszuheben vermocht, einmal ausgeschieden, blieb nichts als die rein körperliche Anziehung. Der Fall war, so jäh und so tief, daß sie ihn zuzeiten noch immer nicht begriffen. Sie wollten nicht sehen, daß jeder seine Enttäuschung nur sich selbst verdankte. Beide litten sie unter dem übersteigerten Bedürfnis, zu lieben, während es einem wie dem andern an der Fähigkeit dazu gebrach; ebenso wie jeder von ihnen Fragmente religiösen Gefühles in sich trug, ohne die stete Innigkeit des Glaubens zu besitzen. Da sie sich also nicht zu ergänzen vermochten, hatten sie begonnen, sich zu Zerstören.

Zuweilen in der Folgezeit unterbrachen beide zugleich einen Ausbruch von Begierde, und ihre Blicke, die sich suchten, befragten sich gegenseitig mit einerlangen, übermäßig traurigen Frage, worauf die Antwort: Nichts, immer nichts. Von der schrecklichen Furcht vor dem Leeren rasend gemacht, ließen sie sich dann von neuem im Wirbel ihrer Sinne fortreißen, die, je mehr sie sie zu befriedigen suchten, nur desto unersättlicher wurden. Es dauerte nicht lange und sie griffen zu Mitteln, welche nur überreizteste Fleischlichkeit kennt.

Wellkamp mußte in die wildeste Zeit seines unruhigen Lebens zurückdenken, um ihresgleichen zu finden; aber in solcher Sprache drückte sich jetzt die Leidenschaft aus, die sie beide einst – wie lange war es doch her? – als das unverdiente Glück, als den endlichen Inhalt ihres Lebens begrüßt hatten.

Der Verlust der gegenseitigen Achtung machte alles roh und maßlos, auch den Haß; er stieg zu erschreckenden Ausschweifungen. Sie trachteten danach, sich gegenseitig wehe zu tun, mit Worten wie körperlich; sie schienen von der Gier beherrscht zu sein, als solle keine Stelle an ihrem Leibe und an ihrer Seele unverletzt bleiben.

Das schlimmste war vielleicht, daß diese Überanstrengung ihrer Leidenschaften sie nahezu unfähig machte, sie in Gegenwart der andern zurückzuhalten. Sie waren manchmal nahe daran, jede Verstellung aufzugeben, ja, sie einander als Verbrechen anzurechnen. Es kam vor, daß einer von ihnen, während sie an der Familientafel mit Anna und Herrn von Grubeck sprachen, dem anderen hinter dem Tisch die Nägel ins Fleisch drückte – dies unter Blicken verzweifelter Wut: „Du kannst heucheln? Bist du es nicht, der mich mißhandelt und zerstört hat?“

Wellkamp kämpfte bei solcher Gelegenheit mit dem Bedürfnis, ihr irgendeine unflätige Beleidigung ins Gesicht zu schleudern, die sie vor aller Welt bloßstellen sollte als „Dirne“. Er nannte sie nicht mehr anders, laut ihr ins Gesicht wie leise bei sich selbst. Und in den Stunden der Selbstbetrachtung, welche trotz allem nicht ausblieben, mußte er sich gestehen, er selbst sei dieser „Dirnenliebe“ würdig.

Sie waren die grausamsten, diese Stunden der nüchternen Besinnung, sie zwangen ihn, das im Augenblick des Taumels nur zu gern vergessene Ergebnis zu ziehen aus dem, was seine Seele ausgefüllt und sein Leben ausgemacht seit langer, langer Zeit, wie es ihm vorkam: in Wirklichkeit aber seit kaum einem halben Jahre.

In der Einsamkeit seines Zimmers fürchtete er verrückt zu werden.

Wie hatte es sein können? Wie war das alles in der Schnelligkeit über ihn gekommen?

Er kam dann wieder auf die unheimliche, dumpfe Ahnung zurück, die ihn wirr und erschreckt die Wände ringsumher anstarren ließ. Es war das Haus, der geschlossene Kreis der Familie, in dem, wie in einem Treibhause, alles unnatürlich früh reif geworden war, schneller als unter andern Umständen, und ehe er zur Besinnung zu gelangen vermochte. Das Ergebnis, das er nun hielt, war ein Vernichtungskampf voll Haß und Verachtung, der den beiden Unglücklichen jede Entschädigung im Genuß versagte, in dem es nicht einmal die endliche Erschöpfung zu geben schien und noch weniger einen Sieger.

Trotz der Schrecklichkeit dieser Vorstellung hielt er sie fest, klammerte er sich an sie, da sie immer noch erträglicher war als das Zurückgehen in die erste Zeit seiner Annäherung an Dora. Aber auch dies blieb ihm nicht erspart.

Was war es denn im Grunde gewesen, was dem jetzigen tollen Kampfe vorausgegangen war und ihm Liebe vorgetäuscht hatte? Die zweieinhalb Monate seines Verlobtenstandes hatte er bereits so gut wie völlig im Kreise der Familie verbracht. Die ständige Gesellschaft seiner Braut hatte ihn in Flammen versetzt. Aber vor der natürlichen, keuschen Strenge des jungen Mädchens zurückweichend hatte er sein Feuer dorthin getragen, wo er fühlte, daß es einen bessern Empfang finden werde.

Diese grausame Vereinfachung der Dinge hatte das Gute, ein Gefühl zum Ausbruch zu treiben, das er bislang meistens nur zu gut von allen seinen Selbstbetrachtungen ausgeschlossen. Hatte er hiermit seine Handlungsweise noch unendlich tiefer erniedrigt und jede Entschuldigung vor sich selbst unmöglich gemacht, so erhob sich endlich ungebeugt das Bewußtsein seines Verbrechens an Anna.

Es warf ihn auf die Ottomane nieder. Seine Züge zogen sich zusammen unter der furchtbaren Anstrengung, welche sein gequältes Hirn machte, diesen unerträglichen Gedanken zu bezwingen.

In seiner Geistesabwesenheit hatte er ein wiederholtes Klopfen an der Tür überhört, auch den Eintritt Annas nicht bemerkt und ward ihre Gegenwart erst gewahr, als sie nahe herangetreten war. Er fühlte einen inneren Stoß, als müsse er aufspringen. Da stand sie vor ihm, unerwartet und wie eine Mahnerin, die Frau, der er alles schuldete, die er betrogen, solange er sie kannte! Es war, als sähe er sie mit völlig veränderten Augen: wie hatte er jemals in ihrer Gegenwart ruhig bleiben können! In der letzten Zeit hatte er sie, seinen wirren Stimmungen folgend, bald als Feindin angesehen, bald sich bei dem Gedanken an ihre getäuschte Ahnungslosigkeit erweicht, war selbst zärtlich geworden ... Dieser Augenblick nun enthüllte sie ihm plötzlich als Richterin, und wie in einer Stunde des Urteils steigerte sein erwachtes Gewissen alle seine Sinne. In fortwährendem

Blitzen brach alles Geschehene nochmals herein und schlug in diesen Augenblick ...

Anna hinderte ihn, als sie seine Bewegung bemerkte, am Aufstehen; leise legte sie ihre Hand auf seine heiße Stirn. Er hätte ihr zurufen mögen:"Nimm sie weg!" eine so beängstigende Vorstellung hatte er sogleich davon, daß seine Stirn wie sein ganzer Leib durch so viele verbrecherische Zärtlichkeiten entweiht und unwürdig gemacht sei, die keusche Liebkosung dieser Hand zu empfangen, die kühl wie die eines jungen Mädchens war.

„Du bist noch blasser, als du in letzter Zeit warst," sagte sie mit ihrer ruhigen Stimme. „Was fehlt dir?"

Er zuckte zusammen. Noch blasser als sonst, noch blasser, als ihn seine Schuld und die Ausschweifungen seiner Leidenschaft gemacht hatten! Er schloß die Augen vor Scham und Abscheu.

„Was fehlt dir? Sag' es mir!" wiederholte sie, wie wenn sie ein krankes Kind drängte.

Und es fand sich, daß dies der rechte Ton war. Wie sie sich tiefer über ihn neigte, fühlte er es bei geschlossenen Lidern und gab sich einer ersten Abspannung hin.

„Jetzt nichts mehr," sagte er, „nun du bei mir bist."

Er verbarg das Zucken seines Gesichts in ihrer Hand, die er mit seinen Tränen benetzte.

Seine Hingebung war in diesem Augenblick vollkommen. Es gab für ihn schon kein Hindernis mehr zwischen ihm und Anna; es gab kaum noch ein Geheimnis. Mußte sie nicht schon alles wissen? Wie es ihn damals, ihr von seinem Glück wie zu einer Vertrauten zu sprechen, drängte, so konnte ihr jetzt sein tiefstes Unglück unmöglich verborgen sein. Sie war seine natürliche Trösterin, sein Halt; vielleicht war dies das wichtigste Band, das ihn für alle Zeit an sie fesselte.

Er küßte die Hand, die sie nicht zurückgezogen, und war im Begriff, ihr sein ganzes Herz zu öffnen. Indes hatte sie das Krampfhafte seiner Hingebung beschäftigt. Diese Nervenkrisis ließ ihr seinen Zustand schlimmer erscheinen, als sie ihn sich vorgestellt. Sie suchte nach einer Beruhigung und sagte mit plötzlichem Einfall:

„Das Leben hier ist nichts mehr für dich. Warte, es wird besser werden, wenn wir reisen. Wann willst du? Ich dächte, wir brächen auf, sobald es Frühling wird. Wir finden einen schönen Platz in der Schweiz oder in Oberitalien, wo ich dich pflege, mein Lieber."

Er blickte auf, erst verwundert, dann mit jähem Begreifen. Es war, als höbe sich eine Wolke auf, die über sie beide gefallen, und er sah nun wieder, daß zwischen ihnen etwas lag, das er einen Augenblick lang vergessen: sein Geheimnis, seine Schuld. Aber zugleich öffneten ihre Worte einen unverhofften Ausweg für seine, sofort mit der Besinnung zurückgekehrte, feige Unentschlossenheit.

Wenn sie reisten, änderte sich alles. Dies aber sollte ihn kein Eingreifen kosten, dessen er in seinem Zustande nicht fähig gewesen wäre, sondern sie selbst war es, die alle Hindernisse aus dem Wege räumte. Einmal fort aus dem erstickenden Kreise, konnten ferne die Beziehungen leicht vollständig abgebrochen werden. Selbst wenn man sich später einmal wiedersehen müßte, die Zeit und das Vergessen würden dazwischen kommen. So konnte er dieser geliebten, gütigen Frau den Schmerz seines Geständnisses ersparen.

Er sagte sich dies mit aufrichtiger Zärtlichkeit; wie gewöhnlich verkettete er die Scheingründe seines Verstandes mit der Ehrlichkeit seines Gefühls für ihn selbst unentwirrbar.

Noch einen Kuß auf ihre Hand drückend, sprach er einfach: „Ich danke dir," während er innerlich aufatmete:

„So kann dennoch alles gut werden."

VIII

Er irrte; seine Hoffnung, es werde nun alles gut werden, war, wie er sie verstand, nicht erfüllbar. Wie mochte er glauben, mit seiner Gattin ohne weiteres an dem Punkte wieder anknüpfen zu können, wo sie sich befanden, ehe durch die Dazwischenkunft Doras alles geändert und verwirrt wurde? Dies mußte schon dadurch vereitelt werden, daß Anna, sobald ihre Beziehungen wieder vertraulich wurden, in ihm nicht mehr den erkennen würde, der damals zuerst seine Hand in ihre gelegt. Unvermeidlich mußte sie aus den mit ihm vorgegangenen Veränderungen auf geheime Erfahrungen schließen, die ihn ihr innerlich noch unendlich weiter entfremdet hatten als im äußeren Verkehr.

„Wenn sogar meine geringste Tat sofort ein Stück von mir und meinem Leben wird, was bin ich nach Erlebnissen wie diesen!"

Hätte sie aber auch, dank großer Herzensreinheit, an ihm von allem nichts bemerkt, er wollte doch kein Glück mehr, das auf einem Grunde von Täuschung und Schuld hätte ruhen müssen. Das Vertrauen und die Liebkosungen seiner reinen Gattin hätte er niemals ohne Bangen und Widerstreben zugleich ertragen; er verdiente sie nicht, und sie galten nicht dem, der er war. Um ihre Ahnungslosigkeit froh genießen zu können, hätte er selbst beschränkter sein müssen. Aber er wollte verstehen, was er liebte, und wollte selbst verstanden und geliebt werden so, wie er war, mit seinen Fehlern und mit seiner Vergangenheit. Dauernde Zufriedenheit wäre gerade durch das Feinere und darum auch Bessere in seiner Natur ausgeschlossen worden. Seine Tugenden verschlimmerten die Folgen seiner Fehler.

Wenn daher die entschiedene Abrechnung über alles Geschehene, die er so gern vermieden gesehen hätte, auf alle Fälle bevorstand, so wäre sie doch sicherlich durch eine sofortige Entfernung um unbestimmte Zeit verzögert worden. Nun wurde aber, teils der noch recht rauhen Witterung wegen, teils aus Rücksicht auf den Major, der sich nur schwer an den Gedanken einer Trennung von seiner Tochter gewöhnen würde, ihre Abreise von Anna um vier Wochen verschoben. So blieb es dabei, daß der enge Kreis, der sich nach wie vor um ihn, seine Mitschuldige und die von ihnen Hintergangenen schloß, die Ereignisse antrieb und bestimmte.

Eine von vornherein unnatürliche Ruhe war über die nächsten Tage gebreitet. Durch jene halbe, erfolglose Aussprache mit seiner Frau meinte Wellkamp nun wirklich von dem so lange erlittenen Druck befreit, allem bisher für ihn Verhängnisvollen bereits entrückt zu sein und suchte sich dies auf jede Art zu beweisen. Er blieb jetzt häufig, besonders in den Abendstunden, die er in letzter Zeit, durch seine Nervosität entschuldigt, meist allein auf seinem Zimmer verbracht, mit den beiden Frauen in Unterhaltung beisammen; Herr von Grubeck, der neuerdings wieder über rheumatische Schmerzen klagte, pflegte sich früh zurückzuziehen, nachdem er tagsüber meist einsilbig gewesen. Mit dem durch Trotz und Selbsttäuschung unterhaltenen Anspruch, seine Beziehungen zu Dora unmittelbar als nichtig zu betrachten, sie am liebsten völlig zu verleugnen, richtete Wellkamp nun zuweilen das Wort an seine bisherige Geliebte mit einer Gleichgültigkeit und Sicherheit wie ein Schlafwandelnder auf gefährlichsten Stellen. Sogar Dora selbst mußte anfänglich getäuscht werden. Bald besprach er auch die bevorstehende Reise, die er vor Dora instinktiv noch unerwähnt gelassen. Sie waren eines Abends im Speisezimmer, das der Major bereits verlassen, eine Weile schweigend sitzengeblieben, als Wellkamp ohne Übergang begann:

„Es ist doch sonderbar, daß wir noch gar nicht das Ziel unserer Reise überlegt haben. Wollen wir planlos in der Welt herumfahren? Wenn wir aber einen dauernden Aufenthalt beabsichtigen, muß er mit allem Bedacht ausgewählt werden. Es gibt dabei für zwei noch mehr zu überlegen als für einen."

„Ich überlasse dir gern die Wahl; ich werde mich überall einleben," bemerkte Anna.

„Dann würde ich es für einen passenden Einfall halten, nach Kreuth zurückzugehen. Man sollte auf die Orte, an denen man liebe Erinnerungen hat, immer aufs neue zurückkommen. Sie geben einem Mut und guten Zuspruch."

Er hatte den Kopf leicht in die Hand gestützt und völlig zu Anna hinübergewendet. Diese senkte unter seinem Blick mädchenhaft errötend die Stirn. Ein unbestimmtes, ihr selbst nicht erklärliches Schamgefühl verbot ihr, die Zärtlichkeit, welche die Worte des Gatten in ihr erregten, in Gegenwart dieser Frau merken zu lassen. So blieb es einen Augenblick still, bis sich unerwartet die ganz ruhige Stimme Doras hören ließ.

„Wenn ich einen Vorschlag machen dürfte, so wüßte ich nichts Besseres zu empfehlen als den Genfer See. Ich war mit meinem Vater einmal gerade in jetziger Jahreszeit dort und vergesse nie diesen entzückenden Frühling."

„Aber daß ich daran nicht gedacht habe!" fiel Wellkamp, sich nach ihr umwendend, hastig ein. „Es gibt ja keine so ideale Frühlingslandschaft als das schöne Land von Waadt, besonders die Gegend von Montreux und dann das unvergleichliche kleine Ouchy mit seinen zackigen Kais am Fuße der Weinhügel."

Er erging sich in einer Beschreibung der Gegend und erreichte wirklich damit, das Gespräch in Fluß zu bringen. Als man sich trennte, meinte er sogar, nichts sei geschehen. Dennoch war ein Stachel in ihm zurückgeblieben, den er bald genug fühlen sollte. Wie! Er kündigte Dora seine bevorstehende Abreise ganz unvermutet an, sie aber blieb ungerührt? Noch weniger ertrug er dies, als es sich wiederholte. Gegen seine eifersüchtige Regung war er machtlos; er mißgönnte ihr die innere Ruhe, wiewohl sie ihn in der seinigen, falls diese aufrichtig war, hätte bestärken müssen. Es war kein Zweifel, daß seine Eitelkeit verletzt war, die Eitelkeit des Liebhabers, der nicht dulden mag, daß die von ihm verlassene Frau sich allzu schnell über ihn tröste. Wenn er schon sich selbst auch innerlich von ihr losgesagt haben wollte, so hätte er doch gewünscht, sie gekränkter, leidender zu sehen. Noch verletzender für seine Eigenliebe war der Gedanke daran, mit wessen Hilfe sie seinen Verlust zu verschmerzen gedachte. So galt also er ihr nicht mehr als dieser alte, von ihm kaum je beachtete Mann! Denn er glaubte zu bemerken, daß Dora sich mehr als je früher mit ihrem Gatten beschäftigte. Es war, als bereitete sie sich darauf vor, für die Zukunft, die sie allein in seiner Gesellschaft leben sollte, eine größere Nähe zwischen ihnen herzustellen. Wellkamp fand sie dabei nahezu aufdringlich. Herr von Grubeck schien in einer an ihm längst nicht mehr wahrgenommenen Regung von Selbständigkeit sich ihrer Annäherung zu entziehen. Auch kam Wellkamp einmal über einen Wortwechsel hinzu, wobei seine Gattin gegen Frau von Grubeck das Recht verteidigte, in ihres Vaters Zimmer aufzuräumen, den Schreibtisch von Staub zu befreien und die übrigen dort stets von ihr geübten Geschäfte zu verrichten, welche nun plötzlich von Dora in Anspruch genommen wurden. Seine verlassene Geliebte stritt sich um ihren Mann, sofort erfaßte den Liebhaber wieder die besinnungsloseste Eifersucht. Er mißgönnte der Verlassenen, die ihm noch nicht verlassen genug war, den eigenen Mann. Er wußte sich lächerlich und abscheulich und wußte doch auch, der Ausbruch würde kommen.

Er kam an einem Abend, als man, früh mit der Mahlzeit fertig, in Doras Boudoir hinübergegangen war. Indes wollte keine rechte Unterhaltung zustandekommen, hauptsächlich durch Schuld des Majors, der bereits bei Tische in gereiztem, merklich störendem Schweigen verharrt hatte. Wellkamp begann den alten Mann, der mit seinen greisenhaften Leiden seine Umgebung nervös machte, vollends unleidlich zu finden. Endlich jedoch, als zufällig von Musik die Rede gewesen war, machte Herr von Grubeck, vielleicht nur, um seine üble Stimmung nicht zu auffällig werden zu lassen, einen Vorschlag.

„Du könntest uns etwas Musik machen," sagte er zu Dora gewendet.

Wellkamps immer auf der Lauer befindliche Leidenschaft erhielt neue Nahrung, als er die junge Frau ohne weiteres annehmen sah. Sie hatte bisher in den seltensten Fällen, selbst zur Zeit ihres glücklichsten Verhältnisses, eingewilligt, in Gesellschaft zu spielen. Sie hatte ihm gesagt, sie könne nur in Gegenwart eines einzigen, nur in der Gegenwart dessen spielen, dem sie etwas zu sagen habe. Sie fühle dann, wie er ihr im Herzen erwidere, und so sei die Musik für sie ein Liebesaustausch wie ein anderer.

Es traf sich, daß Dora an diesem Abend jenes hellviolette Gewand angelegt, das sie an jenem ersten Morgen ihres Liebesglückes getragen. Schon dies erschien dem Eifersüchtigen als Entweihung, ja Beleidigung; er überlegte, während er als der letzte hinüberging, ob es würdiger wäre, der Schamlosen, wie er sie nannte, dadurch seine Nichtachtung zu bezeigen, daß er sogleich fortging. Aber er brachte es, mit der schrecklichen Neugierde des Leidens, nicht über sich, seine Pein abzukürzen, und blieb. Er saß in sich versunken an Annas Seite, ohne zu fühlen, wie die junge Frau ihn berührte, um ihn näher an sich zu ziehen, als fürchtete sie von der Musik und zumal von derjenigen, welche Dora wählte, einen schlimmen Einfluß auf seine Erregbarkeit. Und so hörte er Dora nun dieselben Lieder singen, die sie ehemals für ihn gehabt, „mit denen sie ihn besser betört", sagte er sich bitter. Nach jedem Stücke sah er sie dankbar ihrem Gatten zulächeln, der ihr, da die beiden andern schwiegen, als der, welcher aufgefordert, wohl einige Artigkeiten sagen mußte. Jetzt sei das alles für ihn berechnet, dachte Wellkamp. „Niemand hat lieb mich," sang Dora, und der Eifersüchtige erkannte den Ausdruck, diese Schwermut, die Berechnung war! Aufblickend gewahrte er wieder wie damals über ihr mattblondes Haar die Lichtreflexe spielen, die er so oft mit seinen Lippen verfolgt hatte, und auf ihren Wangen sah er dieselbe leichte, wie angehauchte Röte liegen wie einst, als sie ihm, nur ihm allein ihre Liebe sang.

„Komödiantin!"

Er fuhr erschreckt zusammen, im Zweifel, ob das Wort etwa gehört sei. Aber es war ihm nur wie ein Seufzer entfahren. Er war sehr blaß geworden, und es schwindelte ihm, ohne Weigerung ließ er sich von Anna, die seinen Arm fest in dem ihren hielt, hinausgeleiten. Nur Dora konnte bemerken, wie Herr von Grubeck den beiden nachsah, mit einem Ausdruck, in welchem Bitterkeit und Mitleid mit einer tiefen, peinigenden Ratlosigkeit gemischt erschienen.

Die Nacht verbrachte Wellkamp unter dem inneren Aufruhr, den diese für sein Gefühl abscheuliche, frevelhafte Szene hervorgerufen. Durch lange Stunden fand er immer nur den einen, verzweifelt wiederholten Ausruf, den er in den Kissen erstickte: „Es ist unerträglich! Es ist unerträglich!" Was? Und warum? hätte er entweder nicht zu sagen gewußt, oder er mochte es sich nicht gestehen. Und eben wegen ihrer Unvernünftigkeit war er gegen die Forderungen seiner

Leidenschaft um so ohnmächtiger. Was ihm einst als unvergänglich erschienen und was in jedem Falle stark gewesen, nun mit so dumpfer Ruhe ersticken, von Heuchelei und Gleichgültigkeit langsam, langsam zugedeckt werden zu sehen, war ihm in Wahrheit das Unerträglichste. Und in langen Stunden befestigte sich seine Sehnsucht nach einem heftigen Ausbruch aller Feindseligkeit und Eifersucht, nach der großen Abrechnung.

Als er am Morgen, noch immer mit starr gegen die Decke gerichteten Augen auf dem Rücken liegend, die Tür leise öffnen hörte, wandte er unwillkürlich und schnell das Gesicht fort, um sich schlafend zu stellen. Kaum wußte er Anna wieder aus dem Gemache entfernt, als er sich im Bette emporwarf, angestrengt horchend, ob seine Gattin mit ihrem Vater das Haus verlasse. Nun hörte er ihre Schritte, die sich abwärts entfernten, und war auch schon aufgesprungen, sich eilig in seine Kleider zu werfen. Zwei Minuten später stand er in ihrem kleinen Gemache seiner bisherigen Geliebten gegenüber.

Dora war selbst kaum eingetreten, sie war im Begriffe, fröstelnd sich vor dem Kamin zurechtzurücken. Als sie ihn in einer Verfassung, welche die Kämpfe der vergangenen Nacht bezeugte, bleich, der Blick starr, Haar und Kleider in Unordnung, auf sich zustürzen sah, fand sie sofort den hochmütig abweisenden Blick der Frau, die ihre innere Erregung bei der Rückkehr des treulosen Geliebten verbirgt. Unter dem spöttischen Lächeln halb verdeckt, war dennoch eine kleine leidenschaftliche Bewegung ihrer Lippen bemerkbar, als hielte sie den Ausruf zurück: „Du liebst mich noch!"

Nein, er liebte sie nicht mehr, er dachte in diesem Augenblick an nichts weniger als daran, daß er sie jemals geliebt. Ihr Empfang, den er heuchlerisch nannte, hatte seine Wut erhöht. Er empfand nichts mehr als das Bedürfnis, sie, bevor er sie verließe, zu erniedrigen, wie noch nie eine Frau erniedrigt wäre. Sein Taumel ging bis zur Selbstvernichtungslust, er hatte alles vergessen, was ihn von dieser Frau trennen mußte, was ihm die Zukunft lieb und wünschenswert machte, Anna selbst. Sie sollte sehen, daß er nach wie vor die rücksichtsloseste Gewalt über sie besaß, und schon warf er sich auf sie, die, durch seine verzerrte Miene, seinen abwesenden Blick erschreckt und vorbereitet, ihn mit aller Kraftanstrengung von sich stieß. Durch den erlittenen Stoß halb ernüchtert, begann er nun, ihr einen Haufen entwürdigender Ausdrücke ins Gesicht zu werfen.

„Du – du widerstehst mir, du wagst mir zu widerstehen?“ brachte er dann mühsam hervor.

„Aber ich will dir zeigen, wer du bist und was ich aus dir machen kann, sobald ich will. Dein Mann wird alles erfahren!“

Er hatte die unsinnige Drohung nur in der Wut ausgestoßen, nicht, weil er hoffte, sie damit zu erschrecken. Er verweilte jedoch sogleich dabei, als er die Wirkung bemerkte, die seine Worte auf die bisher bewegungslos Gebliebene ausübten. Dora war womöglich noch bleicher als er geworden; einen Arm, welcher bebte, streckte sie wie flehend gegen ihn aus, um ihn sofort wieder zurückzuziehen, entmutigt unter der Furchtbarkeit seiner Worte. Jedes von ihnen verursachte ihr eiskalte Fieberschauer der Furcht, der unsäglichen Furcht vor den oft vorausgesehenen Schrecken, an die er rührte.

Und er fuhr fort, doch nun ohne erregte Zufälligkeiten, mit kalter Bosheit seine Sätze überlegend und immer dasselbe wiederholend, wie wenn er in einer glücklich entdeckten wunden Stelle immer aufs neue das Geschoß herumwendete. Er sagte alles, was der seine Stellung mißbrauchende, unbarmherzige Mann zu sagen hat und was stets darauf hinauslief, sie als Frau wisse am besten, daß sie allein die Folgen zu tragen haben werde. „Du Schurke!“ sagte sie; darauf antwortete er mit einem Schrei wie ein getroffenes Tier, hinter ihrem Sessel, wo sie ihn nicht sah ... Er kam wieder hervor.

„Für mich ist dies ein Abenteuer wie ein anderes gewesen, für dich dagegen ist es das Ende.“

Er wußte nicht, wie sehr er wenigstens mit diesen letzten Worten recht hatte.

Sie hörte ihn weiter an, je nachdem sie der Klang seiner Stimme in einem wilden Flüstern oder in lautem, rücksichtslosem Schreien traf, entsetzt und furchtsam auffahrend oder ganz in ihrem Sessel zusammensinkend, während ihre Lippen nichts mehr hervorbrachten als ein tonloses, ganz leises: „Ich bitte dich, ich bitte dich –“

Plötzlich schwiegen sie, sahen einander in die Augen und erkannten, was sie taten. Dies war das Nachspiel ihrer Liebe.

Aber sie spielten es vor einer Hörerin, die nicht darauf vorbereitet und nicht dafür geschaffen war. Anna hielt sich schwindelnd an dem Pfosten der nur flüchtig zugeworfenen Tür, unfähig einen Schritt vor- oder rückwärts zu tun.

Sie hatte sich nicht, wie Wellkamp in seiner Ungeduld angenommen, schon in Begleitung ihres Vaters zum Ausritt entfernt. Sie war nur, um nach den Pferden zu sehen, hinabgestiegen, während Herr von Grubeck sich noch anzog. Zurückgekehrt, hatte sie ihren Gatten einen Dienstboten schelten zu hören gemeint, wobei sie nur überrascht war, daß seine laute angestrengte Stimme aus Doras Boudoir kam. Ihre Hand, welche schon auf dem Türgriff lag, war plötzlich, wie bei der Berührung eines glühenden Gegenstandes, wieder zurückgefahren, als ihr einige der gesprochenen Worte verständlich wurden. Im selben Augenblick waren Vermutungen schon überholt und kein Zweifel, keine Hoffnung mehr möglich: was sie vernahm, war zu nackt, zu hart, zu vernichtend. Eine Minute lang hörte sie nur das Flehen Doras, Wellkamps Stimme verdeckte es nicht mehr; sie meinte schreckenerfüllt, auch ihr eigenes Atmen, ihr Zittern sei zu hören, nahm ihre letzten Kräfte zusammen und floh.

Ohne Überlegung, ohne bestimmte Absicht, nur auf der Flucht vor dem fürchterlichen Tonfall der Worte, die in ihr weiterfielen, eilte sie in das Zimmer ihres Vaters. In dieser Stunde, da sie die jugendliche, verfrühte Überlegenheit ihres Geistes so jäh beschämt und getäuscht fühlte, und da so unbekannte, ungeheuerliche Erfahrungen über ihr Herz hereinbrachen, ward sie wieder Kind, ohne Herrschaft über andere, noch weniger über sich selbst, und mit dem unsäglichen, alles überflutenden Bedürfnis, in die Arme genommen und getröstet zu werden.

Sie war im Unglück glücklich genug, die Arme, die sie suchte, sogleich voll Verständnis geöffnet zu finden. Noch eine Demütigung, aber eine süße, ihre Hingebung vervollständigende erwartete sie. Ihren stillen alten Vater war sie gewohnt gewesen als den Schwächeren zu fühlen, sie hatte für ihn Liebkosungen gehabt, welche denen einer Mutter ähnlicher als denen eines Kindes waren; nun aber fand sie ihn überlegen und gefaßt, wo sie selbst überrascht und ratlos war. Sie war unbewußt selbstsüchtig wie ein verwundetes Kind, das seine Umgebung mit nichts anderem als mit seinem eigenen Schmerz beschäftigt glauben kann; daher kam ihr keinen Augenblick der Gedanke, was ihr Vater gelitten haben müsse, wenn er alles Vorgefallene gekannt hatte. Nicht nur, daß es ihn so schwer wie sie kränkte, mußte er es ihr noch verheimlichen!

Erst später sollte sie erkennen, mit wie glücklichem Temperament sie diese kritischen Zeiten durchschritten. Niemals hatte sie Gewißheit entbehrt, nur die anderen hatten gekämpft und verzweifelt. Wie hart und grausam der Schlag, den sie soeben erhalten, sein mochte, durch ihn war doch die feste innere Gewißheit, die die junge Frau bisher von der Treue ihres Gatten, von der Reinheit ihres ehelichen Verhältnisses und der Familie bewahrt, einfach in ihr Gegenteil verwandelt; keine langsam aufsteigenden Zweifel, kein beschämender Verdacht noch all jene Leiden, welche der langwierige Todeskampf des Glaubens mit sich bringt, hatten sie vorher zermürbt. Dies alles aber hatte der alte Mann erlitten, der vor ihr neben dem Sofa kniete und ihre kalten Hände streichelte. Sie hatte ihr Gesicht bedeckt. Tränen liefen unter den Händen hervor.

Herr von Grubeck hatte unmöglich wie seine Tochter ohne Ahnung bleiben können von dem, was um ihn her vorging, von der Heimlichkeit und dem Verrat, die ihn Tag und Nacht umgaben, die ihm ins Auge sahen und ihm die Hand drückten. Zwar hatte er die Täuschung dadurch erleichtert, daß er, so vollständig getrennt, wie er von ihr zu leben gewohnt war, seiner Gattin nicht mehr als die unbedingt nötige Aufmerksamkeit widmete. Er kannte nicht ihre Beschäftigungen, kümmerte sich nicht um ihre Tageseinteilung, ihre Ausgänge, und er sah sie kaum anders denn als einen Tischgast an, wenn er sie vor der Tafel wie nachher höflich begrüßte. Solange die Schuldigen sich in seiner Gegenwart noch den Zwang wie in der ersten Zeit ihres Verhältnisses auferlegt, hatten sie von ihm nichts zu befürchten gehabt. Die größere Vertraulichkeit Wellkamps mit Anna, durch die er während der Mahlzeiten zuweilen überrascht ward, sowie Doras besseres, lebhafteres Aussehen nahm er für Zeichen eines beginnenden glücklicheren Verhältnisses im Leben der Familie. Er glaubte endlich den von ihm so lange erhofften Erfolg der Heirat seiner Tochter, den Einfluß, welchen der junge Haushalt auch auf die Stimmung seiner eigenen Ehe ausüben sollte, zu bemerken. Es war seine zufriedenste Zeit.

Indes kamen jene Krisen der beiden, die zu sehr damit beschäftigt waren, sich gegenseitig leiden zu machen, um noch in Gegenwart des Gatten und Vaters viel an Vorsicht und Selbstüberwindung zu denken oder sie auch nur für notwendig zu halten. Damals geschah es, daß Herr von Grubeck zum ersten Male aus einzelnen, zwischen seiner Gattin und seinem Schwiegersohne ausgetauschten, plötzlichen und heftigen Blicken und Gesten schloß, daß ein näheres Verhältnis bestehen müsse, als sie öffentlich zugaben. Immerhin war er weit entfernt, das Schlimmste zu befürchten. Wie er Dora kannte, mußte er sie allerdings für unfähig halten, ihn zu betrügen. Nur begriff er nicht den Hintergrund ihrer Persönlichkeit, wußte nicht, unter welchen Prüfungen und Versuchungen sie die auf ihre Ruhe bedachte, zurückgezogene, fast streng lebende Frau geworden war. Er ahnte nichts von der Größe der Leidenschaftlichkeit, welche sie von

Hause aus in sich zu unterdrücken gehabt, und rechnete auch nicht mit der Macht, die noch dicht vor jenem verhängnisvollen Übergang zum Matronenalter alles so lange Bezwungene und Verleugnete beim ersten Anlaß hervorbrechen ließ.

Natürlich war es dem Gatten dennoch unmöglich, sich bei seiner vermeintlichen Erkenntnis ihres Wesens zu beruhigen. Wenn er heute sich für sein ihn selbst beschämendes Mißtrauen gescholten hatte, war er morgen um so scharfsichtiger geworden. Bei leeren Vermutungen sich aufzuhalten, war er nicht der Mann. Einmal aufmerksam geworden, erhielt er sogleich die Eigenschaften zurück, welche nach dem Austritt aus seinem ehemaligen Lebenskreise aus Mangel an Verwendung in ihm eingeschlafen waren. Es erwachte in ihm der alte Kavalier, der, an Klatsch und gesellschaftlicher Beobachtung geübt, alles um ihn her Vorgehende ohne weiteres auf den Kampf der Geschlechter zurückführt.

Seitdem erschien es ihm immer unnatürlicher und törichter, die Schuld der beiden jungen Leute noch in Zweifel zu stellen, und um so weniger vermochte er dem Triebe, sich völlige Gewißheit zu verschaffen, zu widerstehen.

Seine heftigsten inneren Kämpfe galten der Unterdrückung der Bedenken, welche ihn vom Spionieren zurückhielten. Wieviel er unter den traurigen Umständen seiner Ehe von seinen ritterlichen Ehrbegriffen geopfert haben mochte, in diesem Punkte waren sie bisher unangetastet geblieben. Den entscheidenden Schritt tat er mit dem Herzklopfen eines Jünglings.

Eines Morgens hatte er Unwohlsein vorgegeben, um sich der Begleitung seiner Tochter auf ihrem Spazierritte zu entziehen. Ihrer Sorglichkeit war er verdrießlich und selbst schroff genug begegnet, um sie für den Augenblick von sich abzustoßen. Sie hatte sich allein entfernt, und er benutzte ihre Abwesenheit, um sich der morgendlichen Zusammenkünfte endlich zu versichern. Nach den ersten Worten, die er vernommen, war die Scham, mit der er hinter die Tür getreten, vernichtet von jäher, maßloser Wut. Er hatte eine Bewegung von solcher Heftigkeit gemacht, daß die beiden im Zimmer Befindlichen sie bei einer weniger erregten Unterhaltung hätten hören müssen. Doch ließ er den Türgriff sofort wieder fahren; er dachte an Anna, da schwieg die Gewalt.

Was sollte aus Anna werden, wenn sie dieser Schlag traf, so fragte er sich in tiefer Ratlosigkeit. Sollte er, ihr Vater, ihr die Illusionen entreißen, in denen sie zweifellos befangen war? War es nicht viel besser, sie so lange wie möglich in ihnen fortleben zu lassen? Vielleicht nahm ohnehin alles bald ein Ende, ohne daß sie jemals nötig haben würde, etwas davon zu erfahren. Er erinnerte sich ähnlicher Fälle aus seinem ehemaligen Bekanntenkreise. Zwar bestand andererseits die Möglichkeit, an die er nur mit Grauen dachte, daß sie das langsame Großwerden des Verdachtes, noch unsäglich schmerzvoller als er selbst, an sich erführe. Aber dies mußte nicht sein, es konnte gut enden.

Bald freilich verband er mit der zärtlichen Rücksicht auf die Tochter auch seine eigenen Wünsche. Einmal wieder in der Einsamkeit seines Zimmers, wurde ihm die soeben empfundene Regung seines Willens zum persönlichen Eingreifen mit jeder Minute unbegreiflicher. Er erschrak bei dem Gedanken, daß er jenem ersten Antrieb hätte folgen können. Dann hätte er jetzt vor seiner Gattin gestanden, ihren Blick, den er fremd und hochmütig auf sich gerichtet fühlte, hätte er nicht ertragen können.

Was war denn er ihr, und welche Pflichten hatte sie gegen ihn? War er ihr nicht von jeher alles schuldig geblieben, was er ihr verdankte? Die besonders unglücklichen Umstände seines Ehelebens hatten Herrn von Grubeck ein für allemal von seiner Schuld überzeugt, jedes Gefühl seiner Autorität, ja nahezu der Glaube an seine Rechte fehlte ihm. Wie hätte er wagen dürfen, seine Gattin Zur Verantwortung zu ziehen, da vielmehr sie von ihm Rechenschaft fordern konnte!

Diese Idee, daß einzig durch die Verhältnisse, für die er sich selbst alle Schuld beimaß, Dora aus der rechten, alltäglichen Bahn fortgedrängt, ließ ihm in natürlicher Folge auch die Schuld Wellkamps geringer erscheinen. Jahrelanges Verbleiben in einer falschen, sein ritterliches Gewissen bedrückenden Lage, hatte ihn entmutigt, jetzt fand er eine traurige Befriedigung darin, den Verführer seiner Gattin zu entschuldigen. Die Aussicht ward ihm immer unwahrscheinlicher, als könnte er vor den Beleidiger seiner Hausehre, so wie es seine Vergangenheit erfordert hätte, hintreten. Gab es für ihn eine Hausehre wie für einen andern, und durfte er Richter über sie sein?

In solchen Gedanken fühlte er sich in seinem Hause weniger als jemals heimisch. Die gereizte Stimmung, die man an ihm wahrgenommen, verbarg seine vollständige Mutlosigkeit, die in einen endgültigen Verfall seines Willens überzugehen schien. Von der schmachvollen Gewohnheit des Spionierens hatte er sich nicht mehr loszumachen vermocht. Sobald er sich ungestört wußte, verbrachte er als Lauscher an den Türen Stunden der schmerzlichsten Selbsterniedrigung.

Er ward gehetzt, vielleicht nicht weniger als die Schuldigen selbst es damals waren, von seiner Angst, das Verhältnis könnte eine unerwartete, noch gefährlichere Wendung nehmen. Und am Ende hatte die seltsame und grausame Ironie der Dinge ihn, den Betrogenen und Geschädigten, gleichsam zum Mitschuldigen gemacht.

Er fand die gleiche Erleichterung wie Wellkamp in jener scheinbaren Lösung, die Annas Entschluß, abzureisen, brachte. Er zählte bis dahin die Tage, fortwährend davor zitternd, daß der ruhige Verlauf der Dinge dennoch zuletzt durch irgendein gewaltsames Ereignis unterbrochen werden könnte.

Indes hatte er die größte Gefahr, eine endliche Entdeckung des Geheimnisses durch Anna, kaum vorgesehen. Die harten Kämpfe um seinen eigenen inneren Frieden hatten eine Zeitlang das Interesse für die unschuldige Ruhe seiner Tochter verdrängt. Um so unumwundener trat dagegen dieses in den Vordergrund, als er am heutigen Morgen Anna ins Zimmer stürzen sah. Ihr Gesicht schien größer geworden vor Entsetzen; den aufgerissenen Augen gab ein neues, furchtbares Wissen einen unbekannten Ausdruck.

Alles Väterliche und Männliche in Herrn von Grubecks Natur ward beim Anblick seiner Tochter aufs lebhafteste erregt. Er hatte in dieser Minute sämtliche Bedenken, Zweifel, Widersprüche, die ihn seit langen Wochen zu jeglicher Willensäußerung untauglich gemacht, besiegt, und all sein Denken und Empfinden war einzig auf die Verteidigung seines Kindes gelenkt. Er war ihr natürlicher Beschützer, und man hatte sie zu kränken gewagt; dadurch hatte alles sich unvermutet gelöst. Seine nunmehr zielbewußte innere Kraft verlieh ihm Macht über die so eigenmächtige Natur Annas wie noch nie. Er vermochte sie mit wenigen Worten und Liebkosungen zur Besinnung zu rufen. Sie gehorchte seiner Ermahnung, ihn ruhig zu erwarten, während er ihre Sache in Ordnung brächte. Sein Entschluß war gefaßt; dies verlieh seinem Auftreten eine gewisse Kürze und Entschiedenheit, die Wellkamp dennoch ein wenig stutzig machte. Im übrigen hatte dieser nach der Szene mit Dora kaum noch Sinn für eine Aussprache mit ihrem Gatten; die Überreizung, in der er sich befand, war unmöglich noch zu steigern. Aus Doras Zimmer, wo er sie in völliger Vernichtung, vom Sessel auf die Knie niedergesunken, zurückgelassen, war er ins Vorzimmer getreten und traf hier nun mit dem Major zusammen, dem er auf ein kurzes Wort hin mechanisch folgte, als handelte es sich um die gleichgültigste Angelegenheit. Schuld gegen den Gatten seiner Geliebten drückte ihn nicht einmal jetzt; er hatte für ihn nur stummes Achselzucken: „Warum hast du dein Eigentum nicht besser bewahrt?“

Überreizter Schwächling im Erleben mit Frauen, kannte er von Mann zu Mann das Weib noch immer nur als Beute, das sie einander abjagen. Im Speisezimmer, wohin ihn der Major, um möglichst unbelauscht zu bleiben, geführt hatte, sagte er sogleich: „Natürlich bin ich zu jeder Genugtuung bereit.“

„Genugtuung?“ fragte Herr von Grubeck mit einer flüchtigen Betonung, als handelte es sich um etwas, daran er bisher nicht gedacht und das er sogleich zurückzuweisen gedenke. „Was verstehen Sie darunter? – Ist Ihnen die Lage der Angelegenheit so wenig gegenwärtig, daß Sie meinen, alles, was Sie bisher zerstört haben, mit ein paar Pistolenschüssen wiederherstellen zu können? Das Duell ist geschaffen für Leute, die eine gute Sache zu verteidigen glauben. Von alledem, was ich während der ganzen Zeit, da ich von dem Geschehenen unterrichtet war, von meiner Gewissensruhe geopfert habe, würde ich nichts zurückerhalten, wenn ich Sie jetzt nachträglich über den Haufen schösse. Oder sollte ich mein Kind, das ich dort drüben so zurückgelassen habe, daß Sie es nicht wiedererkennen würden, von Ihnen, der ihr alles genommen hat, auch noch der letzten Stütze, des Vaters, berauben lassen? Und wünschen Sie, der an dem Unglück schuld – aber vielleicht sind weder Sie noch Ihre Mitschuldige allein schuld daran –, doch gleichviel, wünschen Sie, unsere Schande zu offenbaren, Zeugen zu suchen, die Öffentlichkeit dafür zu interessieren? Nein, mein Lieber, die Angelegenheit hat ja ganz unter uns gespielt, in der Familie; machen wir also auch die Abrechnung unter uns ab …“

Der Major holte tief Atem. Seine Brust erschien nichts weniger als eingefallen, er hatte sich straff aufgerichtet und blickte auf Wellkamp wie auf einen Untergebenen herab. Seine Sprache war gleichfalls von einer längst verlorenen Festigkeit. Er hatte harte und zum Schlusse ironische Töne gefunden, und nur einmal, als er seine eigene Mitschuld andeutete, war seine Stimme leiser und stockender geworden.

Wellkamp war von Auftreten und Sprache seines Schwiegervaters anfangs überrascht, dann beunruhigt und endlich besiegt. Er ward plötzlich gewahr, daß er alles geschehene Unglück stets nur unter dem Gesichtswinkel seines eigenen Leidens betrachtet. Es hatte ihn gepeinigt, in einer durchseuchten Atmosphäre zu leben, von seinen Leidenschaften mehr und mehr beschmutzt und erniedrigt, darum hatte er sich aufgebäumt. Der Gedanke, daß er an anderen Unrecht verübte, hatte ihm Gewissensbisse verursacht, und auf eben diese seine eigenen Schmerzen beschränkte sich sein Gefühl. Er hatte sich das Leid der andern vorgeworfen, das er verursachte; es gesehen, so nahe, so körperlich wirklich, wie jetzt während der Anrede des alten Mannes, hatte er nie. Wer tut dies?

Anna! Der Gedanke, daß sie nun wirklich alles wisse, war ihm seltsam unbegreiflich, so lange er schon darauf gefaßt war. Es konnte nicht wahr sein, denn es wäre zu furchtbar gewesen. So groß seine Schuld sein mochte, die Strafe, sie zu verlieren, war dennoch übermäßig schwer.

Angesichts dieses Gedankens war er nahe daran, alles Geschehene als leichtsinniges Spiel zu betrachten, das er kaum ernst genommen und das er jedenfalls unterlassen hätte, wenn er des Einsatzes gedacht hätte, dessen er nun verlustig gehen sollte. Hatte er denn wirklich um Leben und Tod gespielt? In Wahrheit kam bei dieser Frage Todesangst über ihn; sie war der Boden, aus dem zum ersten Male große, von allen sie umringenden Umständen losgelöste Liebe zu seiner Frau in ihm aufstand.

Indessen hielt er den Kopf wie unter Nackenschlägen geneigt. Während kalter Schweiß auf seine Stirn trat, hörte er den andern mit hartem, nun trocken und wie geschäftsmäßig gewordenem Tone die Bestätigung dessen aussprechen, was er am meisten fürchtete.

„Ich denke," fuhr der Major fort, „daß eine sofortige Trennung Ihnen jetzt ebenso erwünscht sein wird wie mir. Ich glaube leider, daß meine Tochter sich nur dann beruhigen wird, wenn Ihre Abwesenheit endgültig ist. Um sie also beschleunigen zu können, werden wir von einer plötzlichen Verschlimmerung Ihres Befindens sprechen. Unsere Angelegenheiten dürften sich brieflich am besten ordnen lassen. Wenn Sie in eine Scheidung willigen, stimmen wir hoffentlich darin überein, sie wenigstens ein halbes Jahr hinauszuschieben. Es kommt darauf an, alles möglichst unauffällig einzuleiten. – Also Sie reisen?"

„Ich werde reisen," sagte Wellkamp ganz leise, doch noch immer mit der schwachen, gleichsam eine letzte Bestätigung erwartenden Frage im Ton seiner Stimme.

Wie eine Antwort hörte er im gleichen Augenblick Anna: „Du wirst reisen, aber nicht ohne mich."

Sie stand da, die beiden Männer starrten sie an wie eine Erscheinung. Den einen von ihnen enttäuschte sie über seine ganze Auffassung der Dinge, brachte seine Festigkeit zugleich mit dem Ziele ins Wanken, auf das sie gerichtet gewesen; dem andern kam sie unverhofft zurück, nachdem er sie in diesen bangen Minuten schon lange, so lange verloren zu haben gemeint.

Herr von Grubeck trat ohne ein Wort des Widerspruchs, mit unmerklich schwankender Haltung ans Fenster; dem Zimmer den Rücken gewandt, lehnte er daran.

Wellkamp aber war ohne einen Gedanken, wie unter der Gewalt des Schicksals, auf die Knie gesunken. Er verstand nichts mehr. Jenes erste Mal, als er, wie jetzt wieder, ihre Hand mit seinen Tränen benetzte, hatte er sie, wie spielend, mit seiner halben Hingebung zurückzugewinnen geglaubt. Heute fand er für das, was geschah, keine Erklärung in sich selbst. Damals hatte Anna ihn nicht begreifen können, da er sie täuschte; er dagegen begriff sie heute nicht, weil sie ganz aufrichtig war.

„Nicht ohne mich!“ wiederholte sie fast bittend. „Ich würde es mir nie verzeihen!“

„Du?“ Er starrte sie an. „Wie willst du dann mir verzeihen?“

„Du hast mir viel, viel Leid zugefügt. Aber ich fürchte, dir selbst fast noch mehr. Das durfte ich nicht zugeben. Es ist sträflich, so blind zu sein. Ich habe dich Versuchungen überlassen ... Ich glaube – heute morgen gehört zu haben, daß du unglücklich bist. Wenn wir es also beide sind, könnten wir dann nicht zusammen auch wieder glücklich werden?“

Wie der Klang ihrer Worte, so war das Gesicht der jungen Frau sehr ruhig, vielleicht noch klarer als sonst, wie befreit. Etwas wie der Schatten geistigen Hochmuts schien von ihrer Stirn genommen. Die furchtbaren Erfahrungen, die sie in ihrem Stolze enttäuscht, ihr Herz jäh aufgeschreckt hatten, schienen sie sanfter, ihre Empfindung weicher gemacht zu haben. Geängstet, noch zögernd stand sie auf der Schwelle des Verständnisses menschlicher Schuld.

Wie hätte sie Schuld bisher begreifen sollen? Sie hatte noch wie ein Kind alles mit den Augen ihrer Sympathien und Antipathien angesehen und von dem, was ihren Gatten seit so langer Zeit von ihr trennte, nichts ahnen können. Noch so geheime Verdächtigung des geliebten Gegenstandes würde sie als Beschimpfung ihres eigenen innersten Herzens empfunden haben. Mit Gewalt mußten die Augen ihr geöffnet werden; und auch dann glaubte sie ihrem Gefühl, nicht den Augen. Ihr Herz tat Buße für den Schuldigen, seine Schuld ward ihre.

Der Mann zu ihren Füßen verstand sie noch nicht. Er kniete jetzt noch vor ihr, wie ein Beter vor der Heiligen, die ein Wunder getan. Aber er hatte ein Leben vor sich, um sich aufzurichten an der Stärke eines Frauenherzens, welches liebt und vergibt.

IX

Nach der furchtbaren Auseinandersetzung mit ihrem bisherigen Geliebten hatte Doras Zustand anfänglich eine nicht gefahrlose Wendung genommen. Der Angriff auf die Widerstandsfähigkeit ihrer Nerven war derart gewesen, daß eine ursprünglich gesundere, an Ruhe und Ausgeglichenheit gewöhnte Natur ihm zweifellos unterlegen wäre. Die ihre, welche an seelischen Erschütterungen reich erfahren war, überstand auch noch diese. Indes erholte sie sich langsam. Etwa zwei Wochen lang kam sie wenig zur Besinnung. Als ihr matter Geist sich wieder zu sammeln begann, geschah es mit der gewöhnlichen, tiefen Gleichgültigkeit des Rekonvaleszenten für alles andere als für sein animalisches Befinden. Beim ersten Aufstehen zauderte sie wohl kurz, das Zimmer zu verlassen, mehr aus Widerwillen, irgend jemand außer ihrer Pflegerin zu begegnen, als in ausdrücklicher Erinnerung an das ihrer Krankheit Voraufgegangene. Aber sogleich fiel sie in die natürliche Neigung, alles gehen zu lassen, zurück. Warum irgend etwas bedenken, und auf wen Rücksicht nehmen? Sie hatte erfahren, daß Wellkamp mit seiner Frau wenige Tage nach der Katastrophe abgereist sei. Ihres eigenen Gatten gedachte sie kaum, er bedeutete in diesem Augenblick nichts mehr in ihrem Leben. So seltsam hatte die namenlose Angst vor Wellkamps Drohung, sie an den Mann zu verraten, sich jetzt in die äußerste Nichtachtung der vollendeten Tatsache verwandelt.

Auch beachtete sie es nicht weiter, als sie während ihrer Mahlzeit im Speisezimmer allein blieb. Herr von Grubeck hatte sich entschuldigen lassen. Er fand es zurzeit unmöglich, Dora zu sehen und mit ihr ohne den Rückhalt, den er bisher in seiner Tochter gehabt, zusammen zu bleiben. Er zögerte noch, als habe er einen Entschluß zu fassen, und gestand sich nicht, daß dieser Entschluß im stillen bereits feststehe. Der plötzliche Aufschwung seines Willens war durch Annas Dazwischenkunft zwecklos geworden, er ließ den alten Herrn noch kraftloser zurück. An eine Scheidung seiner Ehe, die ihm während jener Unterredung mit seinem Schwiegersohne als durchaus selbstverständlich vorgestanden, wagte er sich nicht mehr zu erinnern, so wohl fühlte er, daß er sie für alle Zeit vermieden zu sehen wünschte. Sie hätte den Verzicht auf alle Bequemlichkeiten erfordert, die ihm wie die Luft des Lebens selbst erschienen und die das Vermögen seiner Gattin ihm verschaffte. Lieber als Entbehrung ertrug er auch ferner die täglichen geheimen Demütigungen, welche ihm seine Verhältnisse als unvermeidliche Begleitung der Bequemlichkeiten auferlegten. Einen Augenblick hatte er sein Haupt hoch erhoben aus dem trägen Strom, in dem sein Leben forttrieb; nun ging er von neuem über ihn hin. Je länger Grubeck indes unschlüssig blieb, wie er von jetzt an seine Stellung aufzufassen, in welcher Weise er Dora zu begegnen habe, desto mehr gefiel er sich in seiner Neutralität und wich um so sorgfältiger jedem Zusammensein mit seiner Gattin aus. Ein flüchtiger Gruß und eine Frage nach ihrem Befinden gelegentlich zufälliger Begegnungen machten ihren ganzen Verkehr aus. Im übrigen vermied der Major seine Wohnung, die ihm nicht nur durch die Schwierigkeiten des Zusammenlebens mit seiner Gattin verleidet wurde. Sobald mit Annas Fortgang die Aufsicht und Sorgfalt verschwunden, war natürlicherweise die Bedienung nachlässiger geworden. Doras Indolenz ließ die Räume selbst bald unwohnlich werden. In dem Zimmer ihres Vaters war Anna gewohnt gewesen, persönlich Ordnung zu halten; nur so konnte die Unordnung des alten Herrn ausgeglichen werden, und jetzt fand sich hierfür keine Hand. Die langen Nachmittage, die der Major sonst hier auf seine künstlerischen Lieblingsbeschäftigungen verwandt hatte, brachte er nun meist außer Hause zu. Er, der seit seiner Verheiratung kaum noch Verbindungen unterhalten, knüpfte jetzt die Beziehungen zu verschiedenen am Platze lebenden ehemaligen Kameraden wieder an. In einen Klub eingeführt, gewöhnte er sich bald, hier auch seine Mahlzeiten einzunehmen. Bloß um Bemerkungen der Bekannten zu vermeiden, speiste er von Zeit zu Zeit zu Hause, dann jedoch zu anderer Stunde als seine Gattin.

Die gänzliche Einsamkeit, in der sie so gelassen war, mußte für Dora verhängnisvoll werden; sie bewirkte, daß ihre noch immer wie niedergeschmetterten und betäubten Gedanken, sobald sie sich sammelten und klärten, genau an dem Punkte ihre Arbeit wieder aufnehmen konnten, wo sie sie liegen gelassen; nichts durchkreuzte sie oder änderte ihre Richtung. Zwar war es fürs erste nicht so weit, und die junge Frau tat selbst unbewußt alles mögliche, um das Erwachen zu verzögern. Das wiederholte Anraten des Arztes, sich in freier Luft zu bewegen, lehnte sie jedesmal entschieden ab. Nicht einmal zu einer Ausfahrt war sie zu bewegen. Sie blieb vor ihrem Kamin sitzen, in welchem trotz des herrlichsten Frühlingswetters das gewohnte Feuer brannte, und wenn sie ihre ausgestreckte Hand betrachtete, sah sie die Flamme hindurchscheinen. Unterdessen mühte sich hinter ihrer wachsbleichen Stirn ein Gehirn, das zu wenig Blutnahrung erhielt, an der langsamen und beschwerlichen Arbeit des Erinnerns ab. Viele Wochen war der Erfolg nur eine gegenstandslose Unruhe; sie stand dann ohne Absicht auf und mit kurzen, unsicheren Schritten, als suchte sie etwas, ging sie durch das Zimmer hin und wieder. Die dumpfe Stille um sie her und in ihrem Innern begann sie zu quälen. Schon regte sich wieder der ihr so natürliche Trieb, sich und andere mit den Irrungen und Launen ihres Gefühls leiden zu machen, dieses Bedürfnis nach Aufregungen, deren gleichwohl ihre kaum genesende Natur noch unfähig war. Mit der Bewegung und mit der vermehrten Anstrengung ihres Geistes schien indes ihre Kraft zu wachsen. Ihr Schritt wurde hastiger, während sie von Zimmer zu Zimmer ging, hier und da stehen bleibend, um irgend etwas gedankenlos zu berühren, eine beliebige Kleinigkeit in ihren flüchtigen, leis zitternden Fingern zu zerbrechen. Einmal verirrte sie sich, ohne zu wissen warum, in das Zimmer ihres Gatten, in welchem sie anfänglich fremd und gleichgültig umhersah. Dann glitten ihre Hände mechanisch über die Haufen von bestaubten Papieren, die den Schreibtisch bedeckten, Skizzenblätter, Briefe, Rechnungen. Sie berührte sie vielleicht zum ersten Male, und niemals hatte sie absichtlich einen Blick hineingetan. Der Stolz, den jeder sich den Bedürfnissen seiner Natur entsprechend bildet, war in ihr derart, daß er sie stets von allem zurückgehalten hatte, was an Spionieren erinnerte. Freilich war ihr dies durch die Gleichgültigkeit, welche sie allen Angelegenheiten ihres Gatten entgegenbrachte, erleichtert worden. Auch jetzt dachte sie nicht an den Inhalt dessen, was sie sah. Sie ward erst aufmerksam durch die Schrift Annas. Im ersten Augenblick beachtete sie nichts als das große starke Papier, von einer Art, wie nur Männer es zu benutzen pflegen. Dann riß sie das Blatt mit einer heftigen Bewegung an sich und floh damit wie mit einer heimlichen Beute, halb von einer unbestimmten Ahnung, halb von Scham getrieben. Einmal wieder auf ihrem Platze, bekam sie Wangen ungesunder Röte, nicht nur durch die Hitze des Feuers, dem sie sie, in die Hand gestützt, ganz nahe gebracht hatte. Die Lektüre des Briefes, über dessen feste, gleichmäßige Züge ihr Blick, ohne ein einziges Mal anzuhalten, hinjagte, ergriff sie wie ein wehrloses Opfer. So mag jemand, der seiner zerstörenden Leidenschaft eine kurze Weile entrissen war, das Glas, dessen er sich zum ersten Male wieder bemächtigt, auf einen Zug leeren. Mit solcher krampfhaften Wollust durchtränkte Dora sich endlich wieder mit ihrem so lange entbehrten Leiden.

Anna schrieb:

„Mein lieber Vater!

Es ist entschieden, daß wir zurückkehren; in etwa acht Tagen hoffen wir Dich wiederzusehen. Es würde mich zu traurig machen, Dich länger in der Einsamkeit zu wissen, in der Du jetzt leben mußt. Du sollst sehen, wie ich Dir Dein Zimmer wieder heimisch machen werde, und dann kommst Du so oft, wie es angeht, zu uns heraus. Mit der Villa in der Schillerstraße, die Du uns vorschlägst, sind wir ganz einverstanden. Ich erinnere mich ihrer sehr genau, nachdem ich sie einmal, während sie zum Verkauf stand, zufällig besichtigt habe. Die Zimmer sind geräumig und luftig und erhalten volles Licht durch hohe Scheiben; das ist, wie Du weißt, meine besondere Liebhaberei. Am meisten reizt mich aber der große abgestufte Garten, der bis zum Fluß hinabsteigt. Wir bleiben so, wenn wir den herrlichen Genfer See verlassen, dennoch so viel wie möglich in der freien Natur. Es wird ein sehr schöner Sommer werden. Ich habe nur ein Bedenken, nämlich was den Kauf des Grundstückes betrifft. Wenn es anders nicht möglich sein sollte, schließe den Vertrag auf jeden Fall; lieber wäre uns eine nach wenig Jahren zu erneuernde Miete. Wir wären unvorsichtig, uns auf allzu lange Zeit zu binden, da wir die Unruhe meines lieben Erich kennen, der nun einmal keine seßhafte Natur ist. Ich sehe wohl ein, daß, wie er sagt, die häufige Ortsveränderung etwas wie ein Betäubungsmittel ist, an das man sich auf die Dauer gewöhnt wie an ein anderes. Bei unseren heutigen, leichten und bequemen Reiseverbindungen ist es vielleicht wirklich das hauptsächliche Narkotikum vieler und zumal solcher Existenzen geworden, die der regelmäßigen, fesselnden Arbeit entbunden sind. Ich nehme es ohne Widerspruch für ihn an, ist es doch so viel unschuldiger als manches andere, vor dem es ihn bewahren kann.

Du wunderst Dich, wie ich ihn zu verstehen und in seine Bedürfnisse einzudringen trachte. Früher habe ich es nur zu wenig getan, und ich bin mir dessen bewußt, was ich damit zu dem leider Geschehenen beigetragen habe. Doch hoffe ich jetzt, so viel wie irgend möglich, nachzuholen. In der sehr angenehmen Gesellschaft, der wir in unserer kleinen Pension angehören, finde ich meinen Mann recht in seinem Element. Während der Unterhaltungen allabendlich in dem hübschen, altmodischen Gartensaal, der auf den See hinausblickt, habe ich oft Gelegenheit, die Reichhaltigkeit seines Wissens zu bewundern und noch mehr die Leichtigkeit, mit der er es verwendet. Bei Angehörigen verschiedener Nationalitäten und Lebenskreise versetzt er sich ohne Schwierigkeit in das Interessengebiet eines jeden, um dessen

Gesichtspunkt zu dem seinen zu machen. Neben ihm komme ich mir mit der Einseitigkeit meiner Auffassung und mit meinem mehr systematischen Wissen oft recht schwerfällig vor. Wenn ich bei solchen Gelegenheiten ein wenig stolz auf ihn bin, so komme ich ihm doch erst ganz nahe in den Zwiegesprächen während unserer täglichen Spazierfahrten auf dem See. Wenn er mir die Geschichte und den Hergang seines geistigen Lebens erzählt, bin ich fast erschrocken, wie viele Überzeugungen er nach und nach erworben und später wieder zu glauben verlernt hat. Es macht mich wehmütig, zu merken, daß er Wahrheit und Irrtum kaum noch als Gegensätze betrachtet und sich damit bescheidet, alles gelten zu lassen. Zugleich aber belehrt mich dies über mich selbst, die ich mich, wie Dir nicht verborgen sein kann, für ungläubig gehalten habe. Und doch habe ich seit meiner Kindheit meinen Glauben höchstens gewechselt. In ihm erkenne ich erst, was eine wahrhaft ungläubige Natur ist.

Dies alles wird Dir herzlich unbedeutend erscheinen, aber ganz sicher würdest Du unsere Stimmung teilen, wenn wir so in den weißen Sonnendunst hineinrudern, der über den See gebreitet ist, während auf den Rudern, die langsam und wie schmeichelnd über das glatte Wasser zurückschleifen, die Tropfen im Lichte funkeln. Ich weiß nicht, ob es die Luft ist oder die gleitende Bewegung des Kahnes, aber alles ist wie mit stiller Innigkeit durchtränkt, aus der ohne unser Zutun auch das, was wir uns sagen, herauszufließen scheint. Es ist wohl vor allem der See, der etwas Beschwichtigendes, zuweilen selbst Feierliches in sich trägt. Man sucht ihn, auf welchem Punkte der Landschaft man sich auch befinde, wie mit der Seele, so mit den Blicken, und wenn wir ihn abends nicht mehr sehen, regeln sich vorm Einschlafen unbemerkt unsere Atemzüge nach dem leisen, leisen Geräusch seiner Strandwellen.

Als Erich kürzlich abends allein von einem Ausgange heimkehrte, gab er mir ein Gedicht, das ich Dir mitteilen möchte. Ich finde es nicht schlecht, doch bin ich ja nicht unparteiisch. Denke Dir aber, daß ich jetzt an Musik und Poesie mehr Geschmack gewonnen habe als je zuvor. Du siehst, daß große Ursachen neben den bedeutenden auch kleine Wirkungen haben.

Ich grüße Dich, mein guter Vater, in Liebe

Deine Tochter *Anna*.“

Hier das Gedicht:

Still lag der See im weißlich-blauen Duft,
Aus dem die Berge gleich Phantomen ragten.
Weich abgestimmt war jede schwarze Kluft,
Darüber hin sonst Wetterwolken jagten.
Von dieser jungen, schmeichlerischen Luft,
In der die Möwenschreie leis nur klagten.

Nur selten Boote durch den stillen Raum
Mit lautlos eingetauchten Rudern glitten;
Dem Abendschein entgegen, wie im Traum
Bin ich den lieb vertrauten Weg geschritten.
Als ich mich wiederfand, am grünen Saum
Des Weingeländes, hab' ich's gern gelitten.

Der Pfad schleicht aufwärts durch das Kreuz und Quer
Von weißen laubwerküberhangnen Mauern.
Der leise Wind trägt Blütenduft mir her:
Aus unserm Garten schon? wie lang wird's dauern,
Bis unterm Tor, die Angeln dreh'n sich schwer,
Des Ahorns kühle Grüße mich durchschauern.

Nun winkt herab vom grauen Gartensaal
Weiß die Gestalt im Josephinenmieder.
„Ich bin's." – Es duftet süßer am Portal
Als je zuvor im Mai Jasmin und Flieder; –
Und daß das Schicksal uns einander anbefahl,
Wir fühlen's, und wir sagen es uns wieder.

Am Ende des Blattes angelangt, vermochte Dora die Augen nicht mehr von den letzten Zeilen zu erheben.

„Und daß das Schicksal uns einander anbefahl" –

Sie las dies immer aufs neue, als begriffe sie es nicht, oder als hoffte sie, dennoch einen anderen, weniger schrecklichen Sinn aus dem Verse herauszudeuten. Ach, die Worte waren nur zu klar, und er selbst hatte sie schreiben können! Jeder Zweifel an der Aufrichtigkeit und Endgültigkeit der ausgesprochenen Gesinnungen ward unmöglich, wenn sie die Ähnlichkeit in Ton und Stimmung der beiden Gatten verglich. Es lag etwas darin, was ihr die Überzeugung auferlegte, daß alles für sie verloren sei, mit jener Unwiderruflichkeit, für welche es keine Gründe gibt. Es mußte wohl die stille Innigkeit sein, von der Anna schrieb, und die gleichmäßig aus jeder Zeile sprach, ob Wellkamp den Heimweg zur Geliebten schilderte, oder ob die junge Frau ihre naive Bewunderung für die Eigenschaften ihres Mannes äußerte. Dora mußte nun sehen, daß alles, was geschehen, ihr kurzes Glück und ihr langes Leiden, endlich nur vermocht hatten, die Bande zwischen dem geliebten Manne und der verhaßten anderen fester zu knüpfen, ihnen die wahre, unzerstörbare Herzensnähe zu geben, die sie vorher nicht besessen. Und war nicht auch das Verhältnis von Vater und Tochter enger geworden? In ihrer geistigen Abgeschlossenheit hatte Anna vormals in ihrem Vater keinen Vertrauten erblickt; sie hätte ihm nie die Geständnisse gemacht, wie jetzt. Vielleicht war, so fiel es der einsamen Frau ein, ihr Gatte eben in diesem Augenblick bei seinen Kindern in ihrem neuen Heim. Der Brief war vom 20. Mai datiert, und man befand sich in den ersten Tagen des Juni; das Paar mußte zurückgekehrt sein. So war sie von diesen drei Menschen gewaltsam entfernt worden, die dann sich alle einander genähert. Die Wahrnehmung, wie ein schädliches Element in schweigender Übereinkunft ausgeschlossen worden zu sein, vollendete ihre Trostlosigkeit. Auch er hatte sich dazu verstehen können! Diese Entdeckung mit allem, was ihr der Brief verriet, hatte in ihr eine letzte, äußerste Hoffnung vernichtet, die trotz allem, selbst während jenes furchtbaren Abschieds, ja in den Fieberdelirien und später während der halben Betäubung noch unversehrt geblieben war, die Hoffnung, daß er mit der anderen dennoch sein Glück nicht finden und daß er zurückkehren werde. Vielleicht war es nichts anderes, was bisher die fliehenden Kräfte beisammengehalten, was den Rest des Lebenswillens ausgemacht hatte, als diese Hoffnung. Sie war wohl schwach gewesen wie der Atem der Kranken, aber einzig die heutige grausame Aufklärung hatte sie ganz stocken lassen können. Nun dieser tiefverborgene Rückhalt, aus dem alle Seelenkraft, alles Nervenleben einzig noch genährt worden, aufgehoben war, ward das Auseinanderverlangende durch nichts länger verbunden.

Die junge Frau warf achtlos Scheite über Scheite in den Kamin, um dann mit unbeweglichen Augen in die übergroße Flamme zu starren. Erst als ihre Stirnhaare versengt wurden und ihr Gesicht unerträglich glühte, zog sie den

Kopf zurück. So blieb sie sitzen und blickte mit denselben Augen die erkaltete Asche an, mit denen sie in die Lohe gesehen. So fand sie jeder Tag einer langen Reihe. Sie beschäftigte sich nicht mehr; ihre Bücher blieben geschlossen, sie machte keine Tagestoilette. Kleidete man sie des Morgens an, so war ihre einzige Sorge, daß man ihr jenes hellviolette Gewand überwarf, welches ihr unseliges Brautkleid gewesen. Der Stumpfsinn, der über die in ihrer Einsamkeit ihm Hingegebene hereinbrach, nahm ihr die Erinnerung an das verhängnisvolle Jahr, welches hinter ihr lag. So trat sie eines Tages ins Speisezimmer, wo sich soeben ihr Gatte bedienen ließ, und bestellte, ohne ihn zu beachten, unbefangen gleichfalls ihr Gedeck. Dann Herrn von Grubecks gewahr geworden, redete sie ihn nachlässig und gleichgültig an:

„Guten Tag, mein Lieber, etwas Neues?“

Der Mann glaubte darin eine schneidende Ironie zu hören, als spielte sie auf die ihr geflissentlich verheimlichte Rückkehr des jungen Paares an, die sie wohl in Erfahrung gebracht haben mußte. Er zitterte und erbleichte. Dora aber hatte sorglos zu essen begonnen und erwartete keinerlei Antwort. Was sie gesagt, war nur die gewohnheitsmäßige Anrede gewesen, mit welcher sie den Gatten in der ersten Zeit ihrer Ehe, als sie gleichgültig, aber doch in ungestörtem Frieden nebeneinander lebten, empfing, wenn er nach Hause kam: „Etwas Neues?“

Den Brief hatte sie indes bewahrt und entfaltete ihn häufig, ohne selbst noch zu wissen, warum. War es ein letztes, ihr nicht mehr deutlich fühlbares Bedürfnis, mit dem Verlorenen wenigstens durch dieses Blatt Papier in einer gewissen fernen, fernen Beziehung zu stehen? Einmal geschah es, daß ihr sonst darüber hinschweifender, verständnisloser Blick auf der Schilderung verharrte, welche Wellkamp vom Genfer See und der ihn umgebenden Landschaft gab; diese Landschaft, in welcher sich sein friedliches Glück befestigt hatte und die Dora selbst ihm zuerst genannt! Mit der Fähigkeit, sich nach sich selbst zurückzuwenden, die einem versiegenden Leben bis zuletzt erhalten bleibt, rief sie plötzlich ihre eigene Gestalt wach, wie sie sich damals, noch in ihrer Mädchenzeit, an jenem herrlichen Ufer bewegte. Es war vor wenig mehr als fünf Jahren gewesen, und doch wie weit lag es zurück in ihrem kurzen Dasein, worin Erleben sich mehr als in einem andern gedrängt hatte. Ihr inneres Gesicht zeigte ihr den Schmuck jener Natur in leuchtenderen Farben, in magischerem Duft, als ihn die armen Worte beschrieben. Und sie selbst, so müde sie schon damals nach Europa herübergekommen war, um in der Ehe mehr auszuruhen als zu beginnen – nun erblickte sie ihre Mädchengestalt dennoch in dem Glanze der Jugend, denn die Luft war damals gleichwohl noch voll Hoffnungen gewesen, und an jeder Wegbiegung konnte das Glück zu ihr treten. Das Glück! Verkörperte es sich nicht in dem jungen blonden Manne, mit dem sie geheimnisvoll zusammengeführt war und der seine schlanke Gestalt zu ihr neigte, um ihr ein Wort zuzuflüstern, das sie wie einen Kuß im Nacken fühlte. Dann aber bewegte sich ein Schatten in das Bild, und die Zurückschauende mußte sehen, wie eine fremde Gestalt sich über ihre eigene schob, um an der Seite des Mannes weiterzugehen. War dies nicht Sinnbild ihrer Geschichte? Sie fand ihn in der idealen Landschaft ihrer Jugend, und er war ihr bestimmt. Warum hatte sie ihn zu spät im Leben treffen müssen, so daß nun Schuld geworden war, was in Ehren hätte bestehen sollen. Hatte sie gesündigt, da er doch der einzige Mann gewesen war, den sie geliebt? Alle andern waren ihr nichts als eine Machtprobe gewesen; sobald sie sich besiegt gaben, hatte sie jeden fortgeworfen. Diesem einen aber hatte sie sich gegeben, und gerade er war es, der sie nach flüchtiger Laune verschmähte. Sie fühlte die Rache der Natur plötzlich wieder mit ungeahnter Stärke. Sie sprang auf, sie wollte schreien. Sie stampfte mit den Füßen, dann gellte eine Stimme, die so schrecklich klang, daß die Unglückliche selbst sich die Ohren hielt, und die von den dicken Vorhängen und Teppichen ringsumher ruhig angehalten und erstickt ward:

„Ich liebe ihn noch!"

Diese Frau, die mit unfruchtbarer, falscher Leidenschaftlichkeit ihr ganzes Leben zersetzt hatte, um es dann in bitterer Langeweile abbröckeln zu sehen, konnte nicht friedlicher enden als sie gelebt. Sollte sie sterben, so durfte ihr letzter Atem nicht sanft entfliehn, er mußte in Stößen von ihr gehen. Es war, als geböte ihr Wesen an einer Stelle den fliehenden Kräften halt und zwänge sie, die danach verlangten, still und unbemerkt dahinzuschwinden, sich zusammenzuraffen zu einem gewaltsamen letzten Ausbruch.

Doras Eifersucht war in der Zeit des schnellen Verfalls des Verhältnisses schwächer und weniger gefährlich erschienen als die Eifersucht Wellkamps. In Wahrheit war sie nur zurückgehalten worden durch die tiefe Angst, mit der die junge Frau das Wachsen dieser Leidenschaft bei sich wie bei dem Geliebten bemerkte. Da sie an ihre einzige große Liebe sich wie an das Leben selbst klammerte, schauderte sie vor der Eifersucht als vor der natürlichen Mörderin des Gefühls zurück. Dieser erhaltende Instinkt war erst langsam ermattet. Bei all ihren sich bekämpfenden Gefühlen war sie ruhiger erschienen als der Mann, sei es durch einen Rest weiblicher Zurückhaltung oder nur, weil der Zustand eines wirklichen Kranken zuweilen weniger gefährlich erscheint als der eines eingebildeten. Was war denn Wellkamps Eifersucht im Vergleich mit der ihren? Nichts als diejenige eines Kindes, das ein Spielzeug zwar fortgeworfen hat, aber nicht dulden will, daß ein anderer die Hand darauf legt. Der Frau, die er nicht mehr für sich begehrte, mißgönnte er dennoch ihre Ruhe und ihren Gatten. Sie aber liebte ihn, die Unglückliche, und während die Wunden, die nur seine männliche Eitelkeit ihm geschlagen, ihn vielleicht schon nicht mehr schmerzten, hatten die ihren das Blut vergiftet und nun ein äußerstes Fieberdelirium herbeigeführt, dem die Auflösung folgen mußte.

Bis zum letzten mußte sie jetzt die Rache der Natur über sich ergehen lassen, die uns unerbittlich dort straft, wo wir uns an ihr vergangen haben. So ward ihr das einst so leichte Spiel mit Bildern der Phantasie, die sie sonst abwechselnd reizten und abschreckten, nun zur raffinierten Qual. Der Traumzustand, in dem sie soeben ihre Jugend erblickt, war beendigt. Die erwachten und schmerzhaft angestrengten Sinne zeigten ihr alles in nackten, harten Formen. Sie sah den Geliebten, jener anderen gehörig, und sein Lächeln, seine Bewegungen waren die gleichen, die sie an ihm kannte, die er für sie selbst gehabt. Dann wechselte das Gesicht, Erinnerungsbilder ihrer kranken Sinne tauchten auf. All das tief Unwürdige, womit sie und ihr Mitschuldiger ihre in sich selbst schon beendigten Beziehungen zu verlängern gesucht hatten, ging noch einmal an ihr vorüber und erregte ihre irre, verzweifelte Sehnsucht. Unter ihren Augen, die, wie um in das Unsichtbare einzudringen, gewaltsam aufgerissen waren, schwollen die blauen Adern, während ihre Hände mit einem krachenden Geräusch der Knochen sich krampften, als wollten sie das furchtbare Bild auseinanderreißen. Es war dicht vor ihr, sie sprang mit Aufschreien einen Schritt vor, hart in die Luft greifend. In die Schleppe ihres Gewandes verwickelt, stürzte sie vornüber und verharrte eine Minute kniend. Als sie sich mit leeren Händen aufgerafft hatte und alles verschwunden fand, starrte sie verständnislos um sich her, aber plötzlich wußte sie, daß sie allein sei, wie sie es niemals vorher gewußt. Aus dem Zimmer wich, was den Raum füllte; die dichtstehenden Möbel und die Etageren, auf denen hundert Kleinigkeiten sich drängten, die Albums und Bilder, die Teppiche und Vorhänge waren wie vom Abgrund verschlungen. Die Wände wurden kahl, der Raum weit und immer weiter. Es gab nichts mehr als etwas Ungeheures, das in graue Schatten wie in die Unendlichkeit auslief. Rings um sie her fühlte die Unglückliche die Einsamkeit liegen, gleich einem wilden, ausgehungerten Tiere, das sie mit leeren, übergroßen Augen ansah. Das Tier sog die Luft ein, ihre

Lebensluft: sie meinte nicht mehr atmen zu können, und wie ein Erstickender um sich schlägt, fühlte sie in ihrer Lebensnot sich zu Gewaltsamkeiten gedrängt, sie wußte nicht, zu welchen. Sie rannte umher und begann zu suchen, sie wußte nicht was. Sie dachte nicht mehr. Der Rest ihres Lebenswillens gab sich aus und tat es auf eine Weise, die Bewußtsein und Verantwortlichkeit ausschloß. Im Zimmer ihres Gatten zögerte sie, wie in Erinnerung an den Fund, den sie hier bereits einmal gemacht. Was ist in solchem Augenblick Erinnerung? Ein schwacher Hauch, der einen dichten, dichten Schleier heben möchte. Man hat ihn eine Sekunde gespürt, der Schleier bleibt liegen. Wenn sie nicht wußte, was sie suchte, begriff sie vielleicht ebensowenig, was sie gefunden hatte. Sie betrachtete die zierliche, silberbeschlagene Pistole, die ihre hastigen Finger unter einem Haufen von Papieren hervorgewühlt, ganz ratlos, mit der Hand über die glühende Stirn fahrend. Dennoch erschien kein Gedanke, und was sie in der Folge tat, war nichts anderes als die Bewegung des in den Abgrund Stürzenden, der mit ausgespreizten Armen den am Rande Stehenden mit sich reißt. Kein Impuls kann heftiger sein als dieser; der Moment ist einzig, es gibt weder Für noch Wider.

Sie prüfte nicht, ob das Spielzeug geladen, sie hatte schon den Mantel umgeworfen, das Spitzentuch hing lose von ihrem Haupte, sie war schon die Treppe hinab. Einige Schritte weiter hielt sie einen Einspänner an. Draußen an der Schillerstraße stieg sie aus, um das Haus zu erfragen.

Wellkamp und Anna schritten soeben von der kleinen Landungsbrücke, wo ihr Boot angelegt, die Terrassen ihres Gartens hinan, aufeinander gestützt, langsam, süß ermattet von der leichten Anstrengung des Ruderns in der weichen Frühlingsluft. Sie hatten von unten das Herankommen Doras nicht bemerken können; nun sahen sie plötzlich auf der Höhe des Gartens, von der sie noch einige Stufen trennten, die dunkle Gestalt stehen, vergrößert gegen den lichten Himmel. Beide machten bei dieser unvorhergesehenen Erscheinung eine Bewegung des Schreckens. Wellkamp blieb halb abgewandt stehen, ohne sich über eine Auffassung der Lage schlüssig werden zu können. Dagegen hatte Anna sofort ihre Fassung wiedergewonnen. Keine Selbstüberwindung war ihr anzumerken, während sie der ehemaligen Feindin, der Frau, die ihr den größten Schmerz ihres Lebens zugefügt, die Hand entgegenstreckte.

„Ich weiß wohl," sagte sie, „daß es unrecht von uns war, dir nicht sofort von unserer Rückkehr Anzeige zu machen. Aber sei gewiß, daß wir es nicht unterlassen hätten. Unter uns allen muß Frieden geschlossen sein, ehe uns ganz wohl werden kann."

Sie erwartete, daß Dora ihr einen Schritt entgegenkäme. Als nichts davon geschah, erhob sie zum ersten Male aufmerksam den Blick zu dem Gesicht der Obenstehenden und ließ nun selbst den Arm sinken, bestürzt durch die fremde, jedes Ausdrucks beraubte Miene, mit den zwischen ihr und ihrem Gatten ins Leere starrenden Augen. Nur auf der Stirn schien etwas sich zu bewegen, etwas wie eine Falte, die über der Nasenwurzel kam und verschwand, als sei es eine Idee, die zum Durchbruch drängte. Dann öffnete sich langsam der Mantel, eine Hand bewegte sich daraus hervor, die eine winzige Waffe hervorhob, um sie tastend auf Wellkamp zu richten. Schon aber war Anna zum Schutze vor den Geliebten gesprungen, mit aller Stärke ihrer rückwärts gebreiteten Arme umklammerte sie ihn. Der Mann vermochte sich nicht zu rühren, Anna erwartete den Schuß, und noch niemand hatte den nächsten Atemzug getan, als die Mündung der Pistole sich wendete, um eine Sekunde lang gegen Doras eigene Schläfe gerichtet zu bleiben. Indes sollte ihr die Tat erspart bleiben. Noch rechtzeitig genug hörte ihr müdes Herz zu schlagen auf, sie sank in die Knie.

Als Wellkamp aus längerer Betäubung zu sich kam, war er allein an dem Lager der einst Geliebten. Er war mechanisch gefolgt, als man sie hinaufgetragen und gebettet hatte. Der Gatte war herbeigeholt worden, dann war der Arzt erschienen. Es war alles zu Ende, und nun erst hatte man sich dessen erinnert, der teilnahmlos daneben stand, und hatte ihn da gelassen, in stiller Nachsicht mit den Beziehungen, die ihn mit Dora verbunden und die der Tod plötzlich fast erlaubt erscheinen ließ. Angesichts des siegreichen Todes wagte sogar die Schuld das Ausgeschlossene, Heimliche, das ihr anhing, abzulegen. Kaum allein, war er ohne Besinnung niedergesunken, mit dem Körper gegen den Bettrand, und als er nun zu sich kam, fühlte er in seiner Hand eine andere, die er beim Falle ergriffen. Anfangs mochte er dieser Hand seine eigene Wärme mitgeteilt haben, nun aber hatte sie gesiegt und auch die seine erkältet. Er ließ sie dennoch nicht los; es tat ihm wohl, etwas von ihrem Tode in seinem Blute zu spüren. Er drückte sie fester, während er in der schon hereinbrechenden Dämmerung ihre Züge erspähte. Seine fiebernden Blicke immer tiefer hineinversenkend, ergab auch er sich der Wiederbelebung ihrer gemeinsamen Vergangenheit, nicht anders als sie selbst in ihren letzten Nöten. Er sah alles wieder vor sich, erkannte alles wieder bis auf längst vergessene Kleinigkeiten, Unterschiede in der Entwicklung seines Gefühls, auf die er kaum Gewicht gelegt und denen das Ende nun Sinn gab.

Wellkamp ging jetzt sicheren Schrittes durch das Labyrinth seiner Leidenschaften, dem er früher zögernd, eine Beute seiner Begierde, nachgegangen; denn vor seinen Augen stand der Ausgang. „Es hat alles so sein müssen.“ Dies war der schmerzliche und doch wohltuende Gedanke, der jede seiner Erinnerungen begleitete. Er erbebte unter den tief-innern Schauern jenes nachträglichen Fatalismus, den der Lebenswille entdeckt. Wellkamp erkannte nun die Vorherbestimmung, die ihn genau auf dem Wege geleitet hatte, den er gegangen, da er auf keinem andern das Ziel hätte erreichen, der Mensch werden können, der er heute war oder der er werden sollte. Er fragte sich mit einer mystischen Angst: wie, wenn er zum Beispiel an jenem Punkte, als das verbotene Einverständnis bereits vorhanden und die tatsächliche Ausführung nur noch die Frage von Tagen war, das Werdende abgebrochen hätte? Wenn er in der Folge jenes Weihnachtsabends zu dem Vorsatz, ohne Zögern abzureisen, die Kraft gefunden hätte? Und er antwortete, daß dies ebenso unmöglich gewesen sei, wie ein Zusammentreffen mit Dora überhaupt zu verhindern, die ihm vom Schicksal in den Weg geführt war. Er hatte alle Stationen dieser Leidenschaft durchwandeln müssen, von höchster Ekstase zu tiefster Erniedrigung, weil er nur so von seiner Jugend erlöst werden konnte. Wie hatte er, als er in der Ehe von neuem zu beginnen trachtete, glauben können, daß diese Jugend ihn ohne Buße entlassen werde, mit allem, was eine Jugend, wie die seine, hinterläßt an schlechtgeheilten Wunden, nicht verschmerzten Enttäuschungen und noch lebenden Begierden, an zu kürzlichen Erfahrungen, die an das neue Leben übergehn. Sein Leben hatte so viele Trümmer, die ihm den Weg versperrten und fortgeräumt werden mußten, ehe er von neuem zu bauen beginnen konnte. Und dies war es, was hier geschehen war, mit einem Schlage, der alle Lasten der Vergangenheit mit seiner Wucht in unerkennbare Fernen zurückwarf und entrückte. Alles ward unansehnlich und verlor seine Wirkung in der Erinnerung angesichts dieses Opfers, welches sein Dasein erfordert hatte. Wie viel reiner mußte fortan sein Fühlen, sein Denken, wie viel größer werden, sollte er dies sühnen! Der Gedanke, daß sie für ihn, für sein Lebensglück geopfert sei, ergriff ihn von neuem mit aller Gewalt. Seltsam, er fuhr fort zu bedenken, daß die Natur, welche kein Gefühl für dieses oder jenes Geschöpf besitzt, häufig so wie hier ein Leben zerstört, um ein anderes, nicht wertvolleres, dadurch erhalten und verbessern zu können, und warf sich doch gleichzeitig unter lautem Aufschluchzen über den stillen Körper, dem er wie ein Geständnis zurief:

„Ich habe dich getötet!“

Die Dunkelheit ließ nur noch wenig unterscheiden, als der regungslos über die Tote Geneigte seiner schmerzlichen Hingabe durch das Öffnen der Tür entrissen wurde. Er erkannte in dem Eingetretenen einen Geistlichen. Anna war durch das lange Verbleiben ihres Gatten bei der Toten beunruhigt worden. Um seinen Schmerz sanft zu schlichten, hatte ihr Herz das rechte Mittel gefunden. Der Geistliche, welchen sie holen ließ, gehörte der katholischen Kirche an. Es war die der Verstorbenen gewesen, und auch Wellkamp hätte ihr angehören wollen, Anna wußte es. Er war ein Mann von Jahren, der die Wissenschaft des Beichtstuhls wohl zu nutzen verstand. Er war gewohnt, Fürsprecher des Lebens zu sein, wo es gab, was er in seinen Gebeten von der Kanzel Sünden nannte, und worunter er Selbstaufgabe begriff. So hatte er sich auch jetzt, schon bei der Begrüßung mit Anna, durch leise, kluge Erkundigungen über die Lage der Dinge unterrichtet und überblickte sie völlig, wie er nun an das Totenbett trat. Als er den fassungslos davor Knienden bewogen, sich zu erheben, und ihn an der Hand einige Schritte ins Zimmer hineingeführt hatte, sagte er, still in den Schatten deutend, in dem Dora schlummerte:

„Unsere Toten wünschen, daß wir schon im Leben den Frieden haben mögen, den sie leider oft erst im Tode gefunden haben."

X

Schluß

In die Vorbereitungen zum Leichenbegängnis setzten sowohl Anna wie Wellkamp viel Eifer, der nicht ganz frei von einer gewissen Verlegenheit war. Gewöhnlich dienen die äußerlichen Pflichten, die aus einem Sterbefalle den Hinterbliebenen erwachsen, einer gesunden Ableitung des Schmerzes, der dadurch, ins alltägliche Leben herabgezogen, etwas von seiner Schrecklichkeit einbüßt. Schließlich ist man es beinahe zufrieden, durch handwerksmäßige Beschäftigungen eines Austausches seiner Empfindungen überhoben zu sein, durch den man bisher wechselseitig seine Erregung erhöht hat. Hier aber machten die Beteiligten es sich eher zum Vorwurf, durch Nebensächlichkeiten die innere Bedeutung der Lage zu verdunkeln. Wenn Anna die Liste, welche sie für die Mitteilungskarten aufgestellt, geschäftsmäßig mit ihrem Gatten durchging, war es ihnen, als buchstabierten sie in einem Buche umher, über dessen Inhalt und Sinn sie sich vielmehr zu verständigen hatten.

Indirekt geschah dies dennoch einmal schon während der Tage, da sich die Leiche noch im Hause befand. Da Herr von Grubeck sich tief niedergeschlagen und keiner der an ihn herantretenden Aufgaben gewachsen zeigte, hatte seine Tochter ihm insbesondere die schwierigste abgenommen, die Anzeige des traurigen Ereignisses an Doras Vater abzufassen. Wellkamp, dem sie den fertigen Brief unterbreitete, wurde tief ergriffen von dem wahren, bewegenden Ton, den er selbst, wie es ihm schien, nie so hervorgebracht hätte. Er fühlte wohl, daß ebenso sehr wie das ausgezeichnete Herz seiner Gattin hier jener weibliche Gemeinsinn sprach, der Frauen untereinander ihr Leid so gut begreifen läßt, wie sehr sie auch oft im Glücke sich hart und hinderlich sein mögen. Ihre Darstellung hielt sich taktvoll mehr an Doras, durch ihr unglückliches Naturell bedingte Lage als an das eigentlich Geschehene. Zuweilen aber drang doch jene geheime Erregung hindurch, die verrät, daß man sich anders als nur danebenstehend und mitleidend, daß man sich in gewisser Weise tätig beteiligt glaubt. Gewiß war sie nur Wellkamp fühlbar, diese eigentümliche Ahnung einer Schuld, die für ein zartes Gewissen beunruhigender sein kann als eine völlige Gewißheit der Verantwortlichkeit. Er aber war um so sicherer, sie zu verstehen, und als er Anna das Schreiben zurückgab, vermied er ihren Blick, der gleichzeitig dem seinen auswich.

Erst auf der Rückfahrt von der Beerdigung, die für die Trauernden, ohne daß sie selbst es ahnen, etwas Befreiendes hat, da nun, vielleicht gegen ihren eigenen Willen, das Leben endgültig wieder in seine Rechte tritt, fanden sie Stimmung für eine gegenseitige Beichte. Anna ließ zärtlich besorgte Blicke über ihren Vater gleiten, der stark gealtert erschien und dessen von so vielen ungewohnten Aufregungen schwere Augenlider gleich nach dem Besteigen des Wagens zugefallen waren. Seltsamerweise war hierdurch die gleiche Lage hergestellt wie damals auf der Herreise von Kreuth bei ihrer ersten vertrauten Unterredung, deren Gegenstand genau wie heute Dora war. Hier schloß sich einer der Ringe an der Kette ihres Lebens.

„Es hätte ja nicht immer so bleiben können," sagte Wellkamp unvermittelt, und es erwies sich, daß beide denselben Gedanken gehabt.

„Sie mußte früher oder später unsere Rückkehr erfahren," fuhr Anna fort, „und wir hätten uns in irgendeiner Art zueinander stellen und wenn keinen Verkehr, so doch einen Ausweg finden müssen."

Beide fühlten seit langem, daß das Fernhalten Doras etwas Vorläufiges gewesen, das sie mit Unrecht hatten fortdauern lassen, das jedoch die Selbstsucht ihres Glückes sie zu unterbrechen gehindert hatte.

„Ich weiß wohl," begann Anna nach einem Schweigen wieder, „daß du mich vor unserer Herkunft an die Schwierigkeit unserer Lage erinnert hast. Viel mehr als du hab' ich zum Aufbruch gedrängt, weil ich so unwiderstehlich gern ein Nest bauen wollte, das endlich einmal ganz uns gehören sollte, und dann des armen Vaters wegen. An sie, mit ihrem viel schwereren Unglück, mochte ich nicht einmal denken. Da liegt meine Schuld, die ich mir nicht vergebe."

Wellkamp machte eine abwehrende Bewegung.

„Du hast es zu leicht gehabt, mich zu überreden. Und dann, wer in Vergessenheit und Leichtsinn Wunden geschlagen hat, ist selbst der Allernächste, sie zu verbinden – wenn er nicht eintretenden Falles Mörder heißen will."

Die letzten, hart und grausam gesprochenen Worte ließen die junge Frau zusammenfahren, sie schmiegte sich dichter an den Mann, als drängte sie ihn ängstlich, die Selbstanklage zurückzunehmen. Als er sich aber zu ihr wandte, bot sie ihm dennoch nur mit gesenktem Blick die Hand zu einem Druck voll Verständnis und Zärtlichkeit.

So war die anfängliche Stimmung, die alsbald der Bearbeitung des Lebens unterworfen wurde. Dieses aber verfuhr eigenmächtig wie immer mit unsern Eindrücken und Erlebnissen. Die kleinsten läßt es in der Erinnerung oft wachsen und an Reiz oder Schrecken gewinnen, während es den großen stets etwas von ihrer Macht nimmt, ja sie zuweilen fast auslöscht. Unter der fortwährenden Reibung des Alltagslebens zog sich die Erinnerung der Schuld aus den Gedanken und dem täglichen Bewußtsein zurück, um auf dem Seelengrunde liegen zu bleiben, von dem sie endlich selbst nur noch einen Teil ausmachte. Und da es kein Glück ohne Reue geben kann, so diente dieser leise, leise Zusatz von Bitternis dazu, ihre Liebe vor dem faden Geschmack der Gewohnheit zu bewahren, sie zu befestigen. Doras Opfer war nicht unfruchtbar geblieben.

Der Sommer ist voll raschen, vollen Lebens verstrichen. Auf häufigen Ausflügen, aufs Land und in den Wald, am liebsten auf Ruderfahrten, haben die Glücklichen jedem Element, jeder Landschaft die eigentümliche Stimmung abgelauscht, welche sie für Liebende bereithalten, froh, der ganzen Natur ihre Liebe mitzuteilen und den Widerhall von ihr zurückzuerhalten. Jetzt sitzen sie gern an schönen Herbstabenden auf der Terrasse ihres Hauses. Die Sonne nimmt Abschied von dem Wasser drunten am Abhange des Gartens; es erglänzt bezaubernd in vergoldetem Violett, indes tausend Blumen dem Licht und der Wärme, die sie belebt haben, duftende Grüße nachsenden. Dann und wann ein leises Rauschen in den Zweigen, von denen ein paar gebräunte Blätter sich lösen, um langsam zu Boden zu rascheln; es macht die Luft nur noch stiller, den Abend friedlicher. Die beiden Menschen lieben mehr als je diesen Frieden, da sie seit wenigen Tagen wissen, daß sie nicht mehr allein sind in ihrem Bunde. Er hat wohl erst jetzt, da er gereinigt und erneuert ist, gesegnet werden sollen. Wenn sie es wagen, die große Stille zu durchbrechen, tun sie es nur, um von ihrem Kinde zu sprechen, „von unserm Jungen“, denn sie wünschen beide, Anna fast inniger als ihr Gatte, daß es ein Knabe sein möge. Mit dem zuversichtlichen Blick auf die Zukunft, der außer Verliebten nur jungen Eltern eignet, setzen sie sich schon über ihre Erziehungsgrundsätze auseinander.

„Ich überlasse ihn ganz dir“, sagt Wellkamp. „An dem, was du aus ihm machst, werde ich mich auf alle Fälle erfreuen können. Das wird der beste Dienst sein, den ich unserm Jungen erweisen kann.“

„Du willst ihn zum Muttersöhnchen machen?“ wendet Anna lächelnd ein.

„So brauchst du es nicht zu nennen. Der weibliche Einfluß, der mir gefehlt hat, ist ganz allein imstande, in der ersten Jugend das Gewissen zarter, die Ehrfurcht größer, den Geschmack feiner zu machen. Ich meine, daß gegen solche Wirkungen alle etwaigen Nachteile unbedeutend erscheinen müssen.“

„Weißt du, was ich einleuchtend fände? Wenn er *dir* gleicht, so habe ich seine hauptsächliche Leitung zu übernehmen; ist er dagegen *mir* ähnlich, so liefere ich ihn ohne Umstände dir aus. So erreichen wir vielleicht eine natürliche Ergänzung seiner Anlagen.“

Wellkamp hat indes seinen Gedanken festgehalten.

„Hältst du es für möglich,“ fragt er nachdenklich, „daß nach uns eine Generation von Männern käme, die wieder einfacher, lebenstüchtiger und in einem Glauben besser gegründet wären als wir heutigen?“

Anna nickte ihm zu.

„Du sagst mir, daß ihr alle die Sehnsucht nach dem Glauben kennt. Das ist augenscheinlich die letzte Spur dessen, was schon eure Großväter zu verlieren begannen. Aber sollte es nicht zugleich das sicherste Vorzeichen sein, daß eure Söhne und Enkel es, ich weiß nicht in welcher Gestalt, wiederfinden? Denn die geistige Bewegung ist eine Wiederholung ohne Ende. So wie wir's erleben, hat es sich unzähligemal zugetragen. Auch im geistigen und sittlichen Leben gibt es nur darum Verbrauch, damit mehr nachwächst."

„Und du glaubst, daß wir beim Mehr angelangt sind?" fragt Wellkamp freudig und erwidert Annas zuversichtliches Lächeln.

Beide hoffen, weil sie lieben.

Dann geht die junge Frau ihrem Vater entgegen, der, auf die Terrasse heraustretend, die Tochter auf die Stirn küßt; dann schüttelt er dem Schwiegersohn kräftig die Hand.

Die Verheerungen, welche die grausamen Erlebnisse des letzten Winters an ihm hinterlassen hatten, sind so gut wie möglich geheilt. Anfangs hat auch er sich gesträubt, vom Schicksal die Lösung anzunehmen, welche es durch den Tod seiner Gattin allen Schwierigkeiten seiner Familienverhältnisse gefunden. Er hat Doras Opfer mit derselben Notwendigkeit wie Wellkamp als, wenn nicht *für* ihn, so doch zu seinen Gunsten gebracht, ansehen müssen.

Indes hat er auch noch das drückende Vermächtnis zu übernehmen gehabt, daß seine Lebensführung in der Abhängigkeit der Toten bleibt, wie sie so lange aus der Hand der Lebenden unterhalten worden ist. Und um sein Alter in der Nähe der geliebten Tochter beenden zu können, hat er seinen Widerwillen und seinen Stolz gegenüber dem Manne, welchen seine Gattin geliebt, zum Schweigen bringen müssen.

Sein Verhältnis zu seinem Schwiegersohn ist in letzter Zeit selbst herzlicher geworden, als es je früher gewesen. Mit Hilfe des ihn immer leichter gefügig machenden Alters hat er bald in jedem Punkt die Waffen gestreckt.

Nichts aber verrät an Herrn von Grubeck, daß er ein vom Leben Gedemütigter ist. Er fühlt sich behaglich im Hause seiner Kinder, in dessen oberem Stockwerk ihm die schönsten Zimmer hergerichtet sind. Den Verkehr im Klub, der ihm liebgeworden ist, hat er beibehalten. Während er eine dort gehörte Anekdote erzählt oder die Einladung einer der Familien überbringt, mit denen man seit kurzem den lange Zeit unterbrochenen Verkehr wieder angeknüpft, hat er sein gutes, lautes Lachen von ehemals. Jede seiner Bewegungen, sein ganzes, schon etwas großväterliches Gehaben spricht aus, wie zufrieden der alte Herr es ist, noch einmal wiedergefunden zu haben, was er seit seiner Kindheit verloren: das echte, stetig geordnete, einträchtige und in seinem unscheinbaren Frieden so inhaltsreiche Leben in einer Familie.

In Augenblicken des Schweigens sehen die drei Menschen, nun alle in jene Hafenruhe eingelaufen, von der Wellkamp von jeher unter dem Blick von Annas Augen geträumt, in den Garten hinaus, wo schon dichte Schatten über der Stelle liegen, an welcher Dora gestorben, und über welche die Blicke schon ohne unausgesetzte Erinnerung hinweggleiten. Der nun regelmäßiger durch die Wege streifende Abendwind treibt die im Dunkeln geheimnisvoll raschelnden Blätter vor sich her. Sie flattern, eines ums andere, langsam und still, aber nicht eben traurig, wenn keine traurigen Augen es sehn, die Terrassenstufen hinab, und von der letzten ins Wasser, auf dessen mondbeglänzter Fläche sie kurze Zeit aufleuchten, um dann stromabwärts im Schatten zu verschwinden, gleichwie unsere Jahre, eins ums andere, von uns forttreiben, oder wie uns das Andenken einer Toten entgleitet.

Anhang

Diesen Roman schrieb ich so früh, daß ich unmöglich noch zu ihm stehen kann wie ein Autor zu seinem Buch. Während der Bearbeitung für die neue Ausgabe war es mir oft, als beschäftigte ich mich mit dem Werk eines jungen Menschen, der einst meinesgleichen gewesen, mir aber schon längst aus den Augen gekommen wäre. Um die Beziehungen wieder herzustellen, war ich versucht, ihm einen Brief zu schreiben. Antwort ist nicht erfolgt. Man verständigt sich so schwer mit seiner Vergangenheit. Hier ist mein Brief.

An den Verfasser von „In einer Familie“.

Mein lieber junger Freund,

Ihr Roman soll in neuer Ausgabe erscheinen. Der Verleger schickt ihn mir, damit ich ihn stilistisch auffrische und einige Ihrer Gedanken zurechtbiege oder verdeutliche. Werden Sie mir den Eingriff verzeihn?

Sie schrieben Ihr Buch als Einundzwanzigjähriger. Heute wären auch Sie beträchtlich über fünfzig. Sie gingen aber schon längst auf Reisen und kamen nicht wieder.

Sie, der Sie „In einer Familie“ schrieben, wissen nichts von den Jahrzehnten, die seither über uns hingingen, nichts von der Welt, die aus uns ward. Bei Ihnen fährt kein Auto, und Lampen werden noch ins Zimmer getragen. Ihre Menschen haben Zeit, Geld und niemals andere Sorgen, als mit ihren Gefühlen ins reine zu kommen. Wo sind sie geblieben!

Sie lieben, einst junger Freund, sich Gedanken zu machen über die Dinge der Seele nicht nur, auch über ihren Bezug auf das Ewige. Sie glauben, wenn ich Sie recht verstehe, daß Handeln Erkennen bringen müßte und Erkennen Besserung. Sie sind Moralist.

Kühn setze ich voraus, daß ein Fünfziger vom Einundzwanzigjährigen noch irgendetwas wissen kann. Dann möchte ich fast glauben, daß Sie das Leben für so ungemein schwer und schrecklich halten, ohne es noch erprobt zu haben; daß Sie vielmehr Ihr eigenes, so lange es geht, in äußerer Ruhe und Unberührtheit dahinführen. Sie haben einzig innere Erfahrung.

Wenn ich Ihnen sagen könnte, wie anders es um die jetzige Jungmannschaft steht! Die hat erlebt! Hätten Sie recht damit, daß Selbsterhaltung in Gefahren viel neue Einblicke in das eigene Schicksal gewährt, was müßte die alles wissen!

Nun verhält es sich aber wohl anders. Die inneren Erfahrungen müssen zuerst in Muße erworben sein, sonst hilft das ganze bewegte Leben nichts. Es veräußerlicht nur. Zu Ihrer Zeit gab es den Film nicht. Sie erfinden an greifbarem Geschehen nur gerade, was Ihren Untersuchungen über das Menschenherz die Gelegenheit gibt. Später kam aber die Losung: das Leben ein Film. Was hätten Sie damit angefangen?

Werden Sie mit Ihrem stillen Roman Erfolg haben in dieser. Ihnen unbekannten Welt? Mehreres haben Sie für sich. Manche werden am Ende nicht ungern eine Weile sich aufhalten lassen bei sonst übersehenen Einzelheiten des sittlichen Vorkommens. Schuld, Leiden, Strafe sind billig geworden, diese Wirklichkeit stürmt über sie weg wie über Gestürzte auf der Flucht. Hier nun werden sie zur Abwechslung einmal für ganz ernst, ganz selten genommen. Jeder Ihrer Leser darf sich wichtiger fühlen als sonst.

Auch schmeicheln Sie dem bürgerlichen Menschen. Ich weiß wohl, daß Sie es nicht wollen. Was ahnen Sie denn von dem abgekämpften, abgehausten Nachfahren, den wir kennen. Ihr Bürgerlicher ist gepflegt und gesichert, die Vornehmheit selbst. Er ist müde vom Nichtstun, möchte es aber lieber vom Alter seiner Klasse sein. Er interessiert sich äußerst für seine Verfallserscheinungen. Er geht sogar mit seinen Gemeinheiten so erlesen um, daß er zuletzt ein gar nicht schlechter Gegenstand für Sie als Moralisten wird.

Der abgehetzte Nachfahre müßte Ihnen für die Verklärung der Väter dankbar sein. Wer weiß, vielleicht würde er Sie durch das Sekretariat anrufen lassen. Aber selbst drahtlose Verbindung wird nicht dorthin hergestellt werden, mein junger Freund, wo Sie sind. Und Sie werden nicht wiederkommen.

Heinrich Mann.